火魔經

# 화마경

FANTASTIC ORIENTAL HEROES

허담 新무협 판타지 소설

화마경 6
허담 新무협 판타지 소설

초판 1쇄 찍은 날 § 2010년 12월 3일
초판 1쇄 펴낸 날 § 2010년 12월 10일

지은이 § 허담
펴낸이 § 서경석

편집팀장 § 서지현
편집 § 주소영 · 어정원

펴낸곳 § 도서출판 청어람
등록번호 § 제1081-1-89호
등록일자 § 1999. 5. 31
어람번호 § 제2-2016호

주소 § 경기도 부천시 원미구 심곡2동 163-2 서경B/D 3F (우) 420-822
전화 § 032-656-4452팩스 § 032-656-4453
http://www.chungeoram.com
E-mail § chungeoram@chungeoram.com

ⓒ 허담, 2010

ISBN 978-89-251-2377-6 04810
ISBN 978-89-251-2263-2 (세트)

허담 新무협 판타지 소설

# 화마경

火魔經

**6**

벽산전(碧山戰)

허담

# 目次

第一章
용천문

화마경

마도적에 대한 이야기는 여러 갈래로 전해진다. 그의 출신과 배경은 제대로 드러난 것이 없었다. 그러나 그의 명성은 강호의 어떤 인물과도 견줄 수 있을 만큼 대단했다.

천하를 장악한 사패의 고수들은 무소불위의 권위를 자랑했다. 어떤 세력, 고수도 사패의 고수들 앞에서는 몸을 사렸다. 해서 사패의 고수들에 대항한 인물이 나타나면 그 순간 그는 강호의 절대고수로 인정받았다. 물론 사패고수의 손에서 살아난 경우에 한해서.

마도적은 바로 그런 인물 중 하나였다. 그가 일월맹의 일월백후 중 서열 사십위의 고수 조환을 비롯해 그의 수하들과 벌인 대결은 근 수십 년래 강호에서 벌어진 싸움 중 손꼽히는 명대결로 유명했다. 그 싸움에서 그는 단신으로 조환과 그 수하들을 제압했다. 이후 그는 무림을 대표하는 절대고수의 반열에 올랐다.

"대단한 자야, 대단한 자야."

곽풍산이 연신 낮게 중얼거렸다.

"뭐가 그렇게 대단하다는 거야?"

"젠장, 기도를 좀 보라고. 난 힘이라면 누구에게도 뒤질 생각이 없지만 저자는 힘들지도 모르겠어."

"그래. 그가 너와 같은 종류의 인간이라는 것은 알겠다. 그렇지만 그렇게 겁먹을 건 없잖아?"

대일이 퉁명스럽게 받아쳤다.

"젠장, 겁먹은 게 아니라 감탄하는 거야. 아무튼 만약 그와 겨루게 된다면 반드시 조심해야 해."

"그럼 천하의 마도적과 겨루면서 방심하는 사람도 있냐?"

"그렇게 유명한 사람이야?"

"이 자식은 산속에서만 살아서 아는 게 너무 없어. 잘 들어, 마도적 저자는 현 강호에서 가장 강한 고수로 꼽히는 인물 중 하나라고."

"어, 그래? 그런 사람이었어?"

"일월맹의 백후 중 한 사람을 제압한 자라니까."

"제길. 일월맹 백후는 또 뭐냐?"

"어이구, 멍청한 놈. 사패 중 일월맹은 알지?"

"그걸 모르는 사람이 어딨냐?"

"이 바보야. 일월맹을 아는 사람은 당연히 백후도 알아야 해. 일월맹은 철저하게 무공의 고하로 서열이 정해지는 곳이야. 그곳에서 가장 강한 자 일백을 일월백후라 부르지. 일월맹은 곧 일월백후고 일월백후가 곧 일월맹이야. 알겠어? 그런데 저 마도적은 그 일월백후 중 서열 사십위의 고수 조환과 그 수하들을 제압한 사람이란 말이야. 그 말은 그가 일월맹에 들어가면 적어도 사십인 안쪽에 드는 고수가 된단 말이지."

"음… 과연 그런 자였군. 그런데 어느 문파 출신이야?"

"알려진 바 없어. 딱히 어느 곳에 속한 인물 같지는 않다는 것이 중론이지."

"흠, 재밌는 자군."

"재미? 그의 성정을 알면 결코 재밌다는 말이 나오지 않을 걸? 지금까지 그의 손에 죽은 자가 몇인 줄 알아?"

"마인인가?"

"마인은 아니지만 적어도 괴인은 되지. 그의 손에 죽은 자가 근 오십이 넘어. 이름있는 자로 말이야."

"정말 위험한 자군."

곽풍산이 고개를 끄덕였다. 그러는 사이 장원 안으로 들어갔던 용천문의 총관 응여가 급한 걸음으로 다시 밖으로 나왔다. 그리고는 팽팽한 긴장 속에 이웃해 서 있는 통천 가섭과 묵련 천황령의 령주 마도적을 동시에 바라보며 말했다.

"장주께서 귀빈들을 안으로 모시랍니다."

그 짧은 시간에 이런 준비가 가능했을까? 송추월은 고개를 저었다. 용천문 안으로 들어선 후 총관 웅여의 안내에 따라 후원에 도착했을 때 송추월은 이 변방의 문파가 그리 호락호락한 곳이 아니라는 것을 깨달았다.

반원을 그리며 후원 중앙에 준비된 자리들은 마치 수일간 연회를 열기 위해 준비한 것처럼 화려했다. 수십 명이 앉을 수 있게 마련된 화려한 탁자 위에는 벌써 김이 모락모락 오르는 산해진미가 즐비하게 놓여 있었다.

"어서 오십시오. 요동과 막북 두 곳의 영웅들을 이렇게 한자리에서 뵙게 되니 이 백문보의 일생일대의 영광입니다."

천목맹과 묵련의 고수들이 장내에 도착하자 후원 중앙에 서 있던 청수한 인상의 노고수가 앞으로 나오며 통천 가섭과 마도적에게 정중하게 인사를 했다. 용천문의 문주 백문보였다.

"환대해 주시니 감사합니다. 가섭이라 합니다."

"통천 어른의 명성, 귀가 따갑게 들어왔습니다. 강호의 현자로 불리시니 오늘 좋은 가르침을 바랍니다."

"마도적이라 하오. 만나서 반갑소이다."

"아, 마 노사! 강호의 일대영웅을 뵈올 날이 올 줄은 내 미처 예상치 못했습니다. 마 노사를 모시게 되었으니 우리 용천문의 홍복이 아닐 수 없습니다."

"반가이 맞아주시니 고맙소이다."

"오신다는 소식을 듣고 미리 작은 연회를 준비를 하였습니다. 먼 길에 피곤들 하실 터이니 일단 자리에 좌정하시지요."

　백문보가 가섭과 마도적을 각기 자신을 중심으로 좌우에 늘어서 있는 연회석으로 안내했다.


　"언제 이런 준비를 한 걸까?"
　천목맹 고수들을 위해 준비된 연회석의 한 자리를 차지하고 앉으며 대일이 고개를 갸웃했다.
　"아마도 우리가 벽산을 떠날 때부터 지켜보고 있었나 봐요."
　서연이 영활하게 눈을 움직이며 말했다.
　"만만치 않다는 말이군. 천목맹과 묵련의 움직임을 한눈에 넣고 있었다는 의미니까."
　이럴 때는 제법 머리가 잘 돌아가는 곽풍산이었다.
　"이곳은 임황이야. 임황의 주인은 용천문이고. 아마 임황에 사는 모든 사람들이 용천문의 눈과 귀일 거다."
　송추월이 당연한 일이라는 듯 말했다.
　"듣고 보니 그렇네. 그러고 보면 역시 용천문을 얻어야 임황을 얻는다는 말이 틀린 것은 아니군."
　대일이 고개를 끄덕였다.
　"정말 대단한 규모의 문파야. 생각보다 훨씬 대단해. 용천문의 행보에 따라 천목맹과 묵련의 전세가 변할 수도 있겠어."
　곽풍산이 광대하게 펼쳐진 용천문의 장원을 둘러보며 말했다. 고루거각이 구름 낀 하늘을 향해 첨탑처럼 솟구쳐 있었다. 그런데 그때 연회석의 중앙에서 백문보의 목소리가 들려왔다.

"오늘 모처럼 귀한 손님들을 모셨기에 이 백모는 준비가 소홀할까 걱정이 앞섭니다. 물론 천목맹과 묵련의 고수들께서 우리 용천문을 방문하신 이유를 모르지는 않습니다. 하지만 무거운 이야길랑은 잠시 잊으시고 일단 식사들을 하시기 바랍니다. 오는 길이 가깝지 않으니 모두들 출출하실 것입니다. 사람이란 이러니저러니 해도 배가 부르고 술이 들어가야 이야기가 부드럽게 진행되는 법이지요. 자, 드십시오."

백문보가 양손을 들어 통천 가섭과 마도적에게 음식을 권했다. 그러자 두 사람이 가볍게 고개를 숙여 보이고는 천천히 음식에 손을 대기 시작했다.

양 파의 수장들이 음식을 먹자 그 수하들 역시 요기를 시작했다. 그런데 막 음식을 맛보기 시작한 사람들 사이에서 탄성이 흘러나왔다. 그들 앞에 놓인 음식의 맛이 그야말로 천하에서 다시 찾아보기 힘들 정도로 뛰어났기 때문이었다.

"도대체 이 음식들은 누가 요리한 것이오?"

문득 마도적이 백문보를 보며 물었다. 그러자 백문보가 한 줄기 미소를 지으며 되물었다.

"입에 맞으십니까?"

"입에 맞는 정도가 아니라, 자칫하면 음식 맛에 취해 정신을 잃을 지경이오. 일평생 내가 먹어본 요리 중 가장 뛰어난 것 같소."

"하하, 입에 맞으신다니 다행입니다. 사실은 한 달여 전 우연히 아주 뛰어난 숙수를 만나게 되었지요. 그래서 그를 본문에 초대하게 되었습니다."

"아, 그렇소이까? 한번 보고 싶소이다. 어떤 인물인데 이토록 뛰어난 실력을 지녔는지."

"음… 그가 사람들 앞에 나서는 것을 꺼려해 이 자리에 나올지는 모르지만 제가 한번 청해보지요."

"솜씨가 뛰어나다고 해도 일개 숙수에 지나지 않는 자인데 감히 문주의 명을 거역하겠소이까?"

마도적의 말에 백문보가 고개를 저었다.

"그는 그저 일개 숙수가 아닙니다. 본문에 온전히 속한 사람도 아니지요. 떠나고자 한다면 언제든 본문을 떠날 수 있는 인물이기에 저 또한 무척 조심스러운 면이 있습니다."

"허허, 대용천문의 문주께서도 함부로 대하지 못하는 숙수라니 더더욱 그를 보고 싶구려."

"그럼 제가 잠시 자리를 비우겠습니다,"

백문보가 마도적과 통천 가섭에게 양해를 구한 후 자리에서 일어나 장원 안쪽으로 들어갔다. 백문보가 사라지자 마도적이 지긋한 눈으로 통천 가섭을 보며 말을 건넸다.

"용천문의 문주가 직접 가서 데려와야 할 정도면 정말 대단한 숙수인가 봅니다. 그렇지 않소이까, 가 노사?"

"흠 그런 듯하구려. 하지만 예부터 강호의 일류 숙수들은 황제가 스스로 몸을 낮춰 청한바가 있을 정도로 그 자존심이 대단하지요."

"껄껄, 그런가요? 그렇다면 오늘 우리 두 사람은 무척 운이 좋은 편인 것 같소이다. 그런 숙수를 만나게 되었으니 말이외다."

마도적의 은근한 말에 가섭이 빙긋 미소를 지었다.

"나 또한 그리 생각하오. 또한 그를 만나지 못한다 하더라도 오늘 이런 요리를 맛보았으니 용천문에 온 보람이 부족하지 않다 할 것이오."

"하하, 그리 말씀하시니 제 마음이 조금 놓이는구려. 가 노사께서 오늘 큰 욕심이 없는 듯하니 말이외다."

말인즉, 절미의 음식을 맛봤으니 용천문에는 욕심을 내지 말라는 의미였다.

"글쎄요. 이 뛰어난 요리를 맛본 것은 나만이 아니니 우리 모두 더 이상의 욕심을 거둬야 하는 것이 아닐지……."

"후후, 글쎄올시다. 비록 이 음식들이 대단하기는 하나 임황 전체와 바꿀 수 있을 것 같지는 않소이다만, 물론 가 노사와 같은 미식가시라면 이야기는 다르겠지만 말이오."

"하하하, 내가 미식가라는 소리는 오늘 여기서 처음 들어보는구려. 나야 주릴 때는 쌀겨라도 퍼먹는 사람이오만."

"그렇소이까? 난 고귀한 삼지왕이신지라 지저분한 음식에는 손을 대지 않는 줄 알았습니다."

뼈가 있는 말이었다. 임황을, 용천문을 탐하는 것이 통천 가섭의 명성에 어울리지 않는다는 말이었다.

"배가 고프면 군자도 비럭질을 할 수밖에 없는 법이지요. 하물며 이 가섭은 결코 군자가 아니외다."

가섭의 반격도 만만치 않았다. 임황을 손에 넣기 위해선 지저분한 싸움도 거절치 않겠다는 의미였다.

"하하, 이거 좋은 음식을 앞에 두고 쓸데없는 대화를 나누었소이다. 결국 좋은 음식을 누구에게 줄 것인지는 주인이 결정할 일인데 말이외다."

용천문의 행보는 용천문주 백문보에게 맡겨두자는 말.

"그렇지요. 나 또한 같은 생각이외다. 난 그저 용천문주가 누구의 겁박도 없이 스스로의 행보를 결정하길 바랄 뿐이외다."

"후후후, 그 말 명심하겠소이다."

마도적이 의미심장한 얼굴로 대답하는 사이 안으로 들어갔던 백문보가 한 명의 중년 사내를 데리고 장내로 돌아왔다. 두 사람의 뒤로는 다섯 사내가 다리가 높은 커다란 상 위에 비단 천으로 덮은 무엇인가를 들고 나오고 있었다.

"이리로 놓으시게."

장내에 도착한 백문보가 상을 들고 나온 자들에게 연회석 중앙의 공터를 가리켰다. 그러자 사내들이 백문보가 가리키는 곳에 상을 놓고는 조용히 뒤로 물러났다.

"소개해 드리지요. 이분이 바로 오늘의 요리를 준비하신 숙수입니다. 미방이란 성함을 가진 분이신데, 그 솜씨가 가히 하늘에 닿았다고 할 수 있지요."

백문보의 소개에 미방이라 불린 숙수가 가볍게 고개를 숙여 보였다. 그러자 마도적이 기다렸다는 듯이 입을 열었다.

"그대의 요리 솜씨는 가히 신기에 가깝다 할 수 있소. 오늘 그대의 요리를 맛보게 되어 무척 기뻤소이다."

마도적의 칭찬에 미방이 아무 대답 없이 한 번 고개를 숙이는 것으로 인사를 대신했다. 그러자 마도적의 표정이 살짝 변했다. 아무리 실력이 좋아도 마도적의 말처럼 숙수는 숙수일 뿐이다. 그런데 그런 자가 강호의 일대고수로 이름 높은 마도적의 안광을 차분히 받아내고 있었다. 장내의 고수들 중 눈 밝은 자들이 숙수 미방을 눈여겨보기 시작했다. 그에게서 흘러나오는 기도가 절대 만만치 않아 보였기 때문이었다.

"그저 그런 숙수가 아냐."

대일이 나직하게 송추월의 귀에 대고 말했다.

"알고 있어."

송추월이 대답했다.

"도대체 어떤 인물일까?"

"글쎄……."

"무슨 사연이 있는 자일까?"

대일이 고개를 갸웃했다. 그런데 그때 문득 묵련의 고수 중 한 명이 입을 열었다.

"외람되지만 제가 한마디 올려도 되겠습니까?"

단단한 체구에 장검을 찬 사내는 눈이 깊어 그 속을 짐작하기 어려워 보였다.

"음, 중천기주도 요리에 관심이 있었던가?"

마도적이 의외란 듯 물었다.

“그렇습니다. 한때 뛰어난 요리사들을 찾아 강호를 떠돈 적도 있지요.”

“아, 그러신가. 미처 몰랐던 일이네. 그래 할 말이 무엇인가?”

“숙수에게 묻고 싶은 것이 있습니다.”

“그래? 괜찮겠소?”

마도적이 숙수 미방을 바라봤다. 그러자 미방이 대답없이 시선을 중천기주에게 돌렸다.

“난 묵련오기 중 중천기를 맡고 있는 정백교라고 하오.”

중천기주 정백교가 자신을 소개함에도 미방은 가볍게 고개를 숙이는 것이 역시 인사의 전부였다.

“몇 가지 묻고 싶은 것이 있소이다만…….”

미방이 다시 고개를 끄덕였다. 그러자 정백교가 말을 이었다.

“혹, 천복이란 분을 아시오?”

순간 미방의 눈빛이 번뜩였다. 분명 정백교의 입에서 나온 이름을 알고 있는 눈치였다. 뒤이어 그의 입이 열렸다.

“그를 아시오?”

일개 숙수가 강호의 고수에게 할 수 있는 말투가 아니다. 그러나 미방의 입이 열리는 순간 사람들은 그가 숙수라는 것을 잊었다. 미방의 목소리는 낮으면서도 강렬했다. 또한 듣는 이로 하여금 한줄기 서늘한 한기를 느끼게 만드는 기운을 머금고 있어 그가 입을 연 순간만큼은 장내의 누구도 그를 일개 숙수라고 무시하는 마음을 가질 수 없었다.

"그를 알고 있소?"

같은 질문을 정백교가 되물었다.

"알고 있소."

"역시 그를 알고 있구려."

정백교가 고개를 끄덕였다. 그러자 다시 미방이 물었다.

"그를 아시오?"

"알고 있소이다. 칠 년 전 항주에서 그의 요리를 맛보고 그 실력에 반해 그의 곁에 삼 개월을 머물렀었소. 해서 그와 제법 막역한 사이가 되었소."

강호의 절대고수와 숙수가 막역한 사이가 된다는 것은 무척 기이한 일이지만 사람들은 그저 두 사람의 대화에만 정신이 팔려 있었다.

"그의 곁에 삼 개월을 머물렀다니 당신의 입은 황제의 입보다 귀한 모양이구려."

일개 숙수가 묵련오기주 중 한 명을 당신이라고 칭했다. 이건 그야말로 자신의 목을 내놓은 것이나 다름없었다. 그런데 그럼에도 그 누구도 미방에게 화를 내지 않았다. 도도한 마도적조차도.

"나 또한 그리 생각하오. 그 삼 개월이 내 평생 가장 행복했던 시간이기도 하고 말이오. 난 마치 꿈을 꾸는 것 같았소이다. 먹기 위해 산다는 말이 그때처럼 진정으로 생각된 시절이 없었으니 말이오. 그런데… 그 삼 개월 이후 난 천 노형을 다시 만나지 못했소. 천 노형은 약속이 있다면서 길을 떠났고, 우린 분명 육 개월 뒤에 북경에서 다시 만나기로 했었소. 그런데 천 노형은 약속한 장소에 나오지 않았소. 이후 난 천 노형의 소식을 들을 수 없었고 말이오. 혹… 그대가 천 노형의 소식을 알려줄 수 있소?"

이때만큼은 정백교의 안광이 차갑게 변했다. 그는 곧이라도 미방을 향해 손을 쓸 것처럼 차가운 눈빛으로 상대를 노려봤다. 그러나 그런 정백교의 눈빛도 미방에겐 큰 영향을 미치지 못했다.

"왜 내가 그의 소식을 알고 있을 거라 생각하오?"

미방이 물었다. 그러자 정백교가 정색하며 입을 열었다.

"천 노형이 평소 무척 아끼던 칼이 있었소. 그 칼은 강호의 어느 명검 못지않게 날카롭고 예리해서 천 노형과 같은 뛰어난 숙수에게 무척 어울리는 것이었소. 천 노형은 그 칼을 귀하게 생각해 평소 요리를 할 때는 그 칼을 꺼내지도 않았소. 아주 특별한 요리를 할 때만 그 칼을 사용했던 것이오. 그런데……."

정백교의 시선이 문득 미방의 앞쪽으로 향했다. 미방은 보통의 숙수들이 외부에서 요리를 할 때처럼 가죽으로 된 허리띠에 요리에 사용하는 칼들을 매달고 있었다. 칼들은 각기 그 모양과 크기가 달랐는데, 정백교는 그중 하나의 칼에 시선을 고정하고 있었다.

"오늘 이곳에서 천 노형의 칼을 보게 될 줄은 몰랐구려."

정백교가 마치 살인자라도 잡은 듯한 눈으로 미방을 노려보며 말했다. 그러자 미방이 문득 가벼운 미소를 지었다. 그건 상대에 대한 비웃음 같기도 하고 지금 상황에 대한 귀찮음을 드러내는 것 같기도 한 웃음이었다.

미방이 정백교의 말에 답하는 대신 걸음을 옮겼다. 그는 앞서 사내들이 들고 나온 상 앞에 가 서더니 서슴없이 덮여 있는 비단보를 걷어냈다.

"음……!"

"아……!"

순간 장내 곳곳에서 낮은 탄성이 흘러나왔다. 묵련 중천기주 정백교와 용천문의 숙수 미방 사이에서 오간 대화는 자칫 장내에 칼부림을 부를 수도 있는 내용들이었기에 사람들은 내심 크게 긴장하고 있었다. 미방을 불러낸 용천문의 문주 백문보조차도 일이 이렇게 진행될 거라고는 예상치 못했는지 무척 곤혹스런 표정을 짓고 있었다.

그런데 이런 엄중한 상황에 어울리지 않게 사람들 사이에서 황홀한 탄성이 터져 나왔던 것이다. 사람들의 얼굴엔 마치 경국지색의 아름다운 여인을 본 듯한 놀라움이 깃들었다.

"이게 도대체가……."

곽풍산이 고개를 저었다.

"뭐 이런 향이 있지?"

대일도 멍한 시선으로 미방 앞에 놓인 탁자를 바라봤다. 탁자 위에는 잘 구워진 암퇘지가 올려져 있었다. 그런데 그 암퇘지로부터 흘러나오는 그윽한 향이 사람들을 코를, 그리고 그들의 정신을 사로잡고 있었다.

미방에게 차가운 감정의 칼날을 들이밀던 정백교조차도 구운 암돼지에서 흘러나오는 향기에 취한 듯 날카롭던 눈빛이 한결 무뎌진 모습이었다.

슥!

미방이 사람들의 몽롱한 시선 속에서 칼질을 했다. 간결하면서도 날렵한 칼 솜씨에 돼지의 옆구리 부분이 매끄럽게 잘려져 나왔다.

삭삭삭!

미방이 잘려져 나온 돼지고기를 다시 먹기 좋은 크기로 잘게 잘랐다. 그의 칼놀림은 그야말로 놀라워서 마치 그저 허공에 칼을 긋는 시늉만 하는 것 같은데 어느새 돼지고기는 아름다운 꽃 모양으로 잎을 펴며 잘려져 있었다.

삭!

미방이 한칼에 잘린 고기들을 들어 올려 접시에 담았다. 그리고는 품속에서 작은 호리병을 꺼내 마개를 열더니 허공에 가볍게 뿌렸다. 그러자 호리병에서 뿌연 가루들이 흘러나와 접시에 담긴 고기 위에 안개처럼 내려앉았다.

미방은 빠른 손놀림으로 호리병의 마개를 닫은 후 품속에 넣고 접시를 들고 정백교 앞으로 다가갔다. 그리고는 정백교의 눈앞에 접시를 내밀었다.

"맛보시겠소이까?"

미방의 말에 정백교가 퍼뜩 정신을 차렸다.

"그대는 아직 내 말에 답하지 않았다."

정신을 차린 정백교가 다시 좀 전의 날카로움을 회복하며 물었다.

"일단… 한번 맛을 보시오. 이건 지금까지 천하에서 오직 다섯 사람만이 맛을 본 요리요. 그대는 오늘 무척 대단한 행운을 잡은 것이오."

"난 이 요리보다 그대의 대답을 듣고 싶다."

정백교가 여전히 싸늘하게 대답했다. 그러자 미방이 미소를 지으며 말했다.

"맛을 보면 설명하리다. 그때가 되면 왜 이 칼이 내 손에 있는지 이해하게 될 것이오."

"좋아. 먹으라면 못 먹을 바도 없지."

미방의 말에 정백교가 의심 어린 표정을 지으면서도 천천히 젓가락을 들어 고기를 입으로 가져갔다. 그런데 미방의 요리를 입에 넣은 정백교의 표정이 한순간 묘하게 변하기 시작했다. 뭔가에 당황한 듯하기도 하고, 또는 황홀한 꿈을 꾸는 것 같기도 하며, 때로는 자신의 혼백을 모두 빼어놓은 것 같기도 한 표정이었다.

"어떻소, 입에 맞으시오?"

미방의 말에 정백교가 꿈에서 깨어나듯 퍼뜩 정신을 차렸다. 그리고는 미방을 바라보며 제대로 나오지 않는 음성을 흘려냈다.

"어, 어떻게 이런 맛이……?"

"입에 맞으시오?"

미방이 재차 물었다.

"이건… 내 평생 처음 맛보는 신묘한 맛이오. 이건… 아, 이건 사람의 음식이 아니오."

"사람이 만들고, 사람이 먹었으니 사람의 음식이지 어찌 아니라고 하시는 거요."

"하지만… 이건!"

맛 하나에 정신을 잃은 정백교가 당황한 시선으로 미방의 손에 들린 접시를 바라봤다. 그리고 한순간 탐욕의 눈빛을 흘렸다. 순수한 식탐, 강호의 절대고수가 식탐으로 얼굴이 붉게 상기되고 있었다.

"기이한 일이다."

대일이 나직하게 중얼거렸다.

"그러게 말이야. 도대체 어떤 맛이기에 묵련의 절정고수가 정신을 차리지 못하는 것이지? 설마 저 사람이 하늘에서 내려온 숙수라도 된다는 말인가?"

곽풍산도 대일의 말에 맞장구를 쳤다. 그러나 그들의 의문에 답해줄 사람은 아무도 없었다. 오늘 일어난 이 일을 설명할 수 있는 사람은 오직 한 명, 숙수 미방뿐이었다.

"오늘 맛본 나의 요리와 그대가 알고 있는 천 노야의 요리를 비교하면 어떻소?"

여전히 황망한 정백교를 향해 미방이 물었다. 그러자 정백교가 마치 몽유병에 걸린 사람처럼 중얼거렸다.

"천 노형의 요리가 인간이 맛을 낼 수 있는 최고의 경지라면… 당신의 요리는 인간이 낼 수 없는 맛이라 할 수 있소."

"그럼 내 요리가 낫다는 말이구려."

"천 노형께는 미안하지만 그렇소."

"후후, 그럼 이제 이해하시겠구려. 이 칼이 내 손에 있는 이유를."

미방이 가만히 칼을 들어 보였다. 그건 정백교가 그 출처에 대해 의문을 제기했던 천복이란 숙수의 칼이었다.

"천 노형이 그 칼을 주셨소?"

"그렇소."

미방이 고개를 끄덕였다.

"천 노형이라면… 당신의 요리를 맛본 대가로 충분히 그 칼을 내어놓았을 것이오."

"물론 그는 아무런 반발 없이 이 칼을 내게 넘겨주었소. 난 이 칼이 몹시 탐이 났고, 그는 이 칼을 자신의 몸처럼 아꼈으나 나의 요리를 맛보는 순간 내어놓지 않을 수 없었소."

"천 노형과 내기를 한 것이오?"

"뭐, 그렇다고 해둡시다."

"천 노형은 어딨소?"

"글쎄. 그건 나도 모르겠소. 나에게 이 칼을 주고 떠날 때는 곧 스스로 목숨을 끊을 듯한 모습이었지만 당신도 아시다시피 본래 사람의 목숨이란 질긴 법이 아니오?"

"죽었을 수도 있다는 말이오?"

"가끔 자신의 재주가 넘을 수 없는 벽이 나타나면 그 벽 앞에서 좌절해 목숨을 끊는 사람도 있으니까."

"천 노형은… 아, 천 노형은…….."

정백교가 탄식을 흘려냈다.

"하지만 너무 걱정 마시오. 혹시 아오? 몇 년이 흐른 뒤 그가 다시 천상의 요리를 들고 우리들 앞에 나타날지…….."

미방이 의미를 알 수 없는 미소를 지으며 위로하듯 말했다.


숙수 미방은 정백교에게 자신이 요리를 밋보게 하는 것으로 장내의 분위기를 장악했다. 장내에는 무림천하에서 내로라하는 고수들이 모여 있었지만 그들의 시선은 오직 숙수 미방에게 향해 있을 뿐이었다.

"대단하군."

송추월이 나직하게 중얼거렸다.

"뭐가요?"

서연이 물었다. 다른 사람들의 시선은 미방을 향해 있었지만 서연의 시선은 송추월을 놓치지 않고 있었다.

"저 숙수 말이에요."

송추월의 말에 서연이 고개를 끄덕였다.

"그래요. 정말 대단한 것 같아요. 요리도 요리지만… 한순간에 좌중을 압도하고 있잖아요. 오직 요리와 말로써 말이에요."

"저 요리가 그렇게 가치가 있는 걸까요?"

"모르죠. 맛을 보기 전에는……."

서연의 말이 채 끝나기도 전에 미방의 입이 열렸다.

"문주님!"

"말씀하십시오, 미 숙수!"

"오늘 이 요리는 제가 평생 심혈을 기울여 만든 양념과 향신료를 이용해 만든 것입니다. 이와 같은 요리는 천하에 다시없을 거라 자신할 수 있지요. 그러나 비록 제가 만든 요리이기는 하나 저야 용천문에 속한 일개 숙수일 뿐이지요. 하니 이 요리의 처분은 문주께 맡기겠습니다."

"그… 그게 무슨 말씀이시오?"

"이 암퇘지는 제법 큰 놈이라 나누어 먹자면 이곳에 모인 모든 사람들이 몇 절음씩 맛볼 수 있을 것입니다. 하지만 너무 귀한 것이라 그런 식으로 모두에게 나눠 주는 것은 또한 아까운 일이기도 하지요. 이 요리는 열흘간 보관이 가능한데 문주께서 원하시면 다시 거두어들여 문주님을 위해 보관토록 하겠습니다. 그러니 이 요리의 처분을 명해주시기 바랍니다."

미방이 고개를 숙여 보이며 말을 끝냈다. 비록 용천문주 백문보의 처분을 청하고 있었지만 어찌 보면 미방이 용천문주를 압박하는 듯한 모습이기도 했다.

어쨌든 미방의 말은 사람들의 시선을 온통 용천문주에게로 향하게 했다. 사람들은 절대 이 암퇘지 요리가 다시 용천문의 주방으로 돌아가는 것을 원하지 않았다. 사람이 가지고 있는 욕망 중 식탐은 가장 강한 욕망 중 하나다. 이곳에 모인 자들이 강호의 일대고수들이라 할지라도 식탐에서 자유로운 사람은 없었다. 그것도 인간이 아닌 신을 위한 요리라면.

용천문주가 곤혹스런 표정으로 좌중을 돌아봤다. 탐욕 가득한 사람들의 시선이 용천문주를 노려보고 있었다. 그들은 만약 용천문주가 미방의 요리를 주방으로 돌려보낸다면 그 즉시 도검을 뽑을 기세였다.

"문주님?"

곤혹스런 표정의 백문보를 보며 미방이 대답을 재촉했다. 그런데 용천문주를 부르면서 미방이 눈치채지 못하게 백문보를 향해 한쪽 눈을 찡긋했다. 순간 백문보가 뭔가를 깨달은 것처럼 눈빛을 번뜩였다. 그리고는 금세 얼굴에 희색을 띠며 자리에서 일어났다.

"대저 음식은 여러 사람과 나눠 먹어야 그 가치를 더하는 법이지요. 물론 미 숙수의 요리가 천하의 그 어떤 보물보다도 귀하다는 것은 알고 있지만 결국 사람이 먹지 않으면 썩어 없어질 것은 자명한 일, 또 귀한 손님을 불러놓고 혼자 천하일미의 요리를 숨겨두고 먹는다는 것 역시 주인 된 자의 도리는 아닐 것입니다. 하니 일단 이곳에 모인 모든 분들께 미 숙수의 요리를 맛볼 수 있게 준비해 주십시오."

백문보의 말에 사람들의 얼굴에 희열이 나타났다. 원하는 것을 얻었을 때의 희열, 그 모습을 보며 송추월은 만약 백문보가 이들에게 요리를 맛보여주지 않았을 때 어떤 일이 벌어졌을지 두렵기까지 했다.

  '사람의 욕망이란 이렇게 대단한 것이구나. 단 한 절음의 고
깃덩어리를 위해 살의를 품을 수 있을 정도로. 그런 면에서 보
면 저자는 고수다.'

  송추월이 오연한 시선으로 용천문주의 결정에 희열을 느끼
는 고수들을 지켜보고 있는 미방을 응시했다. 미방은 팔짱을
낀 채 마치 재미있는 놀이를 구경하듯 사람들의 반응을 살피
고 있었다.

  "미 숙수?"

  용천문주가 자신의 말에 아무런 대꾸도 없이 사람들을 살피
고 있는 미방을 불렀다. 그러자 미방이 부드러운 움직임으로
신형을 돌리며 대답했다.

  "문주님의 명대로 하겠습니다. 준비들을 해주시게."

  미방이 고개를 돌려 애초에 암퇘지 고기가 올려진 상을 들
고 나왔던 네 명의 사내를 보며 말했다. 그러자 사내들이 재빨
리 고개를 숙여 보인 후 장원 안쪽으로 뛰어들어 가더니 잠시
후 각자의 손에 수십 개의 접시들을 들고 나왔다.

  "요리를 맛보기 전에 잠시 부족한 재주를 구경시켜 드리겠
소이다."

  미방이 연신 침을 삼키고 있는 좌중의 고수들을 둘러보며
말을 하더니 한순간 숙수 천복의 것이었다던 칼을 꺼내 들었
다. 그리고는 잘 구워진 암퇘지 고기 앞에 서서 바람처럼 칼을
놀리기 시작했다.

사사삭!

미방의 손이 움직일 때마다 암퇘지 고기가 얇게 저며지며 그 몸통으로부터 떨어져 나왔다. 미방의 손놀림은 빠르고 간결할 뿐 아니라 부드럽기까지 해서 도검을 쓰는 일에는 이력이 난 장내의 고수들조차 감탄을 금치 못했다.

사삭!

고기 썰리는 소리가 끊임없이 이어졌다. 그렇게 일각, 어느새 상 위의 암퇘지는 앙상한 뼈만 남은 채 모든 옷을 벗어버렸다. 앙상한 뼈 주위로는 일정한 크기로 잘린 고기들이 수북히 쌓여 있었다.

탁!

마지막 고기 한 절음을 뼈로부터 분리해 낸 미방이 번개처럼 칼을 돌려 탁자 위에 꽂았다. 그리고는 칼에서 자유로워진 손으로 품속에 들어갔던 호리병을 다시 꺼내 들더니 마개를 열어 고기 절음 위에 그만의 독특한 향신료를 뿌렸다.

호리병을 나온 향신료들이 미방의 손길에 따라 골고루 고기 절음에 내려앉았다. 그러자 장내에 신묘한 향기가 꽃향기처럼 퍼져 나갔다. 사람들은 그 향기를 맡는 순간 더더욱 미방의 요리에 탐욕을 보이기 시작했다.

"담게!"

미방이 사람들의 반응에 묘한 미소를 보이며 뒤에 서 있는 사내들에게 명을 내렸다. 그러자 사내들이 재빨리 접시 하나에 다섯 점씩의 고기를 담았다.

“손님들께 접대를 시작하게.”

각각의 접시에 고기 절음이 담기자 미방이 다시 명을 내렸다. 그러자 사내들이 조심스런 움직임으로 연회석에 앉아 있는 사람들을 앞으로 다가가 고기 절음이 담긴 접시를 건넸다.

사람들은 마치 다시 얻을 수 없는 보물을 건네받은 것처럼 조심스럽게 자신의 접시를 받아 들었다. 그러나 그 누구도 선뜻 자신의 접시에 담긴 요리에 입을 대는 사람은 없었다. 사람들은 마치 부모가 밥 먹기를 허락하기를 기다리는 아이처럼 미방의 입이 열리기를 기다렸다.

송추월과 서연, 그리고 그 친구들에게도 요리가 전해졌다. 송추월은 자신의 접시에 담긴 다섯 조각의 고기 절음을 보고 내심 감탄했다. 그건 접시에 담긴 고기에서 흘러나오는 이 오묘한 향 때문만은 아니었다. 잘려진 고기의 단면, 그 매끄러운 칼 솜씨가 송추월을 감탄시켰다. 더군다나 다섯 개의 고기 절음은 그 크기가 거의 동일할 정도였다. 그토록 빠르게 고기를 잘라내면서 이렇게 매끄러운 단면과 동일한 크기를 만든다는 것은 강호의 절대검객도 하기 힘든 재주였다.

“문주께서 권하셔야 맛들을 보실 것 같습니다만…….”

각자 접시를 받아놓고 그 안에 담긴 고기만 쳐다보고 있는 고수들을 보던 미방이 빙그레 웃으며 용천문주에게 말했다. 그러자 용천문주가 역시 웃음 가득한 얼굴로 고개를 끄덕였다.

“하하, 미 숙수의 말씀이 옳은 것 같소. 손님들이 요리에서 흘러나오는 향기에 취해 이 요리가 입에 들어갈 음식이란 것을 잊은 듯하니 말이오. 자 여러분, 이제 그만 요리를 시식해 보시지요.”

용천문주의 말에 사람들이 정신을 차리고 천천히 고기에 젓가락을 가져갔다.

“음……!”

“아!”

“이럴 수가… 이건 도대체가…….”

음식이 사람들의 입으로 들어간 후 촌각이 지나지 않아 곳곳에서 사람들의 탄성이 흘러나왔다. 아니, 그건 탄성이라기보단 신음 소리에 가까웠다. 요리를 맛본 사람들의 눈은 몽롱해졌고, 그들의 표정은 환희로 가득 찼다.

송추월 역시 입안에 한 절음의 고기를 넣었다. 그리고 그 고기를 씹으려는 찰나 갑자기 고기가 사르르 녹는 듯하더니 영롱한 향기와 함께 한순간에 목을 넘어가는 것이었다.

“음…….”

송추월의 입에서도 나직한 신음성이 흘러나왔다. 단연코 송추월은 살아오면서 이런 음식을 맛본 적이 없었다. 묵련 중천기주 정백교의 말처럼 송추월이 맛본 음식은 인간의 것이 아닌 천상의 것이었다.

“도대체 어떻게 이런 맛이 나지?”

곽풍산과 대일도 얼떨떨한 표정을 짓고 있었다.

“어디 다시 하나!”

대일이 급하게 다시 한 조각의 고기를 입에 넣었다.

"하아, 세상에 이런 맛이라니. 난 죽어도 여한이 없을 것 같아."

대일이 황홀한 표정으로 말했다.

"맞아. 둘이 먹다 하나 죽어도 모른다는 맛은 바로 이런 맛이 아닐까?"

곽풍산도 곁에서 맞장구를 쳤다.

장내가 온통 흥분으로 물결쳤다. 하나의 음식이 사람들을 혼미한 상태로 이끌고 있었다. 그러나 사람들이 천상의 맛을 경험할 수 있는 시간은 너무 짧았다. 왜냐하면 그들의 접시에 올려진 고기는 모두 다섯 절음씩이었고, 그 다섯 절음을 먹는 데는 채 일각의 시간이 걸리지 않았기 때문이었다.

"아……."

"흠……."

접시를 비운 사람들 사이에서 공허한 한숨이 흘러나왔다. 더 이상 이 요리를 먹을 수 없다는 상실감은 도검을 든 무인들의 전의를 한순간에 깨뜨렸다. 그들이 이곳에 온 목적, 용천문을 손에 넣어 임황을 장악하려던 목적은 잊어버리고 어느새 그들은 숙수 미방이 만들어내는 요리를 더 얻어먹을 수 없을까 하는 욕망에 사로잡혔다.

그리고 그건 천목맹과 묵련을 이끌고 있는 두 파의 수장들, 통천 가섭이나 묵련 천황령주 마도적 역시 마찬가지였다. 그들도 뭔가 아쉬운 눈으로 빈 접시를 내려다보고 있었다.

“문주, 저는 그만 들어가 보겠습니다.”

미방의 목소리가 상실감에 젖은 무인들 귀에 들려왔다.

“그러시지요. 오늘의 요리 정말 대단했습니다.”

“가끔은 이렇게 저도 믿지 못하는 맛의 요리가 나오게 되지요. 그것도 문주님의 복이라면 복일 겁니다. 그럼!”

미방이 가볍게 백문보에게 고개를 숙여 보이고는 종종걸음으로 장원 안쪽으로 사라졌다. 그러자 사람들이 안타까운 눈으로 사라지는 미방에게 일제히 시선을 돌렸다. 사람들의 눈길은 미방이 완전히 모습을 감춘 후에도 한동안 그가 사라진 방향에 맞춰져 있었다.

그런 사람들의 행동을 유심히 지켜보고 있던 용천문주 백문보가 한줄기 미소를 지으며 입을 열었다.

“모두들 잠시 제 이야기를 들어주시기 바랍니다.”

백문보의 말에 그제야 사람들이 미방이 사라진 곳으로부터 시선을 거뒀다.

“오늘 백모는 천하에서 가장 맛있는 요리를 맛보았습니다. 그 향기가 아직도 입안에 남아 있어 아마도 한동안 다른 음식은 입에 대지 못할 듯합니다.”

“음, 나 역시 마찬가지요. 이런 요리는 내 생전 다시는 맛보지 못할 것이오.”

마도적이 고개를 끄덕였다. 자존심 강한 그조차도 미방이 선보인 요리에는 감복하지 않을 수 없는 모양이었다.

“나 또한 그렇소. 오늘 이 요리를 맛본 것으로 용천문을 방문한 보답은 차고 넘치게 받은 느낌이오."

통천 가섭 역시 미방의 요리를 칭찬하는 데 주저하지 않았다. 그러자 백문보가 미소를 지으며 대답했다.

"두 분 노사께서 만족하셨다니 참으로 다행입니다. 그런데 전 오늘 이 요리를 여러분께 대접하면서 한 가지 깨달은 것이 있습니다."

"어떤 깨달음을 얻었단 말이시오?"

마도적이 호기심을 드러내며 물었다.

"그건 아주 간단한 진리입니다. 제가 깨달은 진리는 귀한 것일수록 모두와 함께 나눠야 한다는 것입니다. 만약 오늘 제가 미 숙수의 요리를 욕심내 여러분께 내어드리지 않았다면 어찌 수많은 사람이 이토록 기쁜 경험을 할 수 있었겠습니까."

"허험, 그 점에 대해선 용천문주의 결정에 이 마도적도 깊이 감사드리는 바이오."

"고맙습니다. 그런데 이런 깨달음이 오늘날 우리 용천문의 처지에도 큰 가르침을 주고 있는 듯합니다."

순간 마도적과 통천 가섭의 표정이 변했다. 그동안 숙수 미방의 요리에 취해 그들이 이곳에 온 목적을 잠시 잊고 있다가 용천문주 백문보의 말에 퍼뜩 떠올랐기 때문이었다.

"문주의 고견을 듣고 싶구려."

통천 가섭이 정중하게 말했다.

"제 생각은 이렇습니다. 외람되지만 이 임황에서 우리 용천문은 오늘 미 숙수가 내어놓은 요리와 같다고 할 수 있습니다.

다시 말해 임황을 원하는 사람은 누구나 우리 용천문을 탐한
다는 것이지요. 아마도 그러하기에 천목맹과 묵련의 고수 분
들께서 이곳에 오셨을 것입니다. 그러나 제 입장으로는 오늘
나누어 드린 미 숙수의 요리처럼 용천문이 천목맹이든 묵련이
든 어느 한곳에 매이는 것은 결코 옳은 일이 아니라고 생각합
니다. 용천문은 임황을 기반으로 살아가는 사람과 임황을 찾
는 상인들, 그리고 휴식을 얻기 위해 임황에 들르는 여행객들
에게 골고루 나눠져야 할 요리와 같은 것이라는 거지요. 그래
야만 임황에서의 용천문은 가치가 있을 것입니다. 만약 용천
문이 어느 한 세력에 얽매이게 된다면 그 순간 그 가치의 팔 할
을 잃을 것이며, 더불어 임황도 쇠퇴하게 될 것입니다. 이게 부
족하나마 오늘 천하일미를 맛보며 깨달은 이 백모의 생각입니
다. 그러니 부디 두 분께서도 이런 제 마음을 헤아려 주시기
바랍니다."

第二章
불씨

화마경

그것은 진정으로 신묘한 경험이었다. 통천 가섭과 마도저은 절정의 경지에 오른 고수들이었다. 또한 노련하며 어떤 바람에도 흔들리지 않는 굳은 심기를 지닌 자들이었다. 그런데 그런 그들이 말 잘 듣는 어린애들처럼 용천문주 백문보의 말에 수긍하고는 용천문을 나섰다. 미방의 요리가 남긴 깊은 감흥이 천목맹과 묵련 고수들로 하여금 백문보의 말이 정말 온당한 결정이라는 믿음을 심어주었던 것이다.

그들이 용천문으로 향했을 때에는 모든 수단을 동원해 용천문을 자신들의 손에 넣는 것이 목적이었지만 벽산으로 돌아가는 그들의 손에는 아무것도 들려 있지 않았다. 그러나 빈손으로 돌아가면서도 그들의 얼굴에는 큰 불만이 없어 보였다. 단지 미방이라는 신비스런 숙수의 요리를 맛보았다는 만족감에 용천문에서 순순히 물러선 일은 아주 작은 일로 치부되어 버렸던 것이다.

그들이 자신들의 실태를 깨달은 것은 각자의 수하들을 끌고 임황의 경계를 벗어나 벽산에 가까워졌을 때였다. 그때는 이미 천목맹과 묵련의 고수들이 서로 다른 길로 접어든 지 오래인 후였다.

"도대체 무슨 일을 한 건가?"

문득 일행 앞에서 말을 몰고 있던 통천 가섭이 중얼거렸다. 벽산을 넘어 임황으로 불어오는 차가운 바람에 정신이 든 모양이었다.

"용천문주가 대단한 사람을 손에 넣은 것 같습니다."

가섭의 곁에서 부루가 차분한 말투로 말했다.

"결국 당한 건가?"

"아마도……."

"허허, 일개 숙수에게 천목맹과 묵련의 수뇌가 놀아나다니. 도대체 이런 일이 가능하긴 한 건가?"

"저도 듣기만 했다면 믿지 못했을 겁니다. 하지만 제가 겪은 일이니 믿지 않을 수 없군요."

"현무신장은 어땠는가? 그대도 그의 요리에 정신을 빼앗겼나?"

"글쎄요. 저 또한 용천문을 나설 때까지는 우리가 무슨 일을 겪고 있는지 냉정한 판단이 서지 않더군요."

"음… 용천문이 대단한 걸까? 아니면 운이 좋아 그런 천재적인 숙수를 얻은 것일까? 만약, 전자라면 용천문은 결코 만만히 볼 수 있는 문파가 아니네."

"제 생각도 같습니다. 그들과 척을 지어서는 임황에서의 일을 그르치기 십상일 겁니다."

"하면 앞으로 일을 어찌한다?"

통천 가섭은 그 지모가 하늘에 닿아 있다는 인물이다. 그런 그가 아직도 오늘 겪은 일의 혼미에서 벗어나지 못하고 있는 듯 부루에게 향후의 일을 물었다.

"일단 돌아가서 다시 계획을 세워야겠지요. 하지만 결론은 역시 하나일 듯싶습니다."

"결론이 하나라? 어떻게 말인가?"

"오늘의 결과로 보아서는 다시 용천문을 손에 넣기 위해 움직이기는 천목맹이나 묵련이나 모두 어려울 듯합니다. 다시 용천문을 방문하기에는 더 이상 명분이 없으니 말입니다. "

"그렇다고 할 수 있지. 또한 오늘 일로 용천문은 임황이 자신들의 터전임을 분명히 한 것이고……."

"하지만 비록 용천문이 생각보다 대단한 힘을 가지고 있다고 해도 홀로 천목맹과 묵련을 상대할 수는 없지요."

"그야 당연한 일일세."

"그러니 이 일은 결국 본 맹과 묵련 양쪽이 직접 해결해야 결론이 날 듯싶습니다. 용천문은 그 결과에 따라 행보를 정하게 될 것이고……."

“다시 말해 용천문을 접수하는 것이 먼저가 아니라 천목맹과 묵련이 승부를 내는 것이 먼저라는 말이군.”

“그렇습니다.”

“좋지 않군.”

“그렇습니다. 애초의 계획에 비하면 상당히 불편한 상황이지요. 묵련과의 정면대결은 누가 승자가 되든 양측에 큰 손실을 가져오게 될 것입니다.”

“대화로 해결할 수는 없을까?”

“그렇다면 천목맹과 묵련 그 누구도 임황을 손에 넣지 못할 겁니다. 임황은 오직 용천문의 땅이 되겠지요. 지금처럼…….”

“임황에 오지 않음만 못했다는 건가?”

“그건 아니지요. 적어도 임황이 묵련의 손에 들어가는 것은 막았으니까요.”

“으음… 최선은 아니지만 차선이라. 선택을 해야겠군.”

“다른 대장로 어른들의 의견을 들어야 할 것 같습니다.”

“그렇군. 임황을 포기하는 일은 나 혼자 결정할 일이 아니지. 어서 가세.”

통천 가섭이 일행의 걸음을 재촉했다.


“뭐야? 이건?”

곽풍산이 살짝 얼굴을 찌푸렸다. 공기에서 느껴지는 내음이 달랐다. 용천문에서 신의 음식을 맛보고 온 미각과 후각이 한

순간에 구역질을 불러일으킬 것처럼 요동쳤다. 피내음이었다.

"무슨 사단이 벌어진 모양이다."

대일도 도를 움켜잡으며 말했다.

두두두!

일행의 앞쪽에서 세 명의 천목맹 고수가 급하게 말을 달려 앞으로 나섰다. 멀리 벽산 주봉 아래 천목맹의 진영은 환하게 불을 밝히고 있었다.

그런데 얼마 지나지 않아 급히 달려나갔던 천목맹 고수들이 금세 말을 멈추더니 이내 다시 일행 쪽으로 되돌아오기 시작했다. 더불어 돌아온 사람은 셋이 아니라 다섯이었다.

히히힝!

일행 앞에 도착한 다섯 고수를 태운 말들이 앞발을 높이 들며 급하게 멈춰 섰다.

"무슨 일인가?"

"싸움이 벌어졌답니다."

가섭의 물음에 다섯 고수 중 한 명이 재빨리 입을 열었다.

"싸움? 설마 묵련이 기습을 한 것인가?"

"그, 그런 것이 아니라……."

"그럼 뭔가? 빨리 말을 하게."

"기습을 한 것은 묵련이 아니라 우리 쪽입니다."

"뭣? 도대체 어떻게 된 일이냐?"

가섭의 눈초리가 올라갔다. 벽산 천목맹의 일은 모두 통천 가섭의 통제하에 일이 진행되고 있었다. 물론 낭왕 별고 역시 수뇌 중 한 명이었지만 지금까지 그는 언제나 한 걸음 뒤로 물러나 있었다.

"주작신장께서 어둠을 틈타 묵련의 진지를 공격했습니다."

"뭐라고? 어떻게 그런 일이 있을 수 있단 말인가? 낭왕은? 낭왕도 이 일을 알고 있나?"

"낭왕께서는 알지 못하는 일이었습니다. 주작신장께선 낭왕 어른도 모르게 은밀히 움직였습니다. 낭왕께서 이 일을 아신 것은 이미 일이 벌어지고 난 이후였습니다."

"이런… 이런 멍청한!"

가섭의 볼이 분노로 떨렸다. 주작신장 모용검천의 행동은 그야말로 임황에서의 모든 계획을 물거품으로 돌리게 하는 행동이었다. 일이 벌어진 이상 묵련과의 전면전은 정해진 수순이나 마찬가지였다.

"진정하십시오. 기왕 시작된 싸움입니다. 이제 중요한 것을 결과입니다."

부루가 침착하게 가섭을 진정시켰다.

"전황은?"

부루의 말에 노기를 가라앉힌 가섭이 물었다.

"좋지 않습니다."

"끙! 기습을 하고도 승기를 잡지 못했단 말인가?"

"저들이… 기습을 예상하고 있었습니다."

"그럼 함정에 빠졌단 것이냐?"

"다행히 운 좋게 함정에 빠지지는 않았지만 싸움은 그리 유리하지 않습니다. 해서 주작신장께서 구원을 청하셨습니다.
그러나 낭왕께서는 진지를 비울 수 없다며 구원을 주저하고
계시던 찰나였습니다."
 "옳은 결정이다. 진지를 비운다면 묵련이 후방을 노릴 수도
있음이니… 하면 이를 어쩌나?"
 "제가 가보겠습니다."
 부루가 나섰다.
 "자네가?"
 "진영에 남아 있는 사람들을 움직이긴 어려울 테니 임황에
갔던 현무신부의 고수들을 데리고 제가 가겠습니다."
 "음, 그래 주겠나?"
 "어딘가?"
 부루가 소식을 가져온 무사에게 물었다.
 "묵련의 진지가 있는 봉우리의 북쪽 산비탈입니다."
 "험한 곳이군."
 "기습을 하려다 보니……."
 무사가 마치 자신의 잘못인 양 말꼬리를 흐렸다.
 "안내하게."
 "옛, 신장!"
 "모두 출발한다."
 부루가 그와 가섭을 호위해 용천문에 다녀오던 현무신부의
고수들을 돌아보며 명을 내렸다.
 "전 남겠어요."

송추월 등이 현무신부의 고수들을 따라 출발하려는데 문득 서연이 송추월을 보며 말했다.

"그러겠어요?"

송추월이 조금 의외라는 듯 되물었다. 본래 서연은 그곳이 어떤 곳이든 송추월이 가는 곳이라면 항상 송추월을 따라갔었다. 그런 그녀가 뒤에 남겠다니 평소의 그녀답지 않은 일이었다.

"할 일이 있어요."

"할 일이라뇨?"

"다녀오면 말씀드릴게요. 그나저나 무사히 돌아오겠죠?"

"뭐, 죽지는 않을 겁니다."

송추월이 농을 던지고는 앞서가는 현무신부의 고수들을 따라붙었다.

"그래도 조심해요."

송추월의 귀에 서연의 당부가 들려왔다.


카카캉!

피내음이 낮게 가라앉은 밤공기를 타고 흘러나왔다. 곳곳에서 번갯불이 일듯 도검의 격돌이 만들어낸 불꽃들이 튀어 올랐다. 싸움은 험한 비탈 위에서 벌어지고 있었다. 자칫 발을 잘못 디디면 그대로 산 아래로 굴러떨어질 만큼 경사진 곳에서 천무맹의 고수들과 묵련의 고수들이 뒤엉켜 있었다.

"참, 싸움터도 잘 골랐네."

대일이 혀를 찼다.

"그래도 우리에겐 다행이야."

곽풍산이 도끼를 들어 올리며 말했다.

"다행이라니 뭐가?"

"산 타는 거라면 우리 따라올 사람 있냐?"

곽풍산이 호기롭게 말을 내뱉고는 거대한 체구를 날다람쥐처럼 날리며 비탈을 뛰어올라 가기 시작했다.

"흐흐, 맞는 말이긴 하군. 산 타는 거야 우리 전공이지."

대일이 음흉한 웃음을 흘리고는 곽풍산의 뒤를 따랐다.

"전세가 급해."

부루가 날카로운 안광으로 전장을 살피며 말했다.

"기다리고 있던 자들을 상대했으니 당연한 일이겠지."

"힘 좀 써야겠다."

"아예 죽게 내버려 두지 그래?"

"누굴? 모용검천?"

"그래. 문제만 일으키잖아. 또… 네 경쟁자기도 하고."

송추월의 말에 부루가 피식 실소를 흘렸다.

"너 날 너무 무시하는 거 아니냐? 모용검천 따위를 내 경쟁자라고 말하다니. 저런 귀공자님은 내 상대가 아니야. 언제라도 놈을 요리할 자신이 있다고. 그러니 일단 살려둬야지. 그래도 쓸 데가 제법 있는 편이니까. 간다!"

부루가 말이 끝나자마자 바람처럼 전장을 향해 뛰어들었다.

"모용검천이 네 상대가 아니라면… 널 상대할 자들은 결국 대장로들뿐이란 말이냐? 후후. 하여간 간이 큰 녀석이야.”

송추월이 산보하듯 천천히 걸음을 옮기며 중얼거렸다.


모용검천의 얼굴은 땀으로 범벅이 되어 있었다. 그의 앞에
는 호목의 중년 고수가 서 있었는데, 도를 쓰는 사내의 움직임
이 호쾌하기 이를 데 없었다.

무공으로만 보자면 모용검천의 무공도 도를 쓰는 사내에게
뒤지는 것은 아니었다. 그러나 모용검천의 표정은 어두웠다.
그건 회심의 승부수로 던진 기습이 실패했기 때문일 수도 있
었고, 팽팽하던 싸움이 어느 순간부터 천목맹의 열세로 변했
기 때문일 수도 있었다.

그가 이번 기습에 동원한 주작신부의 고수는 모두 칠십 명,
진영을 지킬 삼십여 명을 제외하고 거의 전부를 몰고 나온 오
늘의 기습에서 모용검천은 이미 이십여 명의 수하를 잃었다.
반면 주작신부의 고수들이 벤 묵련 고수들의 숫자는 십여 명
에 불과한 상황이었다.

이미 싸움의 승패는 결정이 되었고 이젠 손실을 줄이며 퇴
각하는 일을 고민해야 할 때였다. 그러나 모용검천의 무모한
자존심은 천목맹 고수들의 퇴각을 지연시키고 있었다.

“그만 물러감이 어떻겠는가? 그대의 수하들은 이미 많이 꺾
였고 이대로라면 그대들은 이곳에서 전멸을 면치 못할 것이
네.”

모용검천을 상대하고 있던 중년 사내가 위맹한 목소리로 모

용검천에게 물러가기를 권했다.

"승부는 아직 끝나지 않았다!"

모용검천이 이를 갈며 소리쳤다.

"승부가 끝나지 않았다니… 참으로 딱한 사람이군. 설마 그대의 수하가 모두 죽어야 싸움이 끝난다고 생각하는 건가? 사람 목숨 귀한 줄 모르는 인사가 아닌가?"

"적어도… 적어도 네 목은 베어가겠다!"

모용검천이 차가운 살기를 드러내며 말했다.

"하하하, 감히 나 왕산의 목을 베어가겠다고? 대단한 자신감이군. 물론 그대의 무공이 대단하기는 해. 하지만 이 왕산 또한 그대에게 뒤질 생각은 없다. 모용검천! 그대는 시류를 읽는 법을 배워야겠어. 모용세가의 가주 자리를 동생에게 빼앗기지 않으려면 말이야."

왕산은 강호에 널리 알려진 고수다. 그의 가문은 북사천의 한 곳인 백인문, 그는 백인문의 문주인 왕금영의 유일한 혈육으로 다음 대 백인문의 문주가 될 사람이었다.

본래 백인문의 수련은 거칠기로 유명하다. 나이 열셋이 지나면 한 자루 도를 들려 늑대가 우글거리는 초원으로 내보내 한 달을 버티게 하는데, 강호에서 잔인하기로 유명한 백인문만의 수련법이었다. 그런 만큼 백인문의 고수들은 강했다. 또한 웬만한 위험에는 눈 하나 깜짝하지 않을 만큼 대범하기도 했다.

그중에서도 백인문의 후계자인 이 왕산은 이십대 초반에 사패가 장악하고 있는 중원을 홀로 종횡무진하며 무명을 떨친 것으로 유명한 인물이었다. 강호에서의 명성으로 보자면 비록 모용검천이 모용세가의 소가주이기는 해도 왕산의 명성에 비할 바가 아니었던 것이다.

"이놈!"

모용검천의 입에서 욕설이 흘러나왔다. 모용세가의 후계자 문제는 모용검천에겐 역린과 같았다. 비록 지금은 그가 모용세가의 소가주이지만 세가 내에서나 밖에서는 그의 아우 모용검중이 결국 모용검천을 누르고 모용세가의 가주가 될 것이란 소문이 이미 파다했다. 오늘 모용검천이 위험을 무릅쓰고 이렇게 독단적인 기습을 전개하게 된 것도 알고 보면 자신의 위태로운 위치 때문이라고 할 수 있었다. 그런데 그 역린을 왕산이 건드린 것이다.

파파팟!

모용검천의 검이 화살처럼 왕산을 향해 쏘아져 나갔다.

투툭!

그와 왕산 사이를 가로막고 있던 나뭇가지들이 갈대처럼 단번에 베어져 나갔다.

팟!

모용검천의 공격을 받은 왕산이 가볍게 몸을 날렸다. 비록 모용검천은 심성이 큰 그릇은 아니지만 그의 무공만큼은 결코 무시할 수 없는 경지였다.

삭!

모용검천의 검이 아슬아슬하게 왕산의 발밑을 스치고 지나
며 허벅지 굵기의 나무를 베어 넘겼다.

탓!

순간 왕산이 쓰러지는 나무를 차며 허공으로 치솟아올랐다.
그러더니 허공에서 빙글 몸을 회전시켜 방향을 튼 후 무서운
속도로 모용검천을 향해 떨어져 내렸다.

콰아아!

왕산의 도에서 파도 쓸리는 소리가 일어났다. 그의 도풍에
곁에 있던 나뭇가지들이 폭풍을 맞은 듯 한쪽으로 쓸려 나갔
다. 모용검천은 한순간에 왕산의 도풍에 휘말렸다. 더군다나
고목에서 뻗어 나온 곁가지들이 그의 움직임을 방해했다.

"잇!"

모용검천이 신경질적으로 검을 휘둘렀다. 그러자 왕산 쪽에
서 모용검천 쪽으로 쓸려오던 나뭇가지들이 한순간에 잘라져
나갔다. 그 틈을 이용해 왕산의 도가 번개처럼 모용검천을 갈
라왔다.

창!

일격의 충돌음이 일어났다.

"웃!"

왕산의 도에 실린 강력한 힘에 모용검천이 훌쩍 뒤로 물러
나 비탈 아래로 내려왔다. 왕산이 그런 모용검천을 덮쳤다.

콰아앙!

왕산의 도에서 기괴한 파공음이 일어났다. 도영이 어둠 속

에 갇힌 나무들을 뒤흔들었다. 세 갈래로 갈라진 도영이 모용검천의 사지를 단번에 잘라낼 것처럼 달려들었다.

한순간 모용검천이 그물에 걸린 고기처럼 왕산의 도영에 갇혔다. 어디에도 모용검천이 빠져나갈 공간이 보이지 않았다. 더군다나 아름드리나무들이 주위를 둘러싸고 있어 더더욱 모용검천이 움직일 공간이 적었다.

"놈!"

위기의 순간 모용검천의 눈에서 한광이 흘러나왔다. 최악의 수에 몰린 자의 반발은 강력하다. 평소의 힘보다 수배의 힘을 뽑아낼 수 있는 것이 위기에 대한 반발의 본능이다.

우웅.

모용검천이 뒤로 물러나던 자세에서 발을 뻗어 아름드리나무를 밟은 후 그 반탄력을 이용해 고함과 함께 왕산을 향해 검을 뻗어냈다.

"좋아. 끝을 보자!"

모용검천의 반발이 거셌지만 왕산 역시 도를 거두지 않았다. 그 또한 이 일합의 격돌에서 승부를 보려는 의지를 드러냈다. 왕산이 만든 세 개의 도영과 모용검천이 혼신의 힘을 다해 뻗어낸 검이 허공에서 격돌했다.

카카캉!

매서운 격돌음이 일어나며 폭죽처럼 불꽃이 번쩍였다.

"음!"

"으음……!"

두 마디의 신음이 동시에 일어났다. 혼신을 다한 격돌에서 왕산과 모용검천 둘 다 제법 큰 충격을 받은 모습이었다. 왕산은 뒤로 두어 걸음 물러난 후 흔들리는 몸을 바로잡고 있었고, 모용검천은 파리해진 안색으로 자신의 발로 딛고 있던 나무 기둥에 등을 기댄 채 왕산을 노려보고 있었다.

"역시 대단해. 모용세가의 저력이 느껴져. 호부에 견자라는 그대조차도 이런 무공을 지니고 있다니 말이야."

왕산이 절레절레 고개를 저었다. 그러나 모용검천을 칭찬하면서도 그의 목소리에는 이 승부가 끝이 났다는 자신감이 깃들어 있었다.

"아직… 아직 승부는 끝나지 않았다!"

모용검천이 이를 갈며 소리쳤다.

"목을 베어야 승부가 끝나는 거라면… 그리고 그대가 목숨보다 낭예를 중히 생각해 무릎을 꿇지 않는다면 좋다. 그대의 목을 베어 승부를 끝내겠다."

왕산이 어느새 안색을 회복한 표정으로 삼엄하게 말했다. 그의 눈에 살기가 깃들었다. 왕산의 도가 천천히 어두운 하늘로 솟구쳐 올라갔다. 그런데 바로 그때,

"여, 제법 도를 쓸 줄 아는구려. 나도 도라면 좀 쓰는 편인데, 한번 어울려 보겠소?"

걸쭉한 목소리와 함께 청룡도를 비껴든 대일이 모용검천이 등을 대고 있는 나무를 지나쳐 앞으로 나섰다.

팽팽한 긴장감을 한순간에 깨뜨리는 대일의 등장에 왕산이

잠시 당혹스런 표정을 지었다. 그러다 대일의 나이가 어림을
알아채고는 노기를 드러내며 말했다.

"하룻강아지 범 무서운 줄 모른다더니 어린놈이 천지분간
을 못하고 끼어드는구나. 목숨 중한 줄 알면 썩 물러나거라.
너처럼 어린 녀석이 낄 자리가 아니다."

"어허허, 이거 나도 나이는 먹을 만큼 먹었수. 사내 나이 이
십이면 다 큰 거지 얼마나 더 나이를 먹어야 하오? 보아하니
댁은 키도 나보다 작은 것 같구만."

"천목맹에 속한 놈이냐?"

"아니면 이곳에 왜 있겠소?"

"천목맹이 대단한 줄 알았더니 그도 아니었군. 이처럼 앞뒤
분간 못하는 애송이 놈을 싸움에 내세우다니."

"흐흐흐, 글쎄. 나이는 먹을 만큼 먹었다니까. 뭐 당신보다
야 훨씬 어리지만… 하지만 이것 아쇼? 어린놈이 미치면 더 무
섭다는 거 말이야. 당신 말대로 앞뒤 분간을 안 하거든!"

쿠우웅!

대일의 말이 끝나는 순간 그의 청룡도가 횡으로 날았다. 강
력한 파공음이 청룡도의 유려한 곡선을 타고 일어났다.

콰지직!

청룡도에 걸린 나뭇가지들이 여지없이 부서져 나갔다. 그럼
에도 대일의 청룡도는 속도가 줄어들지 않았다. 아니, 오히려
시간이 지날수록 대일의 청룡도는 더 무서운 속도를 내기 시
작했다. 그래서 급기야 왕산의 몸 앞에 도달했을 때는 거의 도

신이 보이지 않을 지경에 이르렀다.

"헛!"

왕산의 입에서 헛바람이 새어 나왔다. 덩치만 큰 철없는 애송이라고 생각했던 대일의 도법은 그가 전혀 예상치 못한 경지를 보여주었기 때문이다.

웅!

왕산의 도가 움직였다. 그의 도가 사선으로 떨어져 내려 대일의 청룡도를 막았다.

꽈릉!

벼락 치는 격돌음이 숲을 뒤흔들었다. 거대한 불꽃이 일어나며 대일과 왕산이 각기 서너 걸음 뒤로 물러났다.

"네놈… 도대체 누구냐?"

왕산이 경악스런 표정으로 대일을 보며 물었다. 대일 역시 놀란 눈으로 왕산을 응시하고 있었다.

"이거… 정말 큰소리 칠 만한 실력을 가지고 있구려. 당신 이름은 뭐요?"

"난 묵련 동천기주 왕산이다!"

"왕산… 혹 백인문의?"

"견문도 제법이구나. 내 이름을 알고 있다니."

"흐흐흐, 이거 정말 제대로 상대를 만났군. 누군가 그러더군, 막북제일의 도문이 백인문이라고. 그대는 그 백인문의 소문주고."

"네놈의 정체를 밝혀라."

"뭐 대단치는 않소. 난 천리표국의 제십삼표두 대일이라고 하오. 지금은 천목맹의 일을 하고 있지만."

"천리표국? 표사란 말이냐?"

"그렇소."

"믿을 수가 없구나. 일개 표사의 무공이 아니다."

"말했잖소? 일개 표사가 아니라 천리표국의 제십삼표두라고. 이 나이에 천리표국의 표두 자리가 쉽겠소?"

대일의 퉁명스런 응대에 왕산이 고개를 끄덕였다.

"그렇군. 그 나이에 천리표국의 표두라면 당연히 그 실력을 인정해야겠지. 그러나, 그럼에도 불구하고 너의 무공은 표국에 머무는 사람으로는 너무 아깝다."

"흐흐, 나도 물론 그런 생각을 가끔 하긴 하오. 하지만 어쩌겠소, 내 성미엔 표국의 일이 딱 들어맞는데. 그런데, 그만 보내주시겠소?"

"무슨 말이냐?"

"우리 천목맹의 형제들이 그만 물러가도 되겠느냐는 말이오."

대일의 말에 왕산이 한줄기 미소를 지어 보였다.

"역시 어린 건가? 누가 독 안에 든 쥐를 순순히 돌려보낸단 말이냐?"

"후후, 나이 든 당신도 눈이 어둡긴 마찬가지구려. 독 안에 든 쥐가 방금 전 호랑이로 변한 걸 모르겠소?"

대일의 말에 왕산이 재빨리 주위를 살폈다. 그리고 금세 대일의 말이 사실임을 깨달았다.

"악!"

"커억!"

곳곳에서 새로운 비명 소리가 터져 나오고 있었다. 그리고 어둠 속에서도 그 비명의 주인들이 묵련의 고수들임을 분명히 알 수 있었다. 천목맹의 원군이 온 것이다. 모용검천과의 치열한 싸움에 주위를 살필 여력이 없었던 것이 실수라면 실수였다.

"이래도 우릴 잡아두려 할 것이오? 이쯤에서 깨끗하게 헤어집시다. 살날은 많으니 승부를 뒤로 미룬들 누가 뭐라 하겠소. 꼭 오늘 죽을 이유는 없지 않소?"

대일이 능구렁이처럼 말했다.

"네가… 천목맹의 원군을 이끌고 왔느냐?"

"아, 오해 마시오. 나 같은 사람이 어찌 천목맹의 고수들을 이끌 수 있겠소. 우리 쪽 우두머리는 저 사람이오."

대일이 한쪽에서 차가운 살기를 흘려내며 묵련 고수들을 공격하고 있는 부루를 가리켰다. 부루는 침착한 움직임으로 손을 쓰고 있었는데, 그의 수공이 한 번 펼쳐질 때마다 여지없이 묵련 고수들이 허공으로 날아갔다.

"저자가 누구냐?"

"모르시오? 그 유명한 천목맹 현무신장 아니오."

"현무신장이 저렇게 어렸던가?"

"흐흐, 묵련이 천목맹에 사람을 두고 있는 것으로 알고 있었는데 아직 부루를 모르다니 실망이군.”

“부루? 그의 이름인가? 현무신장에 대해 듣긴 했지만…….”

“그렇소. 내 친구기도 하지. 잘 기억해 둬야 할 거요. 누구완 차원이 다른 친구니.”

대일이 슬쩍 모용검천을 바라보며 말했다. 그사이에도 묵련의 고수들은 크게 낭패를 겪고 있었다. 부루도 부루지만 어느새 싸움에 끼어든 송추월과 곽풍산의 무공이 묵련 고수들을 두려움에 떨게 만들고 있었다.

“저들은 누구냐?”

당연히 전장을 살피던 왕산의 눈에도 송추월과 곽풍산이 들어왔다. 두 사람은 전력을 기울이지 않고 있는 듯 유유자적한 모습이었지만, 그럼에도 두 사람의 도와 도끼가 움직일 때마다 천번지복의 충격이 묵련 고수들에게 가해지고 있었다.

“참, 궁금한 것도 많네. 저 녀석들은 그저 천목맹의 일개 무사들이오. 다 내 친구들이긴 한데… 이쯤에서 물러나는 게 좋을 거요. 저놈들이 성을 내기 시작하면 이곳에서 살아갈 사람은 아무도 없을 테니 말이오.”

대일의 말에 왕산이 차가운 눈으로 잠시 송추월과 곽풍산을 살피더니 이내 냉정하게 명을 내렸다.

“물러난다. 길을 열어줘라.”

왕산의 명이 떨어지자 가까스로 천목맹 고수들의 퇴로를 막고 있던 묵련 고수들이 황급히 좌우로 흩어져 막았던 길을 열어주었다. 그러자 그 사이로 천목맹 고수들이 썰물 빠지듯 빠져나가기 시작했다.

"생각보다 현명한 사람이었구려."

대일이 빠른 결정을 내리는 묵련 동천기주 왕산을 보며 말했다.

"진퇴를 모르고서야 어찌 한 무리를 이끌 수 있겠는가?"

"흐흐, 그러게 말이오. 그런데 세상에는 그 이치를 모르는 자도 있단 말씀이야."

대일이 다시 모용검천을 슬쩍 흘겨보며 말했다. 모용검천은 여전히 왕산을 노려보며 거친 숨을 몰아쉬고 있었다.

"다신 이런 무모한 짓을 하지 마라. 원군이 아니었다면 그댄 오늘 이곳에서 목을 내놔야 했을 것이다."

왕산이 모용검천을 보며 진중한 충고를 건넸다. 그러자 모용검천이 차가운 살기를 드러내며 소리쳤다.

"승부를 보자. 어딜 도주하려 하느냐?"

"도주라… 허허. 정말 어리석은 인사군. 사람이란 물러날 때와 들 때를 알아야 하거늘, 천목맹이 어찌 저런 자에게 신장의 지위를 얹어줬을꼬?"

왕산이 혀를 차더니 천천히 신형을 돌려 산 위로 걸음을 옮기기 시작했다.

"놈, 멈춰라!"

왕산이 물러나는 것을 보고 모용검천이 노성을 터뜨리며 신형을 날리려는 찰나, 문득 손 하나가 다가와 모용검천의 소매를 잡았다.

“물러나야 합니다.”

부루였다.

“저놈을 그대로 보낸단 말이오?”

“이곳은 묵련의 세력권입니다.”

“그렇다고 어찌 물러가는 적을 그대로 보낸단 말이오? 내 오늘 반드시 저자의 목을 베겠소.”

“우리에겐… 그럴 기회가 없습니다.”

부루가 차갑게 말했다.

“무슨 말이오? 내게 그를 벨 능력이 없다는 것이오?”

모용검천이 노기를 드러내자 부루가 손을 들어 산 위쪽을 조용히 가리켰다. 그러자 물러나는 묵련의 고수들 위쪽으로 검은 인영 수십이 불쑥 모습을 드러냈다. 그제야 모용검천도 신형을 멈칫했다.

“우리가 왔으니 그들도 오는 것이 당연한 일이지요. 물러나야 합니다.”

“이, 이런……”

모용검천이 낭패한 목소리를 흘려냈다. 사실 의욕이 앞설 뿐 모용검천 역시 그리 어리석은 사람은 아니었다. 물러날 때인 것은 분명했다. 그러나 이대로 이 전장에서 물러나면 그는 다시는 이 벽산에서 주도권을 갖지 못할 것이 분명했다. 오늘의 기습은 통천 가섭이나 낭왕 별고에게 알리지 않고 오직 그 스스로 결정한 일. 일의 모든 책임이 오직 그 한 명에게 뒤따를 것이었다.

공을 세우면 그의 독단도 무마되었을 테지만 오늘의 기습은 완벽한 실패였다. 그러니 그에게 남은 것은 맹의 책임 추궁밖에 없었다.

"일단 돌아가시지요."

부루가 다시 권했다. 그러자 모용검천이 힘없이 검을 내려뜨리고는 천천히 신형을 돌렸다.


한바탕 혈풍의 소용돌이에 휘말렸던 숲이 다시 밤의 고요를 되찾았다. 기습에 나섰던 천목맹의 고수들은 수십의 손실을 입고 벽산 주봉 아래 진영으로 물러났고, 묵련의 고수들 역시 자신들의 진영으로 되돌아갔다.

아마도 날이 밝으면 그때야 양측은 협상을 벌여 죽은 자들의 시신을 수습하게 될 것이다. 죽은 자들은 저어도 오늘 빔은 차가운 대지에 누워 있어야 할 운명이었다. 다행인 것은 달과 별이 밝아 외롭지는 않을 것이란 정도.

"조금 아쉽군."

문득 주검이 즐비한 전장이 바라보이는 숲에서 나직한 음성이 흘러나왔다.

"천목맹의 원군이 그리 빨리 올 줄을 몰랐습니다."

"그러게 말이야. 어디 그뿐인가? 그 현무신장이라는 자… 역시 범상치가 않아."

"전 묵련 동천기주를 상대한 자가 대단해 보였습니다만, 천리표국의 표두라는 그자 말입니다."

“그래. 그 친구 역시 대단하지. 아니, 현무신장의 친구라는 자들은 모두 대단해. 지난번 기습에서 실패했을 때 이미 알고 있었던 일이지만, 자칫하다간 호랑이를 키우는 꼴이 될지도 모르겠군.”

“그래도 어린 사람 아닙니까?”

“나이가 무슨 문젠가? 그가 사람 다루는 것을 보지 않았나?”

“하긴… 낭왕 별고도 그에게 몹시 감탄한 모양이더군요.”

“낭왕을 한번 만나봐야겠어. 자칫 낭왕이 우리보다 그쪽으로 마음이 기운다면 만사가 틀어지고 말 거야.”

“낭왕이 감히 우리를 배신하겠습니까?”

“못할 것도 없지. 애초부터 서로 얻는 바가 있어 맺어진 관계 아닌가? 다른 이득이 보인다면 그쪽으로 움직일 수도 있을 거야. 더군다나 이제 그에겐 천목맹이라는 거대한 배경이 생겼으니. 하지만 아직은 그걸 걱정할 때는 아닌 듯하이. 한번 만나서 약속을 되새길 필요가 있겠어. 연락을 해봐.”

“알겠습니다.”

“아, 그리고 만조는 문제없겠지?”

“모용검천이 만조를 의심할 만큼 뛰어난 자는 아니지요.”

“좋아. 어쨌든 만족스럽진 않지만 일단 불씨는 던져 놨으니 타오르기를 바라야겠지. 기다려 보자고.”


스산한 아침이 시작됐다. 벽산 허리에 구름이 걸렸다. 하늘은 온통 잿빛으로 물들어 있었다. 서설이 내린 지 얼마 되지 않았는데 다시 눈이 오려는 듯싶었다.

　천목맹 진영도 무겁게 가라앉아 있었다. 특히 기습을 시도했던 주작신부의 진영은 아침이 왔어도 잠들어 있는 듯 조용했다. 천목맹의 이름으로 첫 출전한 싸움에서 패배했다는 충격은 그리 가볍지 않았다. 그러나 패배보다 더 큰 문제는 그들의 싸움이 맹이 아니라 모용검천 혼자의 결정에 의해 이루어진 일이라는 것이었다.

　지난밤 묵련을 기습하러 나섰던 주작신부의 고수들은 그 결정이 맹의 수뇌인 통천 가섭과 낭왕 별고에 의해 이루어진 것이라고 생각하고 있었다. 누구도 그것이 모용검천의 독단적인 행동이라고는 생각지 못했던 것이다.

　그런데 전멸의 수렁에서 가까스로 현무신부의 구원으로 살아와서 알게 된 사실은 그게 아니었다　그들은 자신들이 기습에 나선 일이 오로지 한 사람, 주작신장 모용검천의 독단에 의한 결정이었다는 것을 전해 들었다. 그리고 그 소식이 전해지는 순간 모용검천은 더 이상 주작신부의 우두머리가 될 수 없었다.

　냉기가 흐르는 주작신부의 숙영지, 그 가운데 위치한 모용검천의 막사는 을씨년스럽기 그지없었다. 막사를 지키는 주작신부의 고수 셋이 있었지만 그들의 표정에도 걱정이 가득했다. 아마도 그들이 모용세가 출신의 고수들이 아니라면 그들조차도 모용검천의 막사를 떠났을지도 몰랐다.

　이른 아침에 깨어난 주작신부 고수 몇몇이 간혹 모용검천의 막사를 노려보고는 지나쳤다. 이 불경스런 행동에도 모용검천의 막사를 지키는 고수들은 그들에게 어떤 반발도 하지 못했다. 어쩌면 주작신부의 고수들이 들고일어나 모용검천을 겁박하지 않는 것만도 다행한 일이라고 할 수 있었다.

죽은 자가 얼마던가. 어제까지 동료였던 자들이 죽었는데 그 이유가 한 명의 욕심 때문이었으니 주작신부 고수들의 허탈감과 분노는 쉽게 사그라질 수 없는 것이었다. 그리하여 그들의 시선은 이제 이 일을 해결해야 하는 사람들, 통천 가섭과 낭왕 별고에게로 향했다.

문득 모용검천의 막사를 지키고 있던 세 명 고수의 표정이 변했다. 주작신부와 현무신부 사이에 위치한 낭왕 별고와 통천 가섭의 막사로부터 한 명의 무사가 모용검천의 막사를 향해 빠른 걸음으로 다가왔기 때문이었다.

"신장께선 안에 계시오?"

막사에 당도한 사내가 모용검천의 막사를 지키는 무사에게 물었다.

"계시오만……."

"기침은 하셨소?"

"그렇소."

"그럼 말씀을 전해주시오. 두 분 대장로께서 보자십니다."

순간 막사의 입구가 열렸다.

"날 찾으신다고?"

모용검천이었다.

“그렇습니다.”

소식을 전하러 온 무사가 두 걸음 뒤로 물러나며 고개를 숙여 보였다. 지탄의 대상이 되고는 있지만 아직까지는 여전히 주작신부의 수장인 모용검천이었다.

“가세.”

모용검천이 각오한 일이라는 듯, 아니면 이 일로 자신을 어쩌지 못할 것이라는 자신감을 가지고 있는 듯 굳건한 표정으로 막사를 나섰다.

“앞서겠습니다.”

무사가 다시 한 번 고개를 숙어 보인 후 앞장서시 모용검천을 두 대장로의 막사로 이끌기 시작했다.

第三章
독(毒)

화마경

"그럴 수 없습니다!"

모용검천이 노한 음성으로 소리쳤다. 동시에 강하게 자리를 박차고 일어났다.

"앉게."

통천 가섭이 차분하게, 그러면서도 거스를 수 없는 위엄을 담아 말했다. 그러자 자리를 박차고 일어났던 모용검천이 한 차례 장내의 고수들을 노려보다 천천히 다시 제자리에 앉았다.

장내에는 모용검천 이외에 오직 세 명만이 있었다. 통천 가섭과 낭왕 별고, 그리고 부루였다.

"받아들이시게."

가섭의 말이 이어졌다.

"받아들일 수 없습니다."

"자네가 저지른 실수를 인정치 않겠다는 말인가?"

"물론 제 실수는 인정합니다. 하지만 그건 모두 맹을 위한 일이었습니다. 단 한 번의 패배로 주작신장의 지위에서 물러난다면 사신부의 신장 중 어느 누가 신장의 자리에 머물 수 있겠습니까?"

"자넨 좀 잘못 생각하고 있군."

"무엇을 말입니까?"

"자넨 자네가 기습에 실패한 것 때문에 이런 추궁을 받고 있다 생각하고 있는 건가?"

"그럼 다른 이유가 있단 말입니까?"

"물론이네. 만약 기습이 정당한 절차를 거쳐 이루어진 일이라면 자네가 책임질 일은 없을 걸세. 설혹 기습에 나섰던 주작신부의 고수들이 모두 죽었다 해도 말이야. 문제는 자네가 패한 것이 아닐세. 우리가 자네의 책임을 묻고자 하는 것은, 자네의 독단적인 행동일세. 자넨 맹의 결정을 어겼어, 이 벽산에서의 모든 일은 우리 두 대장로에 의해 결정되어져야 한다는 맹의 결정을 말일세."

"그건……."

"아, 변명은 필요없네. 이유야 어떻든 자넨 독단적인 결정으로 맹의 형제들을 희생시켰네. 이건 우리 두 사람이 아니라 맹의 형제들이 용납하지 못할 일일세. 자네, 설혹 자네가 주작신

장의 자리에 머문다고 해서 주작신부의 고수들이 자넬 따를
것이라고 생각하나?”

가섭의 질문에 모용검천이 답을 하지 못했다.

“자넨 이 한 번의 실수로 주작신부에 대한 통제력을 잃었네.
신부의 형제들은 더 이상 자넬 신뢰하지 않아. 이런 상황에서
자네가 신장의 자리에 계속 머문다는 것은 옳지 않은 일이네.”

가섭이 조금 누그러진 목소리로 모용검천을 설득했다. 그러
나 모용검천은 가섭의 설득을 받아들이지 않았다.

“제가 주작신부의 신장이 된 것은 맹의 형제들과 열 분 대장
로의 합의에 의해 결정된 것입니다. 물론 제 실수는 인정합니
다. 하지만 절 신장의 자리에서 끌어내리려면 열 분 대장로의
합의가 필요합니다. 결코 두 분께서 독단으로 처리할 일이 아
닙니다. 저… 대장로님들의 결정이 있을 때까지 신장의 지리
를 내놓지 않을 겁니다.”

모용검천의 말에 가섭과 별고의 눈에 차가운 기운이 감돌았
다. 이 모용세가의 소가주는 너무 오만하다. 감히 통천 가섭과
낭왕 별고를 앞에 두고 이런 말을 뱉어낼 인물이 강호에 얼마
나 될 것인가?

“결국 받아들일 수 없다?”

“그렇습니다.”

그러자 통천 가섭이 고개를 끄덕였다.

“좋아. 자네 말대로 자넬 신장의 지위에서 끌어내리는 것은
우리의 능력 밖 일이지. 우린 그저 자네가 그나마 책임지는 모

습을 보임으로써 죽어간 형제들에게 속죄할 기회를 얻길 바랐을 뿐이네. 자네가 싫다면 어쩔 수 없는 일이지. 그럼… 이젠 우리가 할 수 있는 일을 말해주겠네.”

“무슨 말입니까?”

“자네 말대로 자넬 주작신장에서 물러나게 하는 일은 우리 권한 밖이네. 하지만 자네가 더 이상 이곳에서 주작신부의 고수들을 지휘하는 것을 막을 수는 있지. 왜냐하면 이 벽산에서의 모든 권한은 우리에게 있으니 말일세. 자넨 신장의 자리를 유지해도 좋네. 하지만 앞으로 주작신부의 고수들을 지휘할 수 없네.”

탁!

가섭의 말이 끝나자마자 모용검천이 다시 땅을 박차며 자리에서 일어났다. 그리고는 노성을 토해냈다.

“주작신부는 나의 것입니다!”

“아니, 주작신부는 자네 것이 아니야. 주작신부는 천목맹의 것이네!”

통천 가섭이 날카로운 시선으로 모용검천을 쏘아보며 말했다. 통천 가섭의 싸늘한 말에 모용검천이 얼굴이 붉어졌다. 모용세가에서, 아니, 무림에서 그의 말이 이렇게까지 무시당한 경우는 없었다. 모용세가의 소가주라는 지위가 지금껏 그를 보호하고 있었다. 그런데 이 벽산에선 그 보호막이 더 이상 그를 지켜주지 못하고 있었다.

“모용세가를… 이렇게 홀대할 수 있는 것이오?”

드디어 모용검천이 가장 천박한 수준의 위협을 가했다. 순간 통천 가섭이 피식 실소를 흘렸다.

"모용세가를 모욕하는 건 내가 아니라 그대다. 그대의 오늘 행동을 강호의 형제들이 알면 무어라 하겠는가? 모용세가의 선조들이 쌓아온 세가의 명성을 그대가 무너뜨리려는가? 세가를 생각한다면 자중해야 할 것이야."

통천 가섭의 준엄함 꾸중에 모용검천이 답하지 못하고 얼굴만 붉혔다. 그러자 통천 가섭이 재차 입을 열었다.

"오늘의 일, 가장 먼저 모용세가주께 전할 것이다. 그리고 모용 대장로의 의견을 묻겠다. 나 또한 모용세가의 귄위를 무시하지는 않겠다. 그대의 거취는 결국 모용세가주께서 결정하게 될 것이란 말이다. 그러나 그때까지는 자중하라. 막사에 머물며 그대의 인생에 대해 생각해 보는 것도 나쁘지는 않겠지. 돌아가라. 오늘부터 주작신부의 고수들은 일단 현무신장이 지휘한다. 현무신장은 주작신부의 고수들을 잘 살펴주시게. 이번 일로 맹에 대한 원망이 생길 수도 있으니."

"알겠습니다."

부루가 고개를 숙여 보였다.

"좋아. 이제 그만들 물러가시게."

가섭의 말에 부루와 모용검천이 서둘러 막사를 벗어났다.

"망할 늙은이들, 언젠가 반드시 오늘의 수모를 갚아주겠다."

가섭의 막사를 나선 모용검천이 노기를 담아 원망을 늘어놓더니 뒤도 돌아보지 않고 자신의 막사로 향했다.

"후후… 뜻하지 않은 행운이란 건가?"

씩씩거리며 걸어가는 모용검천을 보며 부루가 한줄기 미소를 머금었다.


"뭘 해요? 또 환약이라도 만드는 겁니까?"

서연은 용천문에서 돌아온 이후 다시 자신의 막사에 틀어박혀 있었다. 벽산의 천목맹 진영이 주작신장 모용검천의 일로 혼란스러울 때도 서연은 막사 밖으로 얼굴을 내밀지 않았다.

"왔어요?"

서연이 고개를 들어 막사 안으로 들어오는 송추월을 맞았다.

"뭘 해요?"

송추월이 다시 물었다.

"좀 궁금한 게 있어서요."

"뭔데요?"

송추월이 서연의 막사 안쪽 조그마한 나무 탁자 위에 놓인 물건을 들여다보며 물었다. 탁자 위에는 잘게 찢어진 고깃덩이가 놓여 있었고, 한쪽에는 작은 그릇 세 개에 물이 담겨 있었다. 그리고 그 그릇의 물속에는 역시 찢어진 고깃덩어리들이 들어 있었다.

"이건……."

송추월이 서연을 바라봤다.

“알아보겠어요?”

“이건 용천문에서 맛보았던 그 요리가 아닌가요?”

“맞아요. 그거예요.”

“그걸 먹지 않고 가져왔어요?”

“그래요. 그냥 먹어버리기에는 너무 아까운 요리였지요.”

“그렇긴 하지만… 설마 이젠 요리에도 도전해 볼 생각인가요?”

“호호, 전 본래부터 요리엔 재주가 없어요.”

“그럼 이건 뭘 하는 겁니까?”

“음… 사실은 좀 의심스런 것이 있어서 조사를 해보고 있었어요.”

“의심스런 것이라뇨?”

“이리 좀 앉아요.”

서연이 송추월을 자리에 앉혔다. 그리고는 탁자 위의 고기 조각을 가리켰다.

“이 고기 맛봤죠?”

“그럼요. 천국에 갔다 왔잖아요.”

송추월이 미소를 지었다. 그러자 서연이 고개를 끄덕였다.

“그래요. 우린 모두 고기 한 절음에 천국을 구경했죠. 그런데… 정말 아무리 뛰어난 숙수라도 사람들을 천국에 보낼 정도의 맛을 만들 수 있을까요?”

“그게 무슨 말이에요? 우리가 직접 먹었잖아요?”

송추월이 이상한 시선으로 서연을 바라봤다.

"그래요. 우린 그런 요리를 먹었죠. 하지만… 전 그때 생각
이 조금 달랐어요."

"뭐가 문제죠?"

송추월은 서연의 말에서 심상찮은 기색을 느꼈다. 서연은
분명 용천문에서의 일에서 뭔가 문제를 발견한 것이 분명했
다.

"사실대로 말하자면 전 제법 미식가예요. 그런데 당신을 만
난 이후 그 취미를 잃게 되었죠."

"그 말은 나 때문에 미식가로서의 즐거움을 잃었다는 말이
군요. 하긴 나와 함께 다니면서 제대로 된 음식을 먹은 적이
거의 없지요."

"호호, 알긴 아네요. 하지만 걱정 말아요. 음식은 굶어죽지
않을 정도면 만족할 수 있어요. 어쨌든 제가 하고 싶은 말은
나도 과거엔 명성이 자자한 숙수들의 요리를 간혹 맛보는 사
람이었다는 거죠."

"그런데요?"

"그런데 이번 용천문에서 만난 그 미방이란 숙수의 요리는
이전에 제가 만났던 숙수들의 요리와는 비교할 수 없는 것이
었어요."

"그렇지요."

"그 이유가 뭘까요?"

"이상하군요, 그런 질문을 하다니. 그 이유야 당연히 그의
요리 실력이 뛰어나기 때문 아닌가요?"

　송추월은 이런 질문을 던지는 서연을 이해할 수 없었다. 요리가 맛있는 것은 당연히 숙수의 실력이 뛰어나기 때문이다. 그것 이외에 무슨 이유가 있을 것인가? 그런데 서연은 송추월의 대답에 고개를 저었다.

　"제 생각은 좀 달라요. 아무리 뛰어난 요리사라 해도 최고의 수준에 오른 숙수들의 실력은 크게 차이가 없어요. 왜냐하면 음식이란 결국 비슷한 재료를 써서 만들어내는 것이기 때문이에요. 손맛이라거나 혹은 양념의 배합이 수준의 차이를 만들 수는 있으나 미방이라는 숙수처럼 사람의 혼백을 앗아가는 요리를 만들어낼 수는 없다는 것이 제 생각이에요."

　"그럼… 그의 요리가 그렇게 뛰어난 맛을 낸 것에는 다른 이유가 있다는 건가요?"

　"그래요. 당시 제 생각은 그랬어요. 그래서 이 귀한 요리를 먹지 않고 싸가지고 온 거지요."

　"그래서… 이유를 찾았나요?"

　"정확한 것은 아니지만 어느 정도 짐작은 할 수 있을 것 같아요."

　"뭐죠?"

　송추월이 얼굴을 앞으로 내밀며 물었다. 도대체 음식의 맛에 영향을 미치는 것이 숙수의 실력이 아니라면 무엇이란 말인가?

　"바로 독(毒)이에요."

　"독?"

송추월이 놀란 눈으로 서연을 바라봤다.

"그래요. 독이요."

"아니… 지금 그가 독으로 요리의 맛을 변화시켰다는 건가요?"

"그가 변화시킨 것이 음식의 맛인지 혹은 우리의 미각인지는 잘 모르겠어요. 하지만 어쨌든 그가 독을 사용한 것은 분명한 것 같아요."

"도대체 어떤 근거에서 그런 말을 하는 겁니까?"

송추월의 반문에 서연이 세 개의 그릇을 가리켰다.

"이 세 개의 그릇에 담긴 물들은 평범한 것들이 아니에요. 제 사부께서는 의술에 능하실 뿐 아니라 독에도 조예가 깊으세요. 본래 독과 약은 동전의 양면과 같아서 약에 정통하려면 독에도 조예가 깊어야 하지요. 또한 강호에서 의원을 찾는 경우의 삼 할은 독에 중독된 경우이기에 강호의 의원은 저자의 의원보다 독에 정통한 법이지요."

"그래서요?"

"사부께서는 독을 해독하려면 가장 중요한 것이 과연 독이 사용되었는지를 판단하는 문제라고 했지요. 거기서 좀 더 나가면 어떤 형태의 독에 당했는지, 다시 무슨 독에 당했는지를 알아내는 것이 독을 해독하는 순서라고 하셨어요. 그래서 사부께서는 독을 분별해 내는 방법을 고안하시는 데 많은 시간을 보내셨어요. 음, 결론적으로 말해서 이 세 개의 접시에 담긴 물이 바로 그 독을 구분해 내는 수단이에요."

자세히 보니 그중 하나의 색깔이 조금 달랐다.

"하나는 색이 다르군요."

"사부께서는 독을 구분해 내는 약재를 만드셨어요. 이 세 개의 그릇에 담긴 물들은 독이 있는지 없는지를 구분해 내는 약재가 섞인 물이에요. 사부께서는 독을 크게 세 종류로 나누셨어요. 하나는 초목에서 추출한 독, 다른 하나는 독충에 추출한 독, 그리고 나머지 하나는 사람이나 동물의 시체에서 추출한 독이 그것이지요. 이 세 가지 물은 바로 그런 세 종류의 독에 반응하게 만들어진 약재를 넣은 물이에요."

"그게… 가능한 일입니까? 세상에는 수천 가지의 독이 있을 텐데."

"하지만 그 독이 어디서 나왔는지에 따라 각기 공통점이 있다고 하시더군요. 저 또한 아직 이 약재들을 만드는 방법은 몰라요. 그저 사부께 얻은 약재를 조금 가지고 있었을 뿐이지요."

"그래서 결과는 어떻습니까?"

"가운데 색이 변한 물이 보이지요?"

"이것 말이군요."

"그래요. 이건 초목에서 추출한 독을 구분해 내는 물이지요. 색이 변했다는 건 그 미방이란 숙수가 만든 요리에 독이 섞여 있었다는 말이에요. 하지만 독성은 그리 강하지 않아요. 물의 색이 옅어요. 이 정도 독으로는 사람이 죽지 않지요."

"놀라운 일이군요. 서 소저의 말대로라면 그 숙수는 독까지 요리에 사용한다는 말이 되는 거니까요."

"같은 말이지만 전 좀 다르게 말하고 싶어요."

"무슨 말이지요?"

"그 숙수가 독에 능통한 것이 아니라 그 독인이 요리에 능통한 것이라고 말하는 게 옳을 것 같아요."

서연의 말에 송추월의 눈이 크게 떠졌다.

"그가… 무인이라는 말인가요?"

"그의 칼 쓰는 솜씨를 보았죠? 그 솜씨를 어떻게 생각하나요?"

"물론 대단했지요. 하지만 그것만으로는 그가 도검을 익혔다고 말하긴 어려울 것 같은데… 본래 뛰어난 숙수들의 칼 솜씨는 무인의 그것에 못지않으니까 말이죠."

"그렇긴 하죠. 하지만 그런 칼 솜씨에 사람들의 미각을 속이는 독까지라면 그는 숙수가 아니라 무인인 거죠. 그것도 독에 통달한. 솔직히 이 고기에 독이 섞였다는 것을 알아내기는 했지만 이 독이 무슨 독인지, 또 그가 이 독으로 어떻게 천하제일의 맛을 내게 만들었는지 자세히는 모르겠어요. 짐작으로는 음식의 맛을 좋게 만든 것이 아니라 사람들의 후각과 미각을 조절한 것 같거든요. 그가 요리를 준비할 때 품속에서 꺼내 뿌렸던 그 작은 호리병 기억해요?"

"그게 독이었단 말인가요?"

"제 짐작으로는 그래요."

"음… 그런 일이 과연 가능한가요? 아니, 어차피 맛을 내는

것이라면 독이라도 결국 음식의 재료라고 할 수 있는 것 아닌
가요? 사람에게 피해만 주지 않는다면……."

"그렇게 보자면 그렇지만… 그 독이 음식의 맛이 아닌 사람
의 입과 코에 작용했다는 면에서 보면 음식이 아니라 독이라
고 해야겠죠."

"음… 만약 정말 그가 독을 썼다면 우린 괜찮을까요?"

"뭐 지금까지 멀쩡한 것을 보면 괜찮을 것 같아요. 그리고
그가 독을 써서 그곳에 모였던 고수들에게 위해를 가하기도
어려웠을 거예요. 독으로 그곳에 모인 사람들을 모두 독살한
다면 천목맹과 묵련이 가만있지 않았을 테니까요. 더군다나
독에 당했다는 사실이 밝혀지는 순간 고수들은 진기를 이용해
독에 대항할 수 있지요."

"그렇군요. 그렇다면 그가 독까지 써서 자신의 요리 솜씨를
뽐낸 이유는 뭘까요? 보아하니 용천문주도 그가 독을 쓴 것은
모르는 것 같던데……."

"글쎄요. 그것까지는 알 수 없는 일이죠."

"음… 살펴봐야 할 자군요."

"그래요. 독을 이용해 사람들의 미각을 변화시키고 사람들
의 마음까지 움직였어요. 무서운 사람이죠. 그 사람에 의해 임
황의 사정이 달라질 수도 있을 것 같아요. 만약 내가 강호에서
홀로 그런 자를 만났다면 전 무조건 피할 거예요."

"그렇게 대단한 건가요?"

"아시잖아요, 그가 요리를 이용해 용천문에서 한 일을. 그는

천목맹과 묵련의 노련한 고수들을 돌려보냈어요, 요리 하나
로. 그런 사람이 세상에 흔할까요?"

서연의 물음에 송추월이 고개를 저었다.

"아니죠. 그런 사람은 흔치 않죠."


"독(毒)?"

부루가 살짝 인상을 찡그렸다. 의외의 말을 내뱉은 송추월
때문은 아니었다. 그가 예상치 못했던 일이기 때문이었다. 부
루는 자신의 계산에 없던 일이 일어나면 얼굴을 찡그리는 버
릇이 있었다.

"그래."

"서 소저가 그랬다고?"

"그렇다니까!"

송추월이 귀찮다는 듯 소리쳤다.

"무슨 독이래?"

"그건 서 소저도 몰라. 하지만 확실한 것은 그 숙수의 독술
이 가히 천하제일이라는 거야. 아니, 서 소저는 그자를 숙수가
아닌 독공의 고수라고 부르더라고."

"독이라… 변수가 발생한 건가?"

"어떤 목적을 가진 자인지가 중요한 거지."

"음. 생각해 봐야겠어. 하지만 그가 용천문에 머물고 있다
면, 그리고 그가 독공의 대가라는 사실을 용천문주에게 숨기
고 있다면 그의 의중에 용천문이 있다고 볼 수도 있겠는걸?"

“그자가 용천문을 노리고 있다는 말이냐?”

“예감이 그래.”

“용천문을 노린다면 그건 곧 임황을 노리는 것이고, 임황을 노린다면 우리 적이네.”

“적아를 그렇게 단순하게 구분할 수는 없지. 그가 용천문을 손에 넣는다고 해서 우리 천목맹과 대립할 거라고 단정할 수는 없어. 용천문을 이끌고 천목맹에 들어올 수도 있지.”

“그럴 수도 있겠군.”

“일단은 그자의 정체를 알아보는 게 중요하겠군.”

“쉽지 않은 일이야. 그는 용천문의 주방 깊숙한 곳에 숨어 있다고.”

“듣고 보니 그렇네. 제길. 문제 하나를 해결하니 다른 문제가 생기는군.”

“해결한 문제는 뭔데?”

“아! 내가 말 안 했나? 이제 주작신부도 내가 지휘하게 됐어.”

“정말?”

“그래. 그 멍청한 모용검천이 쓸데없는 짓을 벌이는 바람에 난 앉아서 주작신부를 얻었지. 이제 남은 건 이 벽산에서 완벽하게 묵련을 물리치는 일이야. 그 일을 내 힘으로 해낸다면……”

“천목맹도 손에 넣을 수 있다?”

“뭐 어쩌면.”

“흐흐. 음흉한 녀석.”

“일단 용천문을 살필 사람을 보내둬야겠어. 그자가 어떤 수작을 꾸밀지 모르니까.”

“누굴 보낼 건데.”

“너!”

“뭐?”

“네가 가줘.”

“이 망할 녀석아, 내가 왜 거길 가냐?”

“가줘. 묵련이든 용천문이든 널 주목하는 곳은 없으니까. 더군다나 이곳에 너만한 고수가 없잖아? 만약 그자가 서 소저의 말대로 그렇게 대단하다면 어쭙잖은 사람을 보낼 수는 없어. 대일 녀석과 풍산은 덩치 때문에 사람들 눈에 너무 잘 띄고.”

“망할 놈. 귀찮은 일을 맡기다니…….”

“재밌을 수도 있잖아, 그런 자를 살핀다는 게.”

부루의 말에 송추월이 고개를 갸웃했다.

“그건 그래. 그러고 보니 갑자기 호기심이 드는걸!”

＊  ＊  ＊

겨울로 들어선 임황에 두 번째 눈이 내리고 있었다. 북쪽에 높이 선 벽산 봉우리는 삽시간에 하얀 눈으로 덮여가고 있었다.

"쯔쯔쯔. 왜 저 고생을 할까?"

임황은 딱히 성이라고 부를 수 없는 도읍이다. 성이라면 성벽이 있어야 하는데 임황에는 없었다. 대신 마적 떼나 외부와의 경계를 구분하기 위해 과거 누군가가 쌓아놓았던 돌무더기가 임황을 에워싸고 길게 이어져 있을 뿐이었다. 그 돌무더기만이 오직 임황이라는 성읍과 초원을 구분해 주고 있었다.

그 돌무더기 위에서 십여 명의 사람이 눈에 덮여가는 벽산을 바라보고 있었다.

"아마도 겨울을 저기서 날 생각인 모양입니다."

"서로 간에 승부가 나지 않는다면 결국 저기서 겨울을 니겠지."

"그들이 승부를 낼 수 있겠습니까?"

돌더미 위에 서서 설산으로 변해가는 벽산을 바라보고 있는 사람들은 문주 백문보를 비롯한 용천문의 고수들이었다. 그들의 시선은 벽산의 주봉과 그와 마주 보이는 봉우리 위에 펼쳐진 천목맹과 묵련 고수들의 진영에 닿아 있었다.

"결국은 승부를 보겠지."

백문보가 대답했다.

"계획과는 다르군요."

앞서 질문을 했던 용천문의 노고수 응여가 말했다.

"그러게 말이야. 지난번 만남으로 양쪽이 적당한 타협을 할 줄 알았는데 그 와중에 싸움을 벌일 줄이야 누가 알았나?"

"그 일로 천목맹의 사정이 좋지 않다고 하더군요."

"알고 있네. 천목맹 주작신부의 신장이라는 모용검천이 실족을 하고, 애송이가 주작신부와 현무신부를 떠맡았다고 하더군."

"부루라는 이름을 쓴다고 하더군요."

"대산문 출신이라고 했던가?"

"그렇습니다. 들리는 바에 의하면 나이답지 않게 고강한 무공과 뛰어난 두뇌를 지니고 있다고 하더군요. 낭왕 별고와 특히 친분이 깊다고 합니다."

"낭왕 별고라… 무서운 인물이지. 그런 자의 눈에 들었다면 그저 애송이는 아닌 것 같고."

"이제 어찌해야 할지?"

응여가 물었다.

"글쎄. 일단은 기다려 볼밖에. 승부를 낸다면 이긴 쪽의 손을 들어주면 그만이지 않는가? 그들이 먼저 우리 용천문을 공격하지만 않으면 그걸로 만족이네."

"그리되면 결국 용천문도 천목맹이든 묵련이든 둘 중 하나에 속하게 되는 것 아닙니까?"

"어차피 막북과 요동에 천목맹과 묵련이 선 이상 우리가 독야청청 홀로 살 수는 없었네. 단지 어느 쪽이든 손을 잡는 과정에서 용천문의 피해를 줄이는 것이 중요했던 거지. 일단 그 일은 성공한 것 아닌가?"

"천금을 들여 그를 데려온 보람은 있었군요."

"그래. 그의 요리가 저들의 예봉을 꺾었으니까."

"그는 어찌할 생각이십니까? 정말 그에게 이원(梨園)을 내어줄 생각이십니까?"

"자네 생각은 어떤가?"

"글쎄요. 비록 그의 요리 덕분에 우리 용천문이 천목맹과 묵련의 고수들을 돌려보낼 수 있었지만 그렇다고 용천문제일의 재산인 이원을 내어주는 것은 아무래도……."

"하지만 그와 약속한 일일세."

"그래도 그는 일개 숙수에 지나지 않습니다."

"천상의 요리를 만들어낼 수 있는 숙수지."

"정녕 그에게 이원을 내어줄 생각이십니까?"

다시 응여가 묻자 백문보가 가벼운 미소를 지었다.

"물론 일단 약속대로 이원을 내줄 걸세. 하지만 자네 말대로 그는 숙수일 뿐이네. 천상의 맛을 낼 수 있는 자라 해도 말이야. 그의 칼은 고기나 채소를 써는 주방의 칼이네. 그러니 비록 그의 칼놀림이 놀랍다고는 해도 과연 무인의 도검을 버텨낼 수 있을지는 두고 봐야 할 일이겠지."

"그렇군요. 그 스스로 떠나게 만들면 되겠군요."

"내일 그에게 이원을 주겠네. 하지만 그가 닷새를 버티지 못할 거란 쪽에 금 열 냥을 걸지."

"하하, 그럼 전 사흘을 버티지 못한다는 쪽에 금 열 냥을 걸겠습니다."

"하하하, 이 사람 독한 수를 쓰려나 보군. 하하하!"

백문보의 웃음이 눈 내리는 임황의 하늘로 퍼져 나갔다.

"제법 여유가 있어 보이네요."

서연이 호탕한 웃음을 터뜨리고 있는 백문보를 보며 말했다. 산을 내려온 것은 이른 아침이었다. 덕분에 송추월과 서연은 점심 무렵에 임황의 경계에 들어서고 있었다. 그런 그들의 눈에 벽산을 바라보고 있는 용천문 고수들의 모습이 들어왔다.

"그로서는 여유를 부릴 만하지요. 비록 방법은 기이했지만 어쨌든 천목맹과 묵련의 예봉을 꺾어놓았으니 말이죠. 이제 이 임황을 둔 싸움에서 용천문은 자연스럽게 발을 빼게 되었으니 걱정할 것도 없을 테고……."

"후후, 굿이나 보고 떡이나 챙기면 그뿐이란 말이군요."

"그렇지요. 그래서 궁금해요."

"뭐가요?"

"본래 재주 넘는 곰은 돈을 벌 때만 귀한 법이지요."

"미방이라는 그 숙수 이야기군요."

"그래요. 용천문에서 앞으로 그를 어떻게 대하느냐를 보면 그와 용천문의 관계를 정확히 알 수 있을 거예요."

"저라면 절대 일이 끝났다고 그를 홀대하지 않을 거예요."

"그야 서 소저는 그가 독의 달인이란 것을 알고 있으니 하는 말이지요. 하지만 용천문은 그 사실을 모르고 있을 거예요. 그러니 그를 한 명의 숙수로만 대하겠지요."

"그럼 용천문은 큰 곤욕을 치를 수도 있을 거예요."

“용천문주가 은혜를 잊지 않는 사람이길 기대해야죠.”
“어디로 가죠?”
“일단 용천문 쪽에 객방을 잡아요.”


송추월과 서연은 자연스럽게 하나의 객방에 들었다. 벽산에 오고 난 이후 두 사람의 관계는 예전보다도 훨씬 가까워져 있었다. 같은 침상을 쓰지 않을 뿐이지 혼인한 부부의 모습으로 보이는 두 사람이었다.

“잘 보이네요.”

객방에 들어 창을 연 서연이 용천문을 보며 말했다. 창을 통해 용천문의 전경이 한눈에 들어왔다. 거대한 용천문 정문 앞의 공터는 오늘도 사방에서 몰려온 상인들로 분주했다.

“이곳은 천목맹과 묵련의 싸움을 전혀 신경 쓰지 않는 모습이군요.”

송추월이 서연의 곁에 다가서며 말했다.

“용천문의 굳건함을 믿는 거겠지요. 그리고 또 설혹 천목맹과 묵련의 싸움을 알고 있다고 해도 이미 수천 리, 혹은 수만 리 길을 걸어온 대상들이 장사를 포기하고 다른 곳에 머물 수는 없을 거예요. 근방에선 오직 임황만이 거래를 할 수 있는 도읍이니까요.”

“그렇군요. 장사꾼에게는 목숨보다 재물이 중요한 법이지요.”

“그나저나 그의 소식을 어떻게 알아내죠?”

“그는 이미 유명한 인물이 되었을 테니 용천문을 드나드는 사람들로부터 그의 소식을 전해 듣는 것은 어려운 일이 아닐 거예요. 일단 그의 처소를 확인한 후 한번 들어가 보죠.”

“그를 만나보는 건 어때요?”

“흠… 그것도 한 번 생각해 보죠. 일단 요기부터 하고요. 그가 만들어준 요리라면 더없이 좋겠지만…….”

“호호, 전 사양할래요. 그의 요리엔 독이 있어요.”

“아, 그런가요?”

송추월과 서연이 서로를 보며 나직한 웃음을 흘렸다.


“설마 정말 이원을 내준단 말인가?”

“그렇다니까.”

“그게 사실이라면 정말 용천문주께선 대의인이 분명하시네. 비록 사전에 약속을 했다고는 하지만 설마 일개 숙수에게 이원을 내줄 거라곤 누구도 생각지 못했을 걸세.”

“그러게 말이야. 쉽지 않은 일이지. 이번 일로 용천문주님의 명성은 더욱 높아질 걸세. 천목맹과 묵련의 압박을 이겨내시고 또한 숙수의 과욕을 약속이란 이유로 받아들였으니…….”

“그런데 그 미방이란 자, 정말 욕심이 많군.”

“다들 그자를 비난하고 있네. 하지만 그자 덕분에 천목맹과 묵련의 고수들을 벽산으로 돌려보낸 것은 사실이지 않은가?”

“그렇다고 해도 어찌 이원을 요구할 수 있나. 이원은 용천문에서 가장 중요한 장원이 아니던가?"

"그러게 말일세. 사람의 욕심은 끝이 없다더니… 끌끌!"

예상대로 용천문의 소식을 듣는 것은 그리 어렵지 않았다. 용천문 앞의 너른 시전을 중심으로 그 주위엔 객잔과 주루, 그리고 반점이 늘어서 있었는데 그중 어느 곳을 들어가도 용천문과 숙수 미방에 대한 이야기가 넘쳐 나고 있었기 때문이었다.

송추월과 서연은 국수를 말아 파는 반점에 들어 사람들의 이야기를 통해 용천문과 미방의 소식을 듣고 있었다.

"참 대단한 사람이죠?"

서연이 젓가락을 내려놓으며 말했다.

"누가요? 미방이란 숙수가요? 아니면 용천문주가요?"

"미방이란 그자요."

"그가 대단하지 않았다면 우리가 왜 이곳에 와 있겠어요?"

"호호. 그런 말이 아니잖아요."

서연이 송추월의 말에 웃음을 흘렸다. 그러자 송추월도 빙긋 미소를 지었다.

"알아요, 무슨 말인지. 음… 어쩌면 우리가 생각하는 것보다 더 대단한 인물일 수도 있겠어요."

"그렇죠?"

"용천문주를 상대로 그런 요구를 하는 것은 쉽지 않은 일이지요. 그가 비록 용천문을 위해 천상의 요리를 해냈다고는 해도… 딱 목 잘리기 좋은 요구인데……"

"그런데 그 요구를 용천문주는 들어줬지요."

"용천문주가 왜 그의 요구를 들어줬는지는 모르지요. 사람들의 말처럼 용천문주가 대의인이기 때문일 수도 있고, 혹은 그와의 약속을 사람들이 알고 있으니 다른 이의 눈이 부담스러웠을 수도 있지요. 하지만 용천문주가 그의 요구를 승낙한 것보다 그가 이원을 요구했다는 사실이 중요해요."

"어째서요?"

"그가 이원을 요구했다는 것은 그 요구에 용천문이 어떤 반응을 보이든 대처할 준비가 되어 있다는 뜻이니까요."

"무슨 말이죠?"

"쉽게 말해 목 떨어지기 좋은 요구를 했다는 것은, 설혹 용천문에서 이원을 원하는 욕심에 노해 그의 목을 치려 했다 해도 충분히 그에 대응해 자신의 목숨을 구할 자신이 있다는 의미일 테니까요."

송추월의 말에 서연이 고개를 끄덕였다.

"그래요. 그러고 보니 정말 생각보다 훨씬 대단한 인물이네요. 혼자 용천문을 상대할 능력이 있다는 말이니."

"점점 호기심이 동하는군요."

"만나보고 싶어요."

"나도 마찬가지이긴 한데… 그런 인물이라면 조심하지 않을 수 없지요."

"그가 용천문을 나와 이원으로 간다고 했으니 그를 살피기는 오히려 쉽겠어요."

"그렇군요. 일단 그가 이원으로 간 후 그에 대해 좀 더 자세
히 알아보도록 하지요."
"그럼 그전까지는 임황 구경이나 해요."
"그래요."
송추월이 고개를 끄덕였다.


이원(梨園)은 임황 남쪽의 구릉에 있는 장원이다. 장원의 동
쪽에 배나무 백여 그루가 있어 봄이면 배꽃 향기로 가득 차게
만드는 임황의 명승지 중 하나였다. 그래서 이름도 이원이다.
이원은 대대로 용천문의 소유였다. 용천문의 문주들은 꽃피는
봄이 오면 두어 달 이원으로 거처를 옮기는 것이 상례였다. 또
한 봄날에는 간혹 장원의 문을 열어 상춘객을 맞아들이는 호
의도 베풀어 사람들로부터 큰 사랑을 받는 장원이기도 했다.
그런데 그 이원의 주인이 바뀌었다, 그것도 임황의 주인 용
천문에서 일개 요리사에게로…….
벽산에서 시작된 눈발이 임황의 성읍에도 날리기 시작했다.
본래 이른 봄 배꽃으로 아름다운 이원은 오늘은 눈꽃으로 그
화사한 자태를 드러내고 있었다.
또각또각!
눈발이 날리는 아름다운 장원 이원으로 다섯 필의 말이 경
쾌한 말발굽 소리와 함께 움직이고 있었다.
"그예요."
서연이 손을 들어 다섯 필의 말 중 사람을 태운 두 필의 말

을 가리켰다.

"그렇군요. 그런데 생각보다 사람이 적군요. 용천문에서 호위라도 붙여줄 줄 알았는데……."

두 필의 말 중 앞쪽에 타고 있는 사람은 지난번 용천문의 연회에서 보았던 숙수 미방이 분명했다. 미방은 종자 한 명을 데리고 세 필의 말에 짐을 잔뜩 실은 채 용천문의 이원, 아니, 오늘부터 그 자신의 장원이 된 이원으로 들어서고 있었다.

이원이 용천문의 손에서 숙수 미방에게로 넘어갔다는 것은 근자에 들어 임황 최고의 소식이었다. 약속을 지킨 용천문주의 의로움을 칭송하는 소리도 있었고, 숙수 미방의 욕심을 흉보는 사람도 있었지만 대체로 임황에서 살아가는 사람들의 심사는 부러움이었다.

한낱 숙수가 이원의 주인이 되었다는 것은 하루 벌어 하루 먹고사는 임황의 뭇 인생들에겐 그야말로 꿈과 같은 일이었던 것이다. 그래서 비록 숙수 미방이 이원으로 향할 때 용천문에서 호위 한 명 붙여주지는 않았지만 길 위에는 미방을 지켜보는 사람들이 차고 넘쳤다.

수많은 사람들 속에 송추월과 서연도 있었고, 두 사람의 시선을 받으며 미방은 이원의 문을 넘었다.

"정말, 이원이 저 사람 것이 되네."

송추월과 서연 곁에 서 있던 누군가가 탄식을 흘렸다. 숨길 수 없는 부러움이 묻어나는 목소리였다.

"그러게 말이야. 그러고 보면 숙수도 해볼 만한 일인 것 같

아. 듣기로 저 사람이 만든 음식은 사람이 먹는 음식이 아니라지?"

"나도 그리 들었네. 신선들이나 맛볼 법한 요리라더군. 하긴 그러니 용천문주가 이원을 내주었겠지."

"그나저나 저 사람은 이원에 들어 뭘 하고 살 생각일까?"

"글쎄? 뭐, 숙수라고 했으니 요리 집을 열지 않을까?"

"허허. 그렇다면 그야말로 떼돈을 벌겠군. 그의 요리 실력이야 이미 증명된 것이고, 이원이라는 아름다운 장원을 얻었으니 천하에서 미식가들이 몰려들 거야."

"우리에게도 잘된 일이지. 임황에 그런 명소가 생기면 임황을 찾는 자들이 더 늘어날 것 아닌가?"

"하긴 그렇군. 이거 우리도 가게를 좀 늘려야 하는 것 아닐까?"

"생각해 보세."

송추월과 서연의 귀에 사람들의 웅성거림이 끊이지 않고 들려왔다. 그 대부분은 이원을 얻은 미방에 대한 부러움이었다.

"나도 저런 장원 하나 있었으면 좋겠어요."

"그런 욕심도 있었어요?"

송추월이 놀란 듯 서연을 바라봤다.

"그럼요. 저도 여잔데요."

"그랬군요. 아, 그럼 금자를 좀 모아둬야 되는 건가?"

"호호호, 걱정 말아요. 금자라면 제가 당신보다 더 잘 모을 수 있을 테니까. 그나저나 가요. 가서 요기나 좀 해요. 오늘 밤

바쁠 거잖아요?”

　서연이 송추월의 소매를 끌었다. 송추월이 고개를 끄덕이고
는 서연이 이끄는 대로 다시 임황의 중심으로 향했다. 그리고
그날 밤 두 사람은 이원의 담을 넘었다.

第四章
독인(毒人) 미방

화마경

○

　일 장 높이의 울타리가 수백 평의 장원을 둘러싸고 있었다. 장원 동쪽엔 앙상한 뼈를 드러낸 배나무들이 그 위에 소복이 쌓인 눈을 얹고 봄날의 자태를 추억하고 있었다.

　송추월과 서연은 동쪽 배나무 숲의 담을 넘었다. 비록 앙상한 뼈만 남아 있는 배나무지만 그래도 가지가 많고 달도 구름에 가려 비밀스럽게 장원으로 들어가기엔 안성맞춤인 곳이었다.

　두 사람은 가볍게 담을 넘은 후 빠른 속도로 배나무 사이를 지나 장원의 남쪽으로 치우쳐 위치한 두 개의 작은 건물이 보이는 곳에서 걸음을 멈췄다.

　사위는 조용했다. 두 개의 건물 역시 잠들어 있는 듯 침묵에 빠져 있었다. 그런데 기실 그중 깨어 있는 곳이 존재했다. 두 개의 건물 중 좀 더 큰 건물의 왼쪽 방에서 희미한 불빛이 흘러 나오고 있었던 것이다.

두 개의 건물 중 불빛이 흘러나오는 건물은 남쪽을 향해 서 있었고, 다른 건물은 서쪽을 등지고 있었는데, 불빛이 흘러나 오는 방과 연해 남쪽으로 작은 누각이 붙어 있어 건물들 사이 의 마당을 아늑하게 만들고 있었다.

방에서 흘러나온 불빛은 그 아늑한 마당에 희미한 빛 그림 자를 만들며 너울대고 있었다.

"사람이 보이지 않아요."

서연이 나직하게 말했다.

"기존 이원에 있던 용천문의 식솔들은 모두 떠났다고 했잖 아요."

"생각보다 용천문주의 속이 좁은 건가요? 비록 약속 때문에 이원을 넘기기는 했지만 더 이상 그 숙수를 도와줄 생각은 없 는 모양이군요. 그러니 사람을 모두 뺐겠지요?"

"꼭 그렇지 않을 수도 있어요. 미방이란 숙수가 용천문의 문 도들을 내보냈을 수도 있지요."

"하지만 그렇게 되면 당장 이 큰 장원을 어찌 이끌어 나갈까 요?"

"글쎄요. 그 나름대로 생각이 있겠지요."

"저 방에 그가 있을까요?"

서연이 불빛이 흘러나오는 방을 바라보며 물었다.

"아마도… 그가 아니라면 이원에 불을 밝힐 사람은 없을 테니까요?"

"이 깊은 밤에 뭘 하고 있을까요?"

"이제부터 그걸 알아봐야죠."

송추월이 배나무 숲에서 감췄던 신형을 움직여 불빛이 흘러나오는 방향을 향해 조심스럽게 움직이기 시작했다. 그런데 그렇게 다섯 걸음 정도 앞으로 걸어나가던 송추월이 갑자기 얼어붙듯 정지했다. 그리고는 재빨리 신형을 낮췄다. 서연 역시 송추월을 따라 급히 몸을 숙였다.

사사삭!

미세한 소음이 송추월의 귀에 들려왔다. 소리의 방향은 장원의 남동쪽이었는데 배나무 숲과 남쪽 정원의 경계를 따라 소리가 올라오고 있었다.

"누구죠?"

서연이 잔뜩 긴장한 얼굴로 물었다.

"그에게 관심이 있는 사람이 우리만은 아닌 모양이에요. 일단 두고 보죠."

송추월이 좀 더 북쪽으로 신형을 물렸다. 두 사람은 불빛이 흘러나오는 건물의 누각 뒤쪽으로 이동했다. 그사이 남쪽에서부터 시작된 소음의 주인들이 어둠 속에서 모습을 드러냈다. 인원은 대략 칠팔 명, 자세히 볼 수는 없었으나 허리에 도검을 차고 있는 것이 분명 무인들로 보였다.

불청객들은 불빛이 배나무 숲의 경계 부딪쳐 더 이상 어둠을 범접하지 못하는 지점에서 잠시 걸음을 멈췄다. 그리고는 한동안 어둠 속에서 불빛이 흘러나오는 방의 기척을 살폈다.

그렇게 얼마의 시간이 흘렀을까. 문득 불청객들이 불빛이 흘러나오는 방향을 향해 신형을 날렸다.

파파팟!

불빛 속으로 불청객들이 들어갔다. 그러자 그들의 모습이 확연하게 눈에 들어왔다. 인원은 모두 일곱, 머리에 두건을 쓰고 있어 그 정체를 알기 어려웠다. 더군다나 그들은 몸에도 검은 장삼을 걸치고 있어 자신들의 신분을 철저히 숨기고 있었다.

"살수들 같아요."

서연이 속삭였다. 그러나 송추월은 고개를 저었다.

"아뇨. 살수들의 움직임은 아니에요."

"그래요?"

"살수들이라면 절대 저렇게 드러내고 빛 속으로 뛰어들지 않아요. 아마도 건너편 건물의 지붕으로 올라 어둠을 타고 접근했을 거예요. 그리고 저들의 모습을 봐요, 검은 두건과 장삼을 입었지만 움직임이 조심스런 면은 없어요. 살수는 아니에요."

송추월은 살수의 최고봉이라 불리는 지살문의 살수들을 상대해 봤기 때문에 눈앞의 불청객들이 살수들이 아니라는 것을 쉽게 구분해 낼 수 있었다.

"뉘시오?"

그런데 불청객들이 막 불빛 흘러나오는 방의 방문을 열어젖히려는 찰나 오히려 안쪽에서 방문이 열리며 누군가의 목소리가 흘러나왔다.

"그예요."

서연이 고개를 조금 위로 들었다. 열린 문 사이로 숙수 미방의 모습이 보였다.

"어디서 오신 분들이오?"

미방이 재차 물었다. 숙수답지 않게 그는 도검을 든 한밤의 불청객을 맞이하고도 무척 평온해 보였다. 그러자 오히려 당황한 쪽은 불청객들이었다. 그들은 잠시 말을 잇고 미방을 응시하다가 이내 문 앞쪽 공터에 줄지어 내려섰다.

"뉘시오?"

세 번째 질문을 던지며 미방이 신형을 일으켰다 그리고는 거침없이 걸음을 옮겨 방문을 나섰다.

"우리가 누군지는 관심 둘 필요 없다."

미방이 방문을 나서자 그제야 불청객들 중 한 명이 입을 열었다. 상대의 말에 미방이 잠시 그를 바라보다 이내 고개를 끄덕였다.

"좋소. 얼굴을 가린 것은 당신들의 정체를 숨기려 함이겠으니 굳이 묻지 않겠소. 하지만 이건 물어야겠구려, 내 장원엔 무슨 일이오?"

미방이 내 장원이라는 말에 힘을 주어 말했다. 그러자 복면을 통해 흘러나오는 불청객들의 눈빛이 차갑게 변했다.

“죽어줘야겠다.”

“응? 지금 뭐라 그랬소?”

“죽어줘야겠다고 했다.”

“누가 말이오? 설마 내가 죽어야 한단 말이오?”

“생각보다 말귀가 어둡구나.”

복면인의 말이 싸늘하다.

“그러니까 날 죽이러 왔다는 말인데, 이해할 수 없군. 내가 왜 죽어야 한단 말이오? 설마 나에게 원한이라도 있는 것이오? 난 그저 요리를 하는 사람일 뿐인데…….”

미방이 살인 경고를 받고도 불안한 기색 없이 물었다. 역시 대단한 배포가 아닐 수 없었다.

“네가 죽어야 하는 이유? 그건 네가 숙수의 본분을 잊었기 때문이다.”

“무슨 말이오? 난 지금껏 내 요리에 부끄러움이 없는 사람이었소. 그런데 숙수의 본분을 잊다니?”

“감히 숙수 주제에 이런 귀한 장원을 탐냈으니 어찌 목숨이 온전하겠는가?”

복면인의 대답이 끝나는 순간 지금까지 지나치게 부드러웠던 미방의 표정이 딱딱하게 굳어가기 시작했다. 더불어 그의 눈에서 도저히 숙수라고는 믿기 힘든 형형한 안광이 흘러나오기 시작했다.

“이 장원 때문에 왔다는 것이군.”

미방의 말투가 변했다. 한 점 온기도 느껴지지 않는 싸늘한 말투, 그러나 불청객들은 미방의 변화에 크게 신경 쓰지 않는 눈치였다.

"그대는 금자를 받고 조용히 임황을 떠나야 했어."

"용천문에서 왔군. 아니면 그들의 사주를 받았든지."

일의 앞뒤는 굳이 재보지 않아도 충분히 짐작할 수 있었다. 이원을 원한 미방의 행동 때문에 온 자들이라면 당연히 용천문과 관련이 있을 터였다.

"지금이라도 짐을 싸 이원을 떠나라. 그러면… 목숨은 살려주마."

"문주께서 보내셨소?"

불청객의 말에는 신경도 쓰지 않고 미방이 자신이 묻고 싶은 말을 물었다.

"누가 보냈는지는 관심 두지 마라. 다지 그댄 떠날 것인지 죽을 것인지를 결정하면 된다. 그대가 살아날 기회를 주는 것만으로도 감사할 일임을 알아야 한다."

순간 차가워졌던 미방의 얼굴에 다시 한줄기 미소가 감돌았다. 그리고는 무척 즐거운 일이라도 벌어진 듯 나직이 중얼거렸다.

"고마운 일이야."

"고마운 줄 알면 어서 짐을 챙겨 떠나거라."

"그럴 수는 없지. 즐거움을 두고 떠나라니 어찌 그럴 수가 있겠는가?"

숙수 미방의 말에 복면인이 언뜻 알아듣지 못하고 입을 닫은 채 미방을 바라봤다.

"애초에 내가 용천문에 들 때 백문보 그는 나를 마치 천하에서 가장 귀한 사람처럼 환대했지. 그런 그의 환대가 고마워 난 그에게 천목맹과 묵련의 겁박으로부터 벗어날 기회와 방법을 알려주었다. 그 때문에 난 수십 년 고민해서 만든 나의 가장 귀중한 물건을 이 할이나 소비해야 했어. 그대들도 내가 그 연회에서 내놓은 요리를 맛보았겠지?"

미방의 질문에 복면인들은 대답하지 않았다. 그러나 답하지 않아도 복면인들이 연회 장소에 있었던 인물이란 것은 확실해 보였다. 그들은 긍정하지 않았지만 부인도 하지 않았으므로.

"그런 요리를 맛보는 것은 정말 평생의 복연이라고 할 수 있다. 어쩌면 누군가는 그 요리와 자신의 목숨을 바꿀 수도 있을 거야. 어쨌든 덕분에 용천문은 천목맹과 묵련의 겁박을 이겨낼 수 있었다. 아니, 오히려 그 두 거대한 세력과의 관계에서 유리한 위치를 점했다고 할 수 있지. 그 모든 것이 이 미방에 의해 이루어진 일이다. 그런데 이제 그런 귀한 손님인 날 내쫓겠다? 겨우 이 장원 하나 때문에?"

"이원은 그저 그런 장원이 아니다. 감히 숙수 따위가 탐낼 곳이 아니란 말이다!"

"후후후. 내 요리를 맛보고도 그 가치를 알지 못하다니, 정말 어리석은 자들과는 대화하기가 힘들어. 내가 중원에 나아가 요리를 내놓으면 나에게 이 장원보다 더 크고 화려한 장원을 서너 채쯤 안겨줄 거상들이 즐비하다. 그런데 겨우 이 장원이 아깝다고?"

"그러니 중원에 가서 그들을 상대로 그대의 요리 실력을 팔 도록 떠나라는 말이 아닌가?"

"후후후, 물론 난 임황을 떠날 거야. 뭐 임황에 오래 머물 생 각은 애초부터 없었으니까. 단지 난 천목맹과 묵련의 싸움을 구경하기 위해 잠시 머물 거처가 필요했을 뿐이야. 그러다 보 니 좀 더 편하게 지낼 이원을 원한 것이고. 사실 두어 달, 혹은 서너 달만 기다린다면 난 이원을 다시 용천문에 되돌려주고 임황을 떠났을 거야. 그때까지는 벽산에서의 싸움도 끝이 날 테니까. 그런데⋯ 그 서너 달을 참지 못하다니, 쯔쯔쯔."

미방이 혀를 찼다.

"정말⋯ 석 달 후에는 이원을 떠날 것이냐?"

복면인은 생각지도 못한 미방의 말에 어쩌면 일이 잘 풀릴 수도 있다고 생각했는지 되물었다. 그러나 미방은 복면인의 기대를 물거품으로 만들었다.

"애초에는 그럴 생각이었는데 이젠 아니야."

"무엇 때문에⋯⋯?"

"몰라서 묻나? 재밌는 일이 생겼잖아?"

"무슨 소릴 하는 거냐?"

"생각보다 멍청하군. 용천문에서 날 죽이겠다고 나섰으니 이게 얼마나 재밌는 일이냔 말이야. 남의 싸움을 구경하는 것도 재밌지만 내 스스로 누군가와 싸워보는 일도 즐거운 일 이거든. 그런데 내가 왜 이원을 떠나겠는가? 그런 즐거움을 두고.”

“감히 네가 용천문과 맞서겠다는 말이냐?”

“감히 이 미방과의 약속을 어기고 목숨을 노린 대가를 치러 야겠지.”

“결국 무덤을 파는구나.”

“물론 무덤은 내가 팔 것이다. 그러나 그 무덤에 묻히는 것은 내가 아니라 용천문이 될 거야. 제법… 즐거운 일이 될 거야. 흐흠!”

미방은 현재의 상황이 아주 만족스러운 듯 고개까지 끄덕였다.

창!

“길게 끌 것 없소이다, 저자가 떠날 생각이 없는 모양이니!”

지금까지 입을 닫고 있던 다른 복면인이 검을 뽑으며 소리쳤다. 차가운 살기가 장내를 휩쓸었다. 그러자 지금껏 미방을 설득하던 복면인도 천천히 검을 뽑았다.

“그렇구려. 오늘의 일은 사람들의 눈에 띄면 안 되니 이쯤에서 끝을 보는 것이 좋겠구려. 미방, 그대는 오늘 정말 잘못 선택한 것이다. 죽음을 택하다니.”

“글쎄. 무덤에 누울 사람은 내가 아니라니까?”

미방이 한줄기 미소를 흘리며 말했다.

“내가 베겠소.”

가장 먼저 검을 뽑아 일의 진행을 재촉한 복면인이 차가운 음성을 내뱉고는 훌쩍 날아올라 미방이 서 있는 뜨락으로 뛰어올랐다.

"고통없이 보내주마!"

쇄애액!

뜨락으로 올라선 복면인이 번개처럼 검을 휘둘렀다. 검은 거칠 것 없이 미방의 목을 향해 떨어져 내렸다. 미방은 손에 병기를 들고 있지 않았으므로 그의 목이 단칼에 떨어지는 것은 시간문제로 보였다. 그럼에도 미방의 얼굴에는 전혀 두려운 기색이 떠오르지 않았다. 그는 그저 재밌는 물건을 구경하듯 자신을 향해 떨어지는 검날을 지켜보고 있을 뿐이었다.

"가랏!"

검이 미방의 목 한 자 앞쪽에 들어서자 검의 주인이 다시 한 번 미방을 향해 소리쳤다. 그러자 검의 속도가 더욱 빨라졌다.

팟!

검이 한순간에 미방의 목을 베었다. 그런데,

"헛!"

"앗!"

검을 휘두른 자와 그 모습을 지켜보고 있던 복면인들 사이에서 동시에 화들짝 놀란 탄성이 흘러나왔다. 분명 검을 휘둘러 미방의 목을 베었음에도 검은 헛되이 허공을 가르고, 미방은 검의 주인으로부터 일 장여 떨어진 곳으로 물러나 있었다.

"그… 그대는?"

검을 휘두른 자가 경악스런 표정으로 미방을 바라봤다. 그는 미방이 자신의 검을 피해낼 거라고는 전혀 예상치 못하고

있다가 그의 믿을 수 없는 움직임에 놀라 거의 혼이 빠진 듯한
표정으로 미방을 바라보는 것이었다.

"무덤에 들어가는 쪽은 내가 아닐 거라 말하지 않았던가?"

"넌… 넌 누구냐?"

검을 휘두른 자가 경계의 빛을 띠며 물었다.

"내가 누군지 모른단 말인가? 나야 당연히 천하제일의 숙수
미방이지."

"넌 결코 평범한 숙수가 아니야. 일개 숙수가 내 검을 피할
수는 없어."

"누가 평범한 숙수라고 했나? 천하제일의 숙수라고 했지.
그리고… 그대의 검은 너무 느려서 무도 썰지 못할 것 같군."

"놈!"

미방의 조롱에 복면인이 노성을 발하며 재차 검을 휘두르려
는 찰나, 뜨락 아래서 지켜보고 있던 그의 동료가 재빨리 복면
인을 말렸다.

"잠깐 기다리시오."

처음부터 미방과 대화를 주고받던 사내였다. 사내의 말에
검을 휘두르려던 복면인이 급히 검을 멈추고 동료를 돌아봤
다. 그러자 사내가 훌쩍 신형을 날려 동료 곁으로 내려섰다.

"함부로 상대할 자가 아닌 것 같소."

"내가 이자를 베지 못할 것이란 거요?"

"그런 것이 아니라 조심하자는 말이오."

"하면 함께 베자는 거요? 겨우 숙수 하나를?"

"만사불여튼튼 아니오. 혹 도주라도 하면 낭패이니……."

"그런 일은 결코 없을 거요. 애초에 나에게 맡겼으니 내가 끝을 내겠소."

복면인이 더 이상 말하기 싫다는 듯 말이 채 끝나기도 전에 미방을 향해 재차 신형을 날렸다.

"이번엔 결코 살아남지 못할 것이다."

복면인의 검이 다시금 미방을 향했다. 이번엔 미방의 목이 아니라 심장이었다. 미방은 그런 복면인의 검에 어떤 움직임도 보이지 않았다. 그러나 그의 얼굴엔 여전히 여유가 넘쳐흘렀다.

장내에 여유있는 자는 오직 미방 한 명뿐이었다.

공격하는 복면인의 동료들이나 숨어서 그 모습을 지켜보고 있던 송추월과 서연주차도 싸늘한 복면인의 검에 곧 미방의 심장이 관통당할 것이라는 걸 의심치 않았다.

좀 전의 공격과 달리 이번 공격은 그야말로 전광석화처럼 일어나서 미방으로선 복면인의 검을 피해낼 여유를 찾을 수 없을 듯 보였다. 그런데……

"그만!"

복면인의 검이 미방의 가슴 바로 앞까지 왔을 때 문득 그의 입이 열렸다. 그러자 믿을 수 없게도 복면인이 말 잘 듣는 강아지처럼 검을 멈췄다.

"그만 쉬어."

미방이 다시 입을 열었다. 그러자 복면인이 그 자리에서 그대로 미방의 발밑에 쓰러져 내렸다. 검은 여전히 그의 손에 있었지만 더 이상 미방에겐 어떤 위협도 되지 않았다. 왜냐하면 복면인의 숨이 이미 끊어져 버렸기 때문이었다.

"이… 이건……!"

미방과 처음 대화를 나눴던 복면인의 입에서 당혹스런 음성이 흘러나왔다. 그는 지금 자신의 눈앞에서 일어난 일을 도저히 믿을 수 없었다. 그가 아는 동료는 평소 건강하기 이를 데 없었을 뿐 아니라 무공에 있어서도 결코 자신에게 뒤지지 않은 수준의 고수였다. 그런 그가 이렇게 허무하게 쓰러져 죽을 수 있는 것일까?

"내가 말하지 않았나, 무덤은 내가 파지만 들어가 죽는 것은 내가 아닐 거라고?"

미방이 당혹해하는 복면인을 보며 말했다. 말투가 그래서 그런지 갑자기 미방의 나이가 무척 많이 들어 보였다. 그런 미방을 보며 복면인은 한동안 입을 열지 못했다. 적지 않은 세월 무림에서 살아온 그였지만 이런 기사를 겪는 것은 처음이었다.

"사술… 무슨 사술을 쓴 것이냐?"

"사술이라… 후후. 사술이라면 사술이지. 하지만 알고 보면 사술이 아니야."

"무슨 수작을 부렸느냐?"

"알겠지만 난 천하제일의 숙수야. 세상에 모르는 향신료가 없고, 못 내는 맛이 없지. 그래서 난, 죽음의 맛과 향기도 만들어낼 줄 알지. 자네의 동료는 말이야, 죽음의 향기를 맡았어.
어떤가? 자네들도 죽음의 향기를 맛보고 싶은가?"

미방이 서늘한 시선으로 복면인들을 바라보며 물었다.

"독! 독을 썼구나."

복면인은 노련한 사람이었다. 미방의 말에서 순식간에 그가
행한 일을 알아챘다.

"그래. 독을 썼다. 나의 요리는 대부분 독을 사용하지. 너희
들이 맛보았던 그 천상의 요리에도 사실은 독이 들어갔지."

"넌… 숙수가 아니었구나."

"아니, 난 숙수가 맞아. 천하에서 가장 뛰어난 숙수지. 다민
숙수일뿐더러 천하에서 가장 독을 잘 쓰는 사람의 제자이기도
하지. 아! 갑자기 사부가 보고 싶네."

미방이 말끝에 엉뚱한 말을 지껄였다. 미방의 나이는 적게
잡아도 오십은 넘어 보였다. 많게 보면 육십에 이른 노인이랄
수도 있었다. 그러나 그의 표정과 말투는 종잡을 수가 없어서
그의 나이도 특정할 수가 없었다. 그런 그가 사부에 대한 그리
움을 드러내자 갑자기 이번엔 그가 몹시 어려 보이는 것이었
다.

"왜… 왜 용천문에 왔느냐?"

복면인이 떨리는 목소리로 물었다.

"몰라서 묻나? 당연히 용천문주가 간절히 원했기 때문이지.
아, 물론 내가 사람의 마음을 움직일 수 있는 요리를 만들어낼
수 있다고 말했기 때문이기는 하지만. 어쨌든 난 용천문을 도

와줬어. 대가로 이 장원을 받아 강호의 신흥세력인 천목맹과 묵련의 싸움을 구경하려 한 것이고. 그런데 그런 나의 소박한 바람을 용천문이 깨뜨렸지. 이런 경우… 난 보통 깔끔하게 이 상황을 정리하는 편이야. 그것도 무척 즐겁게 말이지. 어떻게 내가 이 상황을 정리할지 궁금하지?'

미방이 복면인에게 물었다. 그러자 복면인이 대답은 않고 두려운 눈으로 미방을 바라봤다. 그러자 미방이 나직하면서도 소름 끼치는 음성으로 말했다.

"이런 경우 난 청소를 해. 내 귀를 더럽히고 내 입을 험하게 만든 자들을 깨끗이 쓸어내지. 머지않아 용천문은 임황에서 사라질 거야. 아주 깨끗하게. 후후. 천목맹과 묵련에서 금자라도 받아야 하는 거 아닌지 모르겠군."

미방이 숙수답지 않은 음산한 미소를 흘려냈다. 그리고 다음 순간,

투툭!

둔탁한 소음과 함께 순식간에 미방 앞에 서 있던 여섯 명의 복면인이 땅에 쓰러졌다. 그들이 왜 쓰러졌는지는 오직 숙수 미방만이 알고 있을 터였다.

"이봐!"

쓰러진 복면인들을 지켜보고 있던 미방이 누군가를 불렀다. 그러자 건너편 건물에서 이십대 청년 한 명이 재빨리 달려나왔다.

"부르셨습니까, 어르신?"

청년은 땅을 기기라도 할 듯한 공손함으로 미방의 부름에
답했다.

"깨끗하게 처리해."

"알겠습니다."

"그리고… 손님들 이리 모셔."

"예?"

"네놈은 도대체 뭘 하는 놈이냐? 집 지키는 놈이 칼 든 놈들
이 들어온 것도 모르고, 손님이 온 것도 모르고."

"손님… 이라뇨?"

청년이 여전히 알아듣지 못하겠다는 표정으로 물었다. 그러
자 미방이 송추월 등이 몸을 숨기고 있는 배나무 숲을 바라보
며 말했다.

"추운데 오래 있으면 몸이 상하는 법이오. 이 친구를 따라
잠시 기다리시오. 내 곧 나오리다."

말을 마친 미방이 훌쩍 신형을 날려 자신이 나왔던 방으로
들어갔다.


"가요."

송추월이 배나무 숲 밖으로 걸음을 옮겼다.

"위험해요."

서연이 송추월의 옷깃을 잡았다.

"그가 손을 쓰려 했다면 벌써 썼을 거예요. 그를 만나봐요."

"하지만……."

"누군가를 아는 데 가장 빠른 방법은 그를 만나보는 거지
요."

송추월이 서연의 만류를 뿌리치고 이원의 마당으로 나갔다.
그러자 미방에게 명을 받은 젊은 청년이 놀란 눈으로 송추월
을 바라보며 입을 열었다.

"도대체… 언제부터 거기 있었소?"

나이가 엇비슷해서인지 청년의 목소리가 퉁명스럽다.

"좀 됐소."

"그럼 어르신이 하신 일을 모두 보았겠구려?"

"그렇소."

"휴, 그렇다면 참으로 안됐소."

"그건 또 무슨 말이오?"

"어르신이 한 일을 모두 보았으니 당신의 운명은 이제 정해
진 것이나 다름없소. 나로서야 잘된 일이지만……."

"무슨 말인지 알아들을 수가 없구려."

"쉽게 말하자면 당신들도 이젠 나처럼 어르신께 묶인 팔자
가 되었단 말이오. 어르신은 자신의 비밀을 아는 사람을 그냥
보내시지 않는다오."

"그렇다고 우리가 그의 수족이 되지는 않을 거요."

"물론 다른 길도 있소. 죽는 거! 잠시 기다리쇼."

청년이 퉁명스럽게 말을 하고는 품속에서 작은 병을 꺼내
쓰러진 복면인들 위에 푸른 액체를 뿌렸다.

푸스스!

병에 든 푸른 액체가 복면인들의 몸에 닿는 순간 매캐한 냄새와 함께 흰 연기가 솟았다. 그리곤 믿을 수 없게도 쓰러진 자들의 시신이 순식간에 액체로 변한 후 땅속으로 스며드는 것이었다.

스슥!

청년이 발을 움직여 액체로 변한 시신이 땅에 스며든 자국을 없앴다. 송추월과 서연은 경악한 눈으로 청년이 하는 행동을 지켜보고 있었다. 그런 두 사람에게 청년이 아무렇지도 않은 표정으로 다시 입을 열었다.

"따라오시오."

여전히 무미건조하게 말을 건넨 청년이 신형을 돌려 미방이 들어간 방과 붙어 있는 다른 방의 문을 열어 두 사람을 맞아들였다.


청량한 향기가 송추월과 서연의 코로 스며들었다. 청년이 안내한 방은 수수했다. 그러나 향기만큼은 그 어떤 곳과도 비교될 수 없을 만큼 청량하고 향기로웠다.

"앉아서 기다리시오. 곧 어르신이 오실 거요. 그리고… 충고하건데 어르신이 하자는 대로 하시오. 죽음은 그리 먼 곳에 있지 않다오. 특히 어르신 앞에서는 말이오."

청년이 충고인지 협박인지 모를 말을 남기고 방을 벗어났다. 청년이 밝혀놓은 호롱불이 청년이 방문을 나가는 충격에 가볍게 흔들렸다.

　빛 그림자를 피하며 송추월이 방 안을 살폈다. 불필요한 장
식이나 가구가 없는 수수한 방, 두 사람이 앉은 탁자와 의자,
그리고 한쪽에 걸린 수묵화 한 족자가 방 안을 채우고 있는 전
부였다. 도대체 어디서 이런 아름다운 향기가 흘러나오는지
짐작할 수 없을 만큼 방 안의 풍경은 단출했다.
　“어쩌죠?”
　서연은 계속 걱정이 되는 모양이었다.
　“일단 그를 만나봐야죠.”
　“그 청년의 말이 예사롭지 않아요.”
　“물론 그가 허풍을 떤 것은 아닐 거예요.”
　“하면…….”
　“눈으로 확인했잖아요. 그는 무서운 사람이지요.”
　“그가 자신의 곁에 남기를 요구하면 어쩔 거예요?”
　서연의 말에 송추월이 빙긋 미소를 지었다.
　“우리가 남기를 원한다면 그도 한 가지 선택을 해야겠지
요.”
　“선택이라뇨?”
　“죽든지 아니면 우릴 보내주든지.”
　“그를… 벨 생각인가요?”
　“그가 우릴 붙잡아두려 한다면 그래야죠.”
　“그는 독인이에요. 한순간의 방심으로 우린 목숨을 잃을 수
있어요.”
　“그가 하독을 한다 해도 그의 목을 벨 시간은 있을 거예요.

아, 그러고 보니 같이 죽을 수도 있겠군요. 하지만 그가 과연 우리와 같이 죽는 길을 택할까요? 아마도 그럴 수는 없을 거예요. 우리와 함께 죽기에 그는 자신이 지닌 재주가 너무 아까울 테니까.”

송추월이 확신하듯 말하는 사이 문밖에서 인기척이 느껴졌다.

드르륵!

문이 열리고 숙수 미방이 모습을 드러냈다. 그의 손에는 작은 쟁반이 하나 들려 있었는데, 그 위에는 세 개의 찻잔이 놓여져 있었다.

“이거 손님을 받아놓고 기다리게 해서 미안하구려. 내 잠시 준비할 게 있어서.”

방금 전 일곱 사람의 목숨을 앗아간 인물이라고는 믿을 수 없을 만큼 다감한 말을 내뱉으며 미방이 안으로 들어와 송추월과 서연의 맞은편에 앉았다.

“자, 한 잔씩들 드시오.”

미방이 손에 들고 있던 접시에서 찻잔을 들어 송추월과 서연 앞에 하나씩 놓았다. 그리고 나머지 한 잔은 자신의 입으로 가져가더니 가볍게 입을 축였다.

그러자 미방을 바라보고 있던 송추월이 찻잔을 들어 한 모금 차를 입에 머금었다. 순간 서연이 놀란 눈으로 송추월의 팔을 잡았다. 눈앞의 인물은 숙수가 아니다. 한순간에 일곱 명의 목숨을 앗아간 독인이다. 그런 자가 내놓은 차를 이렇게 아무런 경계심 없이 들이켰다가는 낭패를 당하기 십상인 것이다. 그러나 송추월은 아무런 거리낌 없이 독이 들었을지도 모르는 차를 삼켰다.

"배포가 좋군."

나이를 짐작하기 어려운 숙수 미방이 차를 마시는 송추월을 보며 말했다. 잔뜩 호기심이 동한 표정이기도 했다.

"알고 보면 숙수께서도 배포가 좋은 사람입니다."

"나 말인가?"

미방의 물음에 송추월이 고개를 끄덕였다. 그리고는 다시 차 한 모금을 마셨다.

"내가 용천문에서 보낸 자들을 죽였기에 하는 말인가?"

"그런 것도 있지만 그 모습을 지켜본 우릴 이렇게 초대했으니 말입니다."

"후후후, 그건 배포가 큰 것과는 관계가 없지."

"아니지요. 살인의 현장을 목격한 사람을 초청하는 것은 배포가 커야 가능한 것이지요."

송추월과 미방 사이에 팽팽한 신경전이 오갔다. 송추월의 대답에 미방이 빙긋 미소를 지었다.

"다시 말하지만 그건 배포와는 상관없는 일이네. 사실 난 두 사람을 이렇게 초대하는 것에서 어떤 위험도 느끼지 않으니까 말이네."

"우리가 용천문으로 갈 거란 예상은 전혀 하지 않는단 말이군요."

"당연하지. 자네들은 이곳에 있는데 어떻게 용천문으로 갈 수 있단 말인가? 아마 앞으로도 죽 나와 함께 지내야 할 걸세."

"글쎄요. 우린 그러고 싶은 생각이 없습니다만……."

"아니. 그래야 할 걸세. 죽어서라도 내 옆에 있어야 할 거야."

"다시 말씀드리지만 전 그럴 생각이 없습니다."

"후후, 어린 건가? 아니면 말귀가 어두운 건가?"

"말귀를 알아듣지 못한 것은 아닙니다. 단지 당신 옆에 남아 있을 이유도, 그럴 생각도 없다는 것이지."

송추월의 말에 미방의 눈빛이 조금 변했다. 지금까지와 달리 한기가 그의 눈에서 흘러나왔다.

"죽겠다는 말인가?"

"날 죽일 수 있겠소?"

송추월의 말투가 거칠게 변했다. 송추월의 눈에서 붉은 염기가 흐르기 시작했다. 순간 미방의 표정이 확연하게 변했다. 조금은 놀란 듯한 기운이 그의 표정에 흘렀다.

"역시 예상대로 보통 인물이 아니군."

"당신 또한 보통 숙수가 아니니까."

"하하하, 좋아 좋아. 배포도 무공도 대단하군. 하인을 한 명 더 둘까 했는데 제법 쓸 만한 수하를 얻은 건가?"

미방이 흡족한 미소를 흘리며 말했다.

"날 곁에 두지는 못할 거요."

송추월이 고개를 저었다.

“죽는다 해도?”

“날 죽일 수 있겠소?”

“방금 전 그대가 마신 차에 독이 들었다면?”

순간 서연의 표정이 크게 변했다.

“정말 하독을 했나요?”

서연이 황급하게 물었다. 이 독의 달인이 하독을 했다면 그건 정말 큰 일이 아닐 수 없었다. 이런 자의 독은 한순간에 사람의 목숨을 앗아갈 수도 있었다.

“글쎄. 어떨 것 같은가?”

“어서 말해요, 하독했나요?”

“후후, 했을 수도 있고, 안 했을 수도 있지. 내 곁에 머문다면 하독하지 않은 것이고, 거절한다면 하독한 것이고. 선택은 그대들의 결정에 달린 거야. 자 어떻게 할 것인가?”

미방이 흥미롭다는 듯 한 손으로 턱을 괴며 송추월과 서연을 번갈아 바라봤다. 그러자 송추월이 의외의 행동을 했다. 송추월은 어느새 담담해진 얼굴로 다시 찻잔을 들어 한 모금의 차를 더 마셨다. 그 행동이 의외였는지 미방이 살짝 아미를 좁혔다.

“대답을 듣고 싶은데?”

미방이 송추월의 대답을 재촉했다. 그러자 송추월이 한 손을 탁자 위로 올렸다.

탁!

그의 손에 딸려 올라온 검이 탁자 위에 놓였다. 검은 어느새 시퍼런 검날을 드러내고 있었다. 송추월은 탁자에 검을 올려놓고는 손으로 검날을 쓸며 말했다.

"독의 주인이 당신인데 어찌 하독하고 안 하고를 내가 결정할 수 있겠소. 단지 나 또한 그대에게 한 가지 제안을 할 수는 있다고 생각하고 있소."

"제안?"

"그렇소. 음… 내 제안은 이렇소. 당신이 하독을 했다면 당신 목이 떨어질 것이고 당신이 하독하지 않았다면 우린 차 한 잔을 대접받고 이원을 나서게 될 것이오. 물론! 한 가지 약속은 하겠소. 당신이 오늘 벌인 일을 용천문에 말하진 않겠소."

"후후, 정말 대단한 제안이군. 말인즉슨, 내 독 따위는 무섭지 않다는 뜻인데……."

"당신 독이 무섭지 않다는 것은 아니오. 아마 당신이 하독을 했다면 분명 오늘 내가 살아날 확률은 그리 높지 않을 거요. 내가 아는 한 당신은 독으로 천하제일의 요리를 만들 수도, 수백, 수천의 사람을 죽일 수도 있는 사람이니까."

"그런데?"

"그런데 만약 내가 독에 중독되었다면 당신 또한 이곳에서 살아남지 못할 것이오. 왜냐하면 난 혼자 죽을 생각은 없으니까."

삭!

한줄기 서늘한 파공음과 함께 송추월의 검이 움직였다. 순간 미방이 앉은 자세 그대로 뒤쪽으로 날아올랐다. 그야말로 신기에 가까운 경공술, 미방의 몸이 한순간에 탁자로부터 멀어졌다.

"응?"

그런데 송추월의 공격을 피해 뒤로 물러난 미방의 입에서 의혹 어린 목소리가 흘러나왔다. 분명 자신을 향해 날아들어야 할 송추월과 그의 검이 눈앞에서 사라져 버렸기 때문이었다.

미방이 재빨리 시선을 허공으로 들었다. 보통의 경우 정면으로 파고들기를 꺼렸다면 허공으로 뛰어올라 유리한 위치를 점하고 공격하게 마련, 더군다나 허공에서 미세한 파공음이 들리기까지 했다.

그러나 허공으로 향한 미방의 시선이 한순간 살짝 찌푸려졌다. 그의 예상과 달리 천장에 날아오른 것은 송추월이 아니라 서연이었기 때문이다.

파파팟!

미방이 서연을 본 순간 그녀의 손에서 세 개의 암기가 미방을 향해 떨어져 내렸다.

"제법이로구나."

서연의 공격에도 미방은 여유가 있어 보였다. 그의 손이 허공에서 가볍게 움직였다. 순간 그를 향해 닥쳐들던 서연의 암기들이 한순간에 그의 소매에 휘감겼다.

파팟!

미방의 소매에 막힌 암기들이 방 안 이곳저곳에 박혀들었다.

“이 정도로는… 흡!”

서연을 향해 한마디 조롱을 던지려던 미방이 다급한 음성을 발하며 급히 뒤로 물러났다.

“그 정도로는 그대도 살아날 수 없소.”

미방이 미처 다하지 못한 말을 송추월이 대신했다. 어느새 모습을 감췄던 송추월이 탁자 아래에서 솟구치며 서연의 암기를 막아낸 미방의 목을 향해 검을 찔러 넣고 있었던 것이다.

“놈!”

미방의 입에서 한마디 노성이 터져 나왔다. 그의 신형이 그림자만 남긴 채 벽을 타고 왼쪽으로 이동했다. 그런데 그렇게 피해냈다고 생각했던 송추월의 검이 한순간 미방이 움직인 방향 앞쪽에서 불쑥 튀어나왔다. 미방의 움직임을 미리 예측한 송추월이 방을 가로질러 어느새 그의 앞으로 막아섰던 것이다.

“음!”

다시 미방의 입에서 신음성이 흘렀다. 송추월의 움직임은 무인의 상례를 벗어난 것이었고, 그의 검 또한 검로가 기이하기 이를 데 없어 도저히 방향을 예측하기 힘들었다.

그러나 미방은 고수였다. 진로를 막고 다가든 송추월의 검을 신형을 한 번 비트는 것으로 아슬아슬하게 흘려보낸 미방이 한순간 송추월을 향해 오른손을 휘저었다. 그러자 그의 손에서 희뿌연 독무가 일어났다.

“위험해요!”

서연의 목소리가 송추월의 귀에 들려왔다. 동시에 서연의 손에서 다시 두 개의 암기가 던져졌다.

쐐애액!

서연의 손을 떠난 암기가 미방을 향해 번개처럼 닥쳐들었
다. 순간 미방이 송추월을 향해 뻗어냈던 손을 재빨리 거둬들
이며 서연이 던진 암기를 막아냈다.

휘르륵!

미방의 소매에서 기이한 파공음이 일며 처음과 마찬가지로
서연이 던져 낸 암기가 미방의 소매에 휘감겨 벽 쪽으로 방향
을 틀었다. 그런데 그 순간 송추월이 자신의 앞을 막은 뿌연
독무 속으로 몸을 던졌다.

"뭣 하는 거예요?"

서연의 놀란 음성이 송추월의 귀에 들려왔다. 피해도 위험
할 독무에 몸을 던지는 송추월의 행동은 너무도 무모한 것이
었다. 놀라기는 미방도 마찬가지였다. 미방 역시 송추월이 자
신이 흘려놓은 독무 속으로 뛰어들 거라고는 전혀 예상치 못
하고 있다가 갑자기 독무를 관통해 자신에게 다가오는 송추월
에 놀라 훌쩍 뒤로 물러났다.

그러나 미방의 본능적인 움직임은 이내 그의 뒤를 가로막고
있던 벽에 막혔다.

턱!

미방의 등이 벽에 닿았다. 뒤로 물러설 곳이 없다는 것을 깨
달은 미방이 송추월을 향해 두 손을 휘저었다. 그러자 이번에
는 투명한 푸른색의 기운이 송추월을 향해 뻗어나갔다.

팟!

순간 송추월의 신형이 왼쪽으로 이동했다. 그리고는 가볍게 왼쪽 벽을 차더니 한순간에 허공으로 떠올라 두 발로 천장을 딛고는 폭포수처럼 미방을 향해 떨어져 내렸다.

"음!"

한순간 미방의 입에서 나직한 신음성이 흘러나왔다. 그의 목젖 앞, 송추월의 검이 차가운 기운을 흘리며 다가서 있었다. 미방의 목엔 가느다란 혈선이 그어져 있었다.

"훅!"

그렇게 미방에게 검을 겨눈 송추월이 참았던 크게 숨을 내쉬었다. 그리고는 나직하게 입을 열었다.

"과연… 무서운 독이구려. 또한 대단한 무공이었소. 협공이 아니라면, 또한 이곳이 좁은 밧 안이 아니었다면 난 그대의 독에 속수무책으로 당했을 것이오. 하지만… 어쨌든 오늘 난 운이 좋은 것 같구려. 그대와 거래가 잘되어 해독약을 얻어 살아나던가 아니면 적어도 저승에 함께 갈 길동무를 얻을 수 있을 테니까."

송추월이 공력을 끌어올려 머리까지 치솟아오르는 독기를 억누르며 미방에게 속삭였다.

第五章
소멸(消滅)

화마경

○

"차 한 잔 들지,"

미방이 늙은 목소리로 말했다.

'이건 또 뭐지?

미방의 늙은 목소리에 송추월이 고개를 갸웃했다. 그의 검은 여전히 미방의 목에 걸려 있었다.

"차를 마시면 해독은 자연히 될 거네."

미방의 말투가 좀 더 부드럽게 변했다. 송추월이 미방의 눈을 바라봤다. 감정을 종잡을 수 없는 눈빛이었으나 그가 술수를 부리는 것 같지는 않았다. 이쯤 되면 송추월도 배포가 필요한 시점이었다.

"그럽시다."

송추월이 가볍게 검을 거뒀다. 그리고는 재빨리 탁자로 돌아와 탁자의 방향을 반 정도 회전시켰다. 그러자 송추월의 찻잔이 방에서 문 쪽에 가장 가까운 곳으로 이동했다. 만약의 경우 미방의 도주를 막기 위한 방책으로 문 쪽을 점하고 자리를 잡은 것이다.

송추월이 망설이지 않고 찻잔을 들어 차를 들이켰다. 알싸한 차의 맛이 목을 통해 느껴지더니 이내 내장 곳곳을 적셨다. 순간 송추월은 머리까지 치솟던 독의 기운이 한순간에 가라앉은 것을 느꼈다. 미방은 결코 술수를 부리지 않았던 것이다.

송추월이 서연을 보며 고개를 끄덕였다. 그러자 서연 역시 재빨리 자신의 찻잔을 들어 차를 들이켰다. 서연의 얼굴은 이미 벌겋게 달아올라 있었는데 차를 마시자 순식간에 본래의 색을 회복했다.

"자, 앉아서 조금 더 대화를 해볼까?"

미방이 조금 전 생사결을 나눈 사람답지 않은 부드러움으로 송추월과 서연에게 자리를 권하고 자신이 먼저 방의 가장 안쪽에 자리를 잡고 앉았다. 스스로 도주할 생각이 없음을 행동으로 보이는 것이다.

송추월과 서연도 미방의 맞은편에 앉았다. 미방은 두 사람을 바라보며 천천히 찻잔을 들어 올렸다. 그리고 여유있게 차의 향기를 음미하며 차를 마셨다.

"음, 좋군. 이 차는 정말 귀한 것일세. 특별히 내가 재주를 부려 우려냈기에 더욱 맛이 나는 차지."

"독으로 말인가요?"

서연이 빈정댔다. 그러자 미방이 빙긋 미소를 지었다.

"맞네. 용정의 좋은 차에 독으로 맛을 냈지. 내가 이 차에 어떤 독을 하독했는지 아는가?"

"당신의 하독 솜씨는 워낙 고명해서 나로서는 짐작할 수 없군요."

"후후, 맞아. 천하에 내 독을 알아챌 사람은 손으로 꼽을 정도지. 나의 사부께서 말씀하시길 독에 관한 한 난 이미 일가를 이뤘다고 했거든. 단지 부족한 것이 무공이라, 무공이 부족해 내가 가진 독술의 반의반도 위력을 발휘하지 못한다고 아쉬워하셨지. 만약 내 무공이 조금만 더 뛰어났어도 난 독으로 천하를 덮었을 거야. 후후. 강호인들에겐 다행한 일이지. 내 무공이 조금 약한 것이 말이야."

"당신의 무공은 결코 약하지 않소."

송추월이 말했다. 송추월의 말은 진심이었다. 그가 상대한 미방의 무공은 결코 약하지 않았다. 과거 춘봉산에서 만났던 그와 설죽암의 노비구니들에는 미치지 못할지라도 그를 제외하면 미방은 송추월이 만난 최고의 고수라고 할 수 있었다. 오늘 만약 그를 기습할 기회를 잡지 못했다면 독이 아니더라도 이길 수 있었을지 자신할 수 없을 만큼 미방은 대단한 무공을 소유하고 있었다. 그런데 송추월의 말에 미방이 고개를 저었다.

"아니. 내 무공은 그리 대단한 것이 아니야. 그러니 자네들과 같은 애송이들에게 제압을 당했지."

"우린… 단지 운이 좋았을 뿐이오."

송추월이 순순히 오늘의 승부가 운이 따른 것임을 시인했다.

"물론 자네들은 오늘 운이 무척 좋았네. 하지만 운도 사람이 만드는 것일세. 이 방의 협소함, 보지 않아도 어우러지는 두 사람의 협공, 그리고 자네의 그 민첩하면서도 종잡을 수 없는 검법. 이 모든 것을 운이라는 이름으로 포장할 수도 있지만 결국은 두 사람의 실력이란 말이지. 하지만 뭐, 어쨌든 운이 좋은 것도 사실이야. 그 운 중 하나는 이상하게도 내가 자네들에게 그리 큰 살의를 느끼지 않았던 것이지. 만약 내가 반드시 자네들을 죽여야겠다고 생각했다면 난 자네들을 죽일 수 있었을 걸세."

"물론 그때는 당신도 죽음을 면치 못했을 거요."

"후후, 그건 또 그렇지가 않아. 애초부터 자네들을 죽일 결심이 섰다면 난 자네들 앞에 나타나지도 않았을 테니까. 그러면 자네와 드잡이질을 할 필요도 없었겠지. 그건 내 방식이 아니거든."

듣고 보면 맞는 말이었다. 만약 미방이 몸을 숨기고 은밀히 하독했다면 송추월과 서연은 큰 곤란에 빠졌을 것이다. 송추월이 고개를 끄덕이자 미방이 계속 말을 이었다,.

"솔직히 말하자면 내가 자네들을 과소평가한 거지. 난 자네들을 내 수족으로 만들 수 있다고 자신했거든. 그게… 내 실수인 거지."

"당신의 정체를 물어도 되겠소?"

송추월의 질문에 미방이 고개를 저었다.

"그건 좋지 않아. 왜냐하면 내가 어떤 사람인지 아는 순간 난 반드시 자네들을 죽여야 할 테니까."

미방의 말은 진심으로 들렸다. 그는 자신에 대한 자신감이 좀 과한 사람이기는 해도 거짓을 말할 사람은 아닌 듯 보였다.

"그럼 우린 듣지 않는 것이 좋겠군요."

서연이 얼른 대답했다.

"맞아. 듣지 않은 게 좋을 거야."

"그렇다면 우리에 대해서도 묻지 말아주세요. 서로 하루 스쳐 가는 인연이라고 생각하죠."

"그건 좀 곤란한데……."

"왜죠?"

"자네들은 날 찾아온 사람들이니까. 왜 자네들이 날 살피고 있었는지 그건 알아야 하지 않을까?"

그러자 송추월이 입을 열었다.

"그건 당신에 대해 호기심 때문이었소."

"호기심?"

"갑자기 임황 용천문에 나타나 천목맹과 묵련의 고수들을 요리로 농락하고 다시 용천문에서 이원을 빼앗은 당신에 대해 궁금해하지 않을 사람이 누가 있겠소. 아마 당신이 이원에 머무른다면 우리와 같은 사람이 계속 찾아올 것이오."

“정말 그게 다인가?”

“내가 할 말은 다요.”

“음… 혹시 묵련이나 혹은 천목맹과 관련이 있는 사람 아닌가?”

미방은 노련했다. 이미 송추월과 서연이 두 세력 중 한 곳과 관련이 있다는 것을 짐작하고 있었던 것이다.

“관련이 있다면 어쩔 생각이오?”

“나야 사실 두 세력과 어떤 식으로든 악연을 맺는 걸 바라지 않네. 자네들 두 사람이 그들과 연관이 있다손 쳐도 나를 적대시하지 않는다면 상관없는 일이지. 하지만 자네들이 속한 곳에서 어떤 식으로든 나를 임황의 일에 엮어들게 만든다면 그건 아주 큰 실수를 하는 일이 될 걸세. 솔직히 말해 난 벽산에 있는 두 세력의 고수들은 안중에도 없으니까. 마음만 먹는다면 내일 당장에라도 두 곳의 진영을 독의 바다로 만들 수 있네.”

경고 아닌 경고가 미방의 입에서 흘러나왔다. 물론 송추월에게는 미방의 그 말이 한 치의 과장도 없는 진실로 느껴졌다.

‘생각보다 더 무서운 사람일지도 모른다. 우린 운이 좋았던 걸까?’

방금 전 이 사람의 손에서 생명을 구했다는 것이 기적처럼 느껴지는 송추월이었다. 서연 역시 마찬가지인 모양이었다. 그녀는 깊은 두려움을 가지고 미방을 응시하고 있었다. 그 긴장감 때문일까. 서연이 입이 마른지 찻잔을 들어 올렸다. 그런데 그 순간 미방이 서연의 행동을 막았다.

"마시지 말게."

"예?"

서연이 이유를 몰라 미방을 바라봤다.

"그 차 마시지 말게. 그 차를 마시면 자넨 곧 죽게 될 걸세."

"그게 무슨……?"

"그 차의 비밀을 말해줄까?"

"해독약이 아니었던가요?"

"물론 해독약이기도 하지. 하지만 또한 천하에게 가장 강력한 독이기도 하네. 사실 그 차에는 세 가지 성분이 들어 있네. 사람의 기운을 흐트러뜨리는 독, 그 독을 해독하는 해약, 그리고 사람을 절명시키는 극독… 이 세 가지 성분이 그 차 하나에 들어 있네."

"어떻게 그런……?"

"후후, 정말 미묘하지. 더 놀라운 것은 그 세 가지 성분이 한데 섞이지 않고 층을 이뤄 각각 차의 한 부분을 이루고 있다는 거지. 처음 자네들이 당한 독은 그 차의 가장 윗부분에 하독된 것이엇네. 이후 자네들을 해독한 해약은 차의 중간 부분에 머물러 있던 것이고, 가장 아래쪽에 남은 차에는 무척 위험한 극독이 담겨 있지."

미방의 말에 송추월과 서연은 놀라움을 감추지 못했다. 어떻게 한 차에 서로 다른 독을 하독할 수 있단 말인가. 어떤 물질도 한 잔의 물속에 들어가면 섞여드는 것이 당연한 이치가 아니던가.

서연이 미방의 말에 놀라 들었던 찻잔을 슬며시 내려놓았
다. 그러자 미방이 한줄기 미소를 머금으며 말했다.

"나의 이 하독술은 그야말로 강호에서 보기 드문 것이지. 사
부께서도 이 기술에 대해서는 나를 무척 칭찬했다네."

"그러니까 더욱 궁금하구려, 그대의 사부가 누군지."

"알 것 없네. 나의 사부 이름을 듣는 순간 자넨 더 이상 강호
에서 숨 쉬고 있을 수 없을 테니까. 그보다 우리의 관계에 대
해서 정리해 보세."

미방이 진지한 표정으로 말했다.

"좋소."

송추월이 고개를 끄덕였다.

"자네들이 나에게서 원하는 것은 뭔가?"

"당신이 이 임황에서 하고자 하는 일이 뭔지가 궁금하오."

"후후. 역시 천목맹이나 묵련에서 온 사람들이 맞군. 그런
데 의외야. 왜 날 주목하게 된 거지? 물론 내 요리가 사람들의
혼을 빼놓긴 했지만 그래도 난 일개 숙수일 뿐인데."

"그 요리에 독이 들었다는 것을 알았기 때문이오."

순간 미방의 눈이 차갑게 굳어졌다.

"요리에 독이 들었다는 걸 알았다고?

"그렇소."

"대단하군, 대단해. 나의 그 요리는 오랫동안 고심해서 나온
결과물인데 그 요리에서 독을 구분해 내다니, 도대체 누가 그

일을 해냈나?"

"그건 말할 수 없소."

"그래? 아쉽군. 꼭 그를 만나보고 싶은데… 그 요리에 섞인 독을 찾아낼 자가 강호에 있을 거라곤 생각지 못했어. 그런 자라면 당연히 독에 정통한 인물일 터인데……."

미방이 은근한 눈으로 송추월을 건너다보았다. 그러나 송추월은 단호하게 입을 닫았다. 그의 성정으로 보건데 서연이 독을 추출해 냈다는 사실을 아는 순간 그가 서연에게 어떤 짓을 할지 예측할 수 없었다.

"좋아. 뭐, 그런 자가 있다고 치고. 내가 이곳에서 하고자 하는 일이 뭔지 궁금하다고 했지?"

"그렇소."

"내가 용천문에서 온 자들을 처리하는 건 모두 보았겠지?"

"그렇소."

"좋아. 그럼 내가 그들에게 한 말도 들었겠군."

미방의 질문에 송추월이 고개를 끄덕였다.

"그럼 그대들은 원하는 답을 찾은 거야. 난 그들에게 말했듯 그저 이 임황에서 벌어지는 일이 재미있을 것 같아서 잠시 용천문에 몸을 의탁했던 것이네. 난 천목맹과 묵련의 싸움에 끼어들 생각은 전혀 없어. 그저 구경꾼으로 남을 걸세."

"하지만 이미 이 싸움에 관여하지 않았소?"

"아! 그렇게 되나? 그 요리 말이지, 사실 그건 내 실수라고 할 수 있지. 난 그저 뛰어난 숙수 정도로만 남았어야 하는데 갑자기 내 독술을 시험해 보고 싶은 생각이 들더라고. 천하제일이라는 고수들을 상대로 말이야. 요리를 통해 독을 하독하고 그 독으로 사람의 마음을 움직일 수 있을까. 뭐 그런 궁금증이 생겨서 말이야. 그 일은 내가 아주 오래전부터 고민하던 문제였거든. 마침 요리에 쓸 독도 준비가 됐고 해서… 그런데 이렇게 꼬리가 잡힐 줄은 몰랐던 거지."

"이원을 원한 이유는 무엇이오?"

"뭐, 어쨌든 용천문을 위기에서 벗어나게 해준 대가는 받아야 하니까. 사실 용천문주에게 그 연회에서의 일을 제의한 건 나였거든. 내가 그 모든 일을 계획했던 거지. 나의 독을 시험하기 위해서이긴 하지만 어쨌든 용천문을 크게 도와준 것도 사실이지. 그러니 내가 이런 장원을 요구한 것이 지나친 것은 아니지 않나?"

"잠시 머물다 가기엔 너무 큰 장원 아니오?"

"후후, 사실대로 말하자면 난 시험을 한번 해보고 싶었어."

"무엇을 말이오?"

"용천문주가 과연 어떻게 나오나 하는 것을 말이야. 사실 그날 연회가 끝난 후 난 용천문주가 내 앞에 무릎이라도 꿇을 줄 알았지. 나의 요리로 천목맹과 묵련을 돌려보냈으니 말이야. 나로선 용천문 최고의 귀빈이 될 거란 생각을 했단 말이야. 그런 극진한 대접을 받으며 벽산의 싸움을 구경할 생각이었는데 용천문주의 태도가 달라지더군. 위기에서 벗어나자 날 그저 뛰어난 숙수 정도로만 대하더란 말이야. 자신을 위해 요리를 해줄 숙수 정도로 말이야. 그래서 난 연회가 있기 전 그가 나에게 한 약속을 되새겨주었지. 일이 성공하면 내가 원하는 그 무엇이라도 들어주겠다던 그 약속 말이야. 그 약속으로 난 이 원을 요구한 거야.”

“계획적인 것은 아니었단 말이구려.”

“이 장원… 봄까지 머물면 배꽃으로 아름답다지만 뭐 벽산의 싸움이 봄까지 갈 것 같지는 않고, 굳이 이곳에 들어올 이유는 없었어. 백문보가 날 무시하기 전까지는 말이야.”

“그럼 그가 당신을 공격할 거란 예상도 했겠구려.”

“반반이었지. 물론 그가 나에게 이원을 내준 이유는 그 자신이 한 약속을 지키기 위해서였지. 그 약속을 들은 사람은 그와 나만이 아니었으니까. 속은 쓰렸겠지만 약속을 지키는 그의 모습에 내 마음도 조금 누그러지기는 했어. 그러면서도 그가 순순히 이원을 내준 저의가 의심되기는 했지. 그런데… 이런 식으로 날 이원에서 내보내려 할 줄은 몰랐어. 그는 아마도 자신이 일생에서 가장 큰 실수를 했다는 걸 모를 거야.”

한순간 송추월은 미방의 눈에서 강렬한 살기를 느꼈다. 그 살기는 너무도 깊고 짙어 당장에라도 그가 용천문으로 달려가 용천문주의 목을 꺾어버릴 것 같은 느낌이 들 정도였다.

“용천문을 어쩔 생각이오?”

송추월이 긴장한 목소리로 물었다. 그러자 미방이 담담한 표정으로 대답했다.

“내가 무림에서 살아가는 원칙은 단순해. 호의에는 호의로!

악의에는 악의로. 난 자비로운 인간이 아니야. 사실 성격으로 보자면 소심한 편이지. 그러니 소인인 나에게 자비를 기대할 수는 없는 일 아닌가?"

"설마… 용천문주를 정말 죽이겠다는 말이오."

"맞았어. 난 임황에서 용천문을 없앨 거야. 그에게 날 건드린 일이 얼마나 무서운 일인지 확인시켜 줘야겠지. 그렇지 않으면 나중에라도 사부가 날 용서하지 않을 거야. 사부는 자신의 제자가 누군가에게 무시당하는 걸 참지 못하는 성미거든. 그래서 말인데, 내 일을 방해할 건가?"

"지나친 일이오."

"그래서 방해할 생각이란 말이네?"

재차 미방이 묻자 송추월이 쉽게 대답하지 못하고 입을 닫았다. 미방은 그런 송추월의 대답을 끈질기게 요구했다.

"자네가 내 일을 방해하겠다면 난 자네와 목숨을 걸고 싸워야 할 걸세. 내 생각엔 말이야. 비록 자네가 대단한 무공을 지니고 있다고 해도 승산은 내게 있을 것 같아. 이젠 자네의 기습에 당하지 않을 테니까."

"그건 두고 봐야 알 일이오."

"좋아. 그래서 내 일을 방해하겠단 말인가?"

다시 미방이 물었다. 그러자 송추월이 한숨을 쉬며 말했다.

"나도 뭐 대단한 협사나 정인군자는 아니오. 그리고 당신 말처럼 빚은 빚대로 받아내야 한다고 생각하는 사람이고. 당신이 용천문에서 어떤 빚을 받아내든지 관여치 않겠소. 그런데……"

“말하게.”

“용천문에서 빚을 받아낸 이후에는 어쩔 거요?”

“그 이후의 일이라… 천목맹과 묵련의 일에 대해 말하는 건가?”

“그렇소.”

송추월이 고개를 끄덕였다.

“그건 걱정 말게. 그들이 날 건들지 않는 이상 난 여전히 방관자일 뿐이니까.”

“그 말 사실이길 바라겠소. 당신이 방관자가 아니라는 사실이 드러나는 순간 우린 적이 될 거요.”

“호오. 이거 무섭군. 나도 자네같이 껄끄러운 적은 만들고 싶지 않아. 그러니 걱정 말게.”

미방이 장난스런 표정으로 대답했다. 그러나 기실 그는 송추월의 경고를 그리 두려워하는 것 같지는 않았다.

“당신의 말을 믿어보겠소.”

송추월이 말했다.

“믿어도 좋을 걸세. 난 결코 정인군자는 아니지만, 아니, 세상 사람들의 시선으로 보자면 악인에 가깝지만 내가 한 말은 반드시 지키는 사람이거든.”

“알겠소. 그럼 우린 그만 물러가겠소.”

“그러겠나? 하긴 나와 같은 독인과는 잠시라도 함께 있는 것이 꺼림칙한 일이지. 배웅은 않겠네.”

“바라던 바요.”

송추월이 자리에서 일어나며 검을 들어 올렸다. 만약의 경우 단숨에 미방을 공격할 수 있는 자세, 그리고는 서연을 보며 눈짓을 했다. 서연이 재빨리 문을 열고 먼저 밖으로 나갔다. 서연이 방문을 벗어난 것을 확인한 송추월이 미방을 보며 작별을 고했다.

"다신 보지 않기를 바라겠소."

"흐흐흐, 실망인데? 난 자네에게 호감이 생겼는데…….''

"고맙지만 그 호감 거둬주시기 바라오. 그럼!"

말이 채 끝나기도 전에 그의 신형이 방문을 벗어났다. 그러자 순식간에 숙수 미방은 너른 방에 홀로 남게 되었다.

"호감이야 거둘 필요 있나. 사람 좋은 건 마음의 문제인걸. 하지만 나도 다신 자넬 보고 싶지 않군. 만약 다시 보게 되면 어쩌면 우리 둘 중 한 사람은 죽어야 할 것 같단 말야?''

미방이 중얼거리며 천천히 자리에서 일어났다. 그리고는 걸음을 옮겨 송추월과 서연이 나간 방문 쪽으로 걸어가 이원의 정원을 살폈다. 어디서도 송추월과 서연의 모습은 보이지 않았다.

"그의 무공이 심상치가 않았어. 나를 견제할 정도라면… 혹 오경주 중 한 곳의 후예일까?''


담을 넘을 때까지도 송추월은 긴장의 끈을 놓을 수 없었다. 숙수 미방과 멀어지는 순간 갑자기 그에 대한 두려움이 솟구쳐 올랐기 때문이었다. 왜 그를 보지 않게 되자 두려움이 생겨

났는지는 알 수 없었다. 그렇지만 어쨌든 두려움의 크기는 그가 이원의 담을 넘을 때까지 눈덩이처럼 커졌다.

"다행이에요. 독에 중독된 것 같지는 않아요."

담을 넘는 순간 서연의 목소리가 들려왔다. 그리고 그제야 송추월은 두려움의 정체를 깨달았다. 송추월은 미방이 두 사람이 물러나는 순간에도 하독할 수 있는 독공의 고수라는 사실을 은연중에 두려워하고 있었던 것이다. 그리고 서연으로부터 독에 중독된 것 같지 않다는 말을 듣는 순간에야 한줄기 안도감이 찾아들었다.

"무서운 사람이에요."

송추월이 고개를 돌려 이원을 바라보며 말했다. 이원은 다시 어둠과 침묵에 휩싸여 있었다.

"그래요. 정말 무서운 사람이었어요. 두 번 다시 보고 싶지 않아요."

서연도 고개를 절레절레 흔들었다.

"돌아갑시다."

"벽산으로요?"

"아니, 객잔으로 가요."

"설마 용천문주를 만날 생각인가요?"

서연이 걱정스런 표정으로 물었다. 그러자 송추월이 고개를 저었다.

"그에게 한 말은 거짓이 아니에요. 난 그와 용천문 사이에 무슨 일이 벌어지든지 관여치 않을 거예요. 이건 두 사람의 문

제니까요. 또한 난 그와 어떤 형태로든 인연을 맺고 싶지 않아
요. 왠지 모르지만 그에게 묘한 반발심이 생겨요."

"반발심이요?"

"뭐, 경쟁심이랄 수도 있는데… 승부를 내보고 싶다는 그런
마음이 두려운 한편으로 들어요. 어쩌면 두려움의 근원을 없
애고 싶기 때문일지도 모르죠. 하지만 그와 겨룬다는 것은 너
무 위험한 일이지요."

"맞아요. 그는 정말 위험한 자예요."

"그러니 그와 용천문 사이의 일에 끼어들 이유가 없어요. 단
지 그와 용천문의 인연이 어떻게 끝나는지는 확인해야겠어요.
그래야 돌아가서 부루에게 해줄 말이 있을 테니까요."

"그렇군요. 그럼 어서 가요. 오늘은 좀 쉬어야겠어요. 너무
긴장했나 봐요."

두 사람은 서둘러 이원을 떠나 객잔으로 돌아갔다.


"모두 이십 장 밖으로 물러나시오!"

한마디 명에 용천문 앞 너른 공터에 시전을 형성하고 있던
장사치들이 부리나케 짐을 쌌다. 임황에서 용천문의 명을 거
부할 사람은 아무도 없다. 그것도 용천문의 바로 문 앞에서.

장사치들이 물러난 자리는 용천문에서 뛰어나온 무인들의
차지가 됐다. 용천문의 무사들은 순식간에 정문을 다섯 겹으
로 막아섰다.

"용천문주가 그의 진실한 정체를 알았을까요?"

서연이 용천문 무사들의 움직임을 보며 물었다.

"글쎄요. 그가 독의 고수라는 사실은 여전히 모를 거예요. 단지 용천문주가 보낸 고수들이 지난밤 돌아오지 않았으니 분명 심상치 않은 일이 벌어졌다고 생각하는 거겠죠."

"그는 어떻게 용천문주를 상대할까요? 역시 독을 다루는 사람이니 밤중에 은밀히 담을 넘지 않을까요?"

"다른 생각이 들기도 해요."

"다른 생각이라뇨?"

"어제 그와 대화를 하면서 느낀 건데 그는 자기 자신에 대해 무척 강한 자부심을 가지고 있었어요. 본래 그런 사람은 어둠을 틈타 공격하지는 않지요."

"하면 그가 정면으로 용천문을 상대할 거라고 보시는 건가요?"

"느낌으론 그런데… 그건 아무래도 무리겠죠. 그는 혼자이고 용천문은 적어도 일백여 명의 무사를 동원할 수 있는 곳이니까."

"점점 궁금해지네요, 그가 과연 어떻게 용천문을 상대할지."

송추월과 서연은 아침부터 줄곧 용천문을 주시하고 있었다. 아침에 장사치들을 몰아내고 그 자리를 차지한 용천문의 무사들은 정오가 지나고 다시 해가 서쪽으로 기울어져도 여전히 그 자리를 지키고 있었다. 두 시진을 단위로 사람들의 일부가 교대되기는 했으나 용천문을 지키는 사람의 숫자는 변화가 없었다.

"오늘은 오지 않을 모양이에요."

서연이 서서히 붉은 핏빛으로 변하는 하늘을 보며 말했다.

"그러게요. 내 생각이 틀렸는지도 모르겠어요."

"그가 밤에 올 수도 있다는 거지요?"

"그래요. 난 그에 대한 느낌으로 한 말인데… 역시 홀로 대낮에 용천문을 상대하는 것은 무리라고 생각한 모양이네요."

그런데 막 송추월의 말이 끝나는 순간 남쪽으로 이어진 길 위에 두 필의 말이 모습을 드러냈다. 용천문 무사들이 송추월과 서연보다 길 위에 등장한 두 필의 말을 먼저 발견하고는 술렁거리는 동요를 보였다.

"그군요."

뒤늦게 용천문으로 다가오는 두 필의 말을 발견한 송추월이 입을 열었다. 말 위에는 천하제일숙수라는 미방이 올라 있었고, 다른 한 필의 말에는 흰 천으로 덮인 큰 짐이 실려 있었다.

또각또각!

미방을 태운 말은 마치 유람이라도 나온 듯 천천히 움직였다. 미방 역시 말 위에서 희미한 미소를 지은 채 용천문을 향해 다가오고 있었다. 반면 용천문의 정문을 지키고 있던 무사들은 바짝 긴장해 그중 일부는 도검을 뽑아 들기까지 했다.

"안녕하시오, 권 대협!"

느긋한 표정으로 용천문의 정문 앞에 도착한 미방이 늘어선 무사들의 험악한 분위기에도 아랑곳없이 무사 중 한 명에게 인사를 건넸다. 그러자 용천문의 무사 중 오십대 중반으로 보이는 중년 사내가 경계의 빛을 띠며 입을 열었다.

“어서 오시게, 미 숙수. 자네를 기다리고 있었네.”

“아니, 절 말입니까?”

“그렇다네.”

“호, 이상한 일이군요? 그럼 제가 올 줄 미리 알고 있었다는 말인데… 설마 이 많은 사람들이 절 맞이하기 위해 기다리고 있었던 겁니까?”

“맞네.”

“이거 영광이라고 해야 하나. 일개 숙수인 날 이렇게 기다리실 줄은 몰랐군요.”

“자네가… 정말 일개 숙수인가?”

권겸은 용천문을 대표하는 가신이다. 용천문주 백문보에겐 천금을 줘도 바꾸지 않을 가신이 두 명 있는데, 그중 한 명이 웅여, 그리고 나머지 한 명이 권겸이다. 그 권겸의 눈이 날카롭게 미방을 쏘아보고 있었다.

“제 요리를 드셔보시지 않았습니까? 숙수가 아니라면 어찌 그런 요리를 만들 수 있겠습니까?”

“숙수 이외의 일은 하지 않는가?”

여전히 의심스런 권겸의 눈초리다.

“무슨 말씀을 하시는 건지…….”

미방이 권겸의 행동을 이해할 수 없다는 듯 고개를 갸웃하며 물었다.

그러자 권겸이 차가운 음성으로 물었다.

“어젯밤, 혹 그대를 찾아간 사람들이 있지 않았던가?”

그러자 미방이 고개를 끄덕였다.

"있었습니다. 제법… 여러 사람이 왔었지요. 복면을 쓰고 저에게 이원을 떠나라는 협박을 하고 갔지요."

미방이 지난밤 용천문 고수들이 복면을 쓰고 이원의 담을 넘은 것을 부인하지 않았다.

"그들은 어디 있나?"

권겸이 날카롭게 물었다. 그러자 미방이 어리둥절한 표정을 지었다.

"그게 무슨 말입니까?"

순간 권겸의 표정이 살짝 변했다. 말하는 품새로 보아 미방이 거짓말을 하고 있는 것 같지는 않았다. 그러나 분명 용천문주가 보낸 고수들은 지난밤 돌아오지 않았다.

"진정 그들이 어디 있는지 모르는가?"

"그야 알 턱이 없지요. 그들이 왜 나에게 이원을 떠날 것을 요구했는지도 모르는데. 물론 짐작이 가는 일이 있기는 합니다만… 혹 그들은 문주께서 보내신 겁니까?"

미방이 천연덕스럽게 물었다. 그러자 권겸이 잠시 망설이다가 고개를 끄덕였다.

"부인하지 않겠네. 그들은 문주께서 보낸 사람들일세."

권겸의 말에 미방의 얼굴에 불쾌한 기운이 떠올랐다.

"실망이군요. 그러시려면 애초에 이원을 내주시지 말 것을."

"지금 그게 문제가 아니네."

"그럼 뭐가 문제란 말입니까?"

“그들이 문파로 돌아오지 않았다는 것이 문제네.”

권겸의 말에 미방이 뜨악한 표정을 지었다.

“아니, 그럼 그분들이 어디로 갔을까요? 이원에선 그리 오래 머물지 않았는데…….”

“진정 그대는 그들의 행방에 대해 모른단 말이지?”

“제가 알 턱이 있습니까? 저야 일개 숙수일 뿐인데…….”

“그럼 이곳엔 웬일인가?”

권겸이 미방에 대한 의심을 거뒀는지 퉁명스런 표정으로 물었다.

“협박을 받았으니 임황을 떠나야겠기에 문주께 작별인사나 드리러 왔지요. 그런데… 그분들을 보낸 분이 문주시라니 제가 따로 작별인사를 드릴 이유는 없겠군요.”

“그리 결정했다면 이대로 떠나시게. 문주께서 자넬 만나실 일은 없을 걸세.”

“그렇겠지요. 그분들의 일은 저도 적이 걱정이 되는군요. 지금 임황은 묵련과 천목맹이 암중에 치열하게 대치 중이니 그 와중에 변고를 당한 것은 아닐지…….”

“그 일은 우리가 알아서 할 터이니 자네가 신경 쓸 필요 없네.”

“알겠습니다. 그럼 전 그만 떠나지요. 그런데 그럼 이걸 어쩌나?”

미방이 다른 말에 실린 짐을 보며 말했다.

“자네 짐이 아니었던가?”

"홀로 강호를 떠도는 숙수에게 이렇게 큰 짐이 필요할 리 없지요."

"그럼 그건 뭔가?"

"이건 제가 문주께 작별 선물로 준비한 음식들입니다. 기실 아침 일찍 떠나려 했으나 아무래도 그건 예의가 아닌 것 같아 하루 종일 문주께 올릴 음식을 요리했지요. 제 평생의 실력이 들어 있는 요리니 분명 입에 맞으실 겁니다. 그런데… 상황이 좋지 않군요. 문주께선 절 탐탁지 않아 하시는 마당에 이 요리들을 받아주실지."

순간 권겸의 얼굴에 탐욕의 빛이 떠올랐다. 권겸 역시 지난번 연회에서 숙수 미방이 만든 요리를 맛보았었다. 그러니 지금 미방이 끌고 온 말에 실린 음식의 가치가 얼마다 대단한 것인지 충분히 알고 있었다. 아마도 천금을 주고도 맛보기 힘든 요리일 터였다.

"진정 문주님을 위해 만든 것인가?"

"그렇습니다. 그렇지 않다면 제가 왜 이렇게 많은 음식을 준비했겠습니까? 아마 용천문의 수뇌 분들은 충분히 나눠 드실 수 있을 겁니다."

"음… 잠시 기다리게."

권겸이 여전히 말에 실린 요리에서 눈길을 떼지 못하며 훌쩍 신형을 날려 장원 안으로 들어갔다.

권겸이 다시 모습을 나타낸 것은 그로부터 일각이 지난 후였다. 다시 나타난 권겸의 표정은 한결 밝아져 있었다.

"문주께서 자넬 보고 싶어하시네."

"절 말입니까?"

"그렇다네."

그러자 미방이 잠시 고민을 하더니 천천히 고개를 저었다.

"송구하오나 한 말씀 올리지요."

"말해보게."

"제가 문주님의 초대에 의해 용천문에 온 것은 문주께서 제 요리 솜씨를 인정해 주셨기 때문입니다. 본래 무사는 자신의 검을 알아주는 주인을 위해 목숨을 걸고, 여인은 정인을 위해 목숨을 버리며, 숙수는 자신의 실력을 인정해 주는 사람을 위해 요리를 하지요. 전 용천문주께서 제 요리를 누구보다 크게 인정해 주시는 분으로 생각했었습니다. 이원을 내어주신 것도 그런 제 실력을 인정해 주셨기 때문이고 말입니다. 사실 제가 이원이 원했던 건 누구의 방해도 받지 않고 요리를 연구할 장소가 필요했기 때문이었지요. 그런데 문주께선 그런 절 의심하시고 장원이나 원하는 소인배로 취급하셨습니다. 또한 서운한 방법으로 제게 떠날 것을 요구하셨지요. 그러니 제가 어찌 다시 문주님을 뵐 수 있겠습니까?"

"하면 문주님을 만나뵙지 않겠다는 말인가?"

"그렇습니다. 전 이대로 임황을 떠나겠습니다. 작별의 인사로 이 요리는 남겨두고 가지요. 문주께 그리 전해주십시오."

"이, 이보게……"

　권겸이 당황한 표정으로 미방을 불렀다. 그러나 미방은 가볍게 고개를 숙여 보인 후 서둘러 말머리를 돌려 그가 왔던 길을 되짚어 떠나 버렸다. 용천문주를 위해 준비했다는 음식을 실은 말 한 필이 덩그러니 남아 있을 뿐이었다.

　"그가 그냥 떠나고 마는 걸까요?"
　서연이 송추월을 보며 물었다.
　"그럴 사람은 아니지요."
　"하면……?"
　"저 음식이 문제가 되겠지요."
　송추월이 서둘러 미방이 남기고 간 말을 끌어들이는 권겸을 바라보며 말했다.
　"저 음식에 독이 들었을까요?"
　"그렇지 않을까요?"
　"그대로 두고 보실 거예요?"
　"무슨 말이죠?"
　"용천문의 수뇌들이 저 요리를 먹도록 그냥 두고 볼 생각이냐고요?"
　"독이 들었다는 걸 알려야 한다는 건가요?"
　"사람의 목숨은 소중해요."
　"우린 그와 약속을 했어요. 그리고… 이건 그와 용천문의 문제예요."
　송추월의 단호한 말에 서연이 생경스런 눈으로 송추월을 바라봤다.

"당신은 가끔 무서운 면이 있어요."

그러자 송추월이 침착한 표정으로 말했다.

"솔직히 말하죠. 난 용천문주가 자신이 한 일에 대한 대가를 치러야 한다고 생각해요. 용천문주는 그에게 실수를 했어요. 그러니 대가를 치러야죠. 당신은 용천문의 무사 일곱의 죽음에 대한 책임이 누구에게 있다고 생각하지요?"

송추월이 물었다. 그러자 서연이 잠시 생각에 잠겼다가 대답했다.

"물론… 용천문주의 잘못이 가장 크지요. 그가 음흉한 계책으로 미방을 쫓아내려 하지 않았다면 그런 일은 없었을 테니까요."

"그래요. 용천문주의 음흉한 욕심이 그의 수하 일곱을 죽였어요. 그럼 그도 대가를 치러야죠."

"하지만 죽는 사람은 용천문주만이 아닐 거예요."

"그렇겠지요. 하지만 그 또한 그들의 운명이에요."

"당신… 너무 차갑군요."

"그런가요? 하지만 어쨌든 이 일에 관여하는 건 좋지 않아요. 물론 용천문주가 스스로의 무덤을 팠다는 생각이기 때문이기도 하지만 그보다도 만약 우리가 나선다면… 우리가, 그리고 천목맹이 위험해질 거예요."

"우리가 개입한 것을 모르게 하면 되는 것 아닌가요?"

"모를 수가 없지요. 그가 과연 정말 이곳에서 물러났다고 생각해요?"

송추월의 질문에 서연이 얼른 시선을 돌려 다시금 용천문 주변을 살폈다. 그러나 그 어디서도 미방의 모습은 발견할 수 없었다. 그러나 서연 역시 미방이 순순히 임황을 떠났을 거란 생각은 들지 않았다. 그는 아마도 어딘가에서 용천문에서 일어날 일을 지켜보고 있을 것이 분명했다.

"그렇군요. 용천문을 구하려면 그와 맞서야 하는군요."

"그러기엔 그자는 너무 무서운 사람이지요."

송추월이 단호하게 말했다. 서연도 더 이상 이 일에 자신들이 관여할 수 없다는 것을 인정했다. 그러면서도 그녀는 조금 두려운 눈으로 송추월을 바라봤다.

"당신은… 설마 악인은 아니겠죠?"

서연의 질문에 송추월이 미소를 지으며 대답했다.

"내가 악인인지 아닌지는 오직 당신의 판단에 달린 거지요. 제가 아니라 한들 누군가가 그리 생각하면 악인인 것이고, 아무리 추악한 악인이라도 사람들이 악인이 아니라고 하면 아닌 것이고……."

"냉정하군요."

"사람에 대한 기대는… 별로 없어요."

"좋지 않아요."

서연이 걱정스럽게 말했다.

"애초에 그렇게 생겨먹었으니 어쩌겠어요."

송추월이 두 팔을 벌리며 어깨를 으쓱거렸다.

“의원을 불러!”

두두두!

황급하게 용천문의 정문이 열렸다. 그리고는 세 사람의 무사가 번개처럼 용천문을 벗어났다. 그를 신호로 용천문 안에서 들끓는 듯한 고함 소리가 터져 나왔다.

“장원을 봉쇄하라!”

순식간에 용천문의 무사들이 튀어나와 장원의 출입구를 막아섰다. 그런데 잠시 후 그 요란하던 소음이 거짓말처럼 사그라지기 시작했다.

“이보게, 무슨 일인가?”

문득 장원의 정문을 지키고 있던 무사 한 명이 비틀거리며 장원 밖으로 걸어나오는 무사를 보며 물었다. 그러자 장원을 벗어난 무사가 풀썩 주저앉으며 말했다.

“모두… 모두 죽었어!”

“그게 무슨 말이야? 모두 죽다니……?”

“모두… 모두 죽었어!”

무사가 연이어 같은 말을 반복하다 그 자리에 쓰러져 숨을 거뒀다.

# 第六章
## 무주공산(無主空山)

화마경

○

　몰락은 한순간에 찾아왔다. 수백 년 임황의 주인을 자처하던 용천문은 하루아침에 멸문했다. 그날 저녁 용천문의 고수 오십여 명이 죽었다. 뿐만 아니라 용천문주의 혈족 또한 전멸했다. 그리고 그것으로 용천문은 멸문했다. 물론 용천문이 수백에 이르는 무사들을 움직일 수 있는 문파라는 것을 생각하면 수십 명의 손실은 엄중한 것이긴 하지만 치명적인 손실이라고는 할 수 없었다. 그러나 죽은 자들의 면면이 문제였다.
　용천문주 백문보를 포함한 용천문의 최고 수뇌들이 한날한시에 한 장소에서 죽었으니 더 이상 용천문을 이어갈 인물이 남아 있지 않았다. 혹, 살아남은 자들 중 야망있는 자가 나서서 용천문의 가업을 이으려 할 수도 있겠지만 지금은 때가 좋지

않았다. 임황 북쪽 벽산에서 천목맹과 묵련이라는 두 호랑이
가 노려보고 있기 때문이었다.

용천문 수뇌부의 죽음에 대한 원인은 오리무중이었다. 누구
의 공격을 받은 흔적은 전혀 없었고, 또한 용천문 주위를 지키
는 경비무사들 역시 침입자를 발견한 사람은 없었다. 이후 당
연히 의심되는 것은 독, 한순간 한 장소에 있던 사람들이 동시
에 같은 형태로 죽은 이유로 독은 가장 그럴듯한 근거였다.

그러나 독살에 대한 추측도 결국 증명되지는 못했다. 죽은
자들의 시신을 살핀 의원들이나 강호의 고수들이 시신에서 독
의 흔적을 찾아내지 못했기 때문이었다.

그러자 급기야는 용천문 고수들의 죽음을 두고 기이한 소문
이 떠돌기 시작했다. 죽은 자들이 너무도 강렬한 요리의 맛에
취해 죽음에 이르렀다는 황당한 소문이 그것이었다. 사람이
독이 아니라 너무 뛰어난 요리의 맛에 취해 죽는다는 게 과연
가능한 일이냐고 묻는다면 누구나 고개를 저을 것이다. 아무
리 뛰어나게 맛있는 요리도 사람을 죽게 하지는 못한다.

그러나 용천문 고수들이 죽기 전 한 일은 천하에서 가장 뛰
어난 숙수가 만들어온 요리를 즐긴 것이었기에 사람들은 그들
이 요리의 신묘한 맛에 취해 죽음에 이르렀을 것이란 허황된
추측을 하게 되었던 것이다.

그러나 그 사실 역시 증명되지는 못했다. 일단 그들이 먹다
남긴 요리에선 어떤 독도 나오지 않았을뿐더러, 그들에게 요
리를 전한 숙수 미방도 자취를 감췄기 때문이었다.

혹자는 이들의 죽음에 벽산에 똬리를 틀고 있는 천목맹, 혹은 묵련이 관련되어 있을 거라고도 말했다. 그리고 실상 이 추측은 사람들로부터 가장 큰 신뢰를 받고 있었다.

천목맹과 묵련이 임황을 노리고 있다는 것은 누구나 아는 사실, 더군다나 그들은 마음만 먹는다면 용천문을 하루아침에 잿더미로 만들 힘을 가진 자들이었다. 그러나 그 역시 심증뿐 증거가 없었다. 아무리 천목맹과 묵련의 고수들이 대단하다고 해도 그들이 아무런 흔적을 남기지 않고 용천문의 고수들을 살해하는 것은 불가능에 가까운 일이었다.

온갖 설이 임황을 떠돌았다. 그러나 임황 용천문에서 일어난 일의 진실은 그 누구도 밝혀내지 못했다. 임황에서, 아니, 천하에서 용천문에 일어난 참사의 진실은 오직 세 명만이 알고 있었다. 송추월과 서연, 그리고 숙수 미방이 그들이었다.


"먹어도 될까요?"

용천문의 참사가 일어난 그 다음날 정오 무렵, 송추월과 서연이 객잔을 떠나 벽산으로 돌아갈 준비를 하고 있는데 불쑥 객잔의 점소이가 두 사람을 찾아왔다. 점소이는 비단보에 곱게 싼 물건을 두 사람에게 전했다.

점소이의 말로는 어떤 중년 사내가 찾아와 그 물건을 두 사람에게 전해달라고 하고는 홀연히 떠났다고 했다.

송추월과 서연이 비단보를 풀었을 때 그들은 수수한 목합에 담긴 소담한 떡을 볼 수 있었다. 그리고 한 장의 편지.

인연이 있다면 다시 보세.

　두 사람은 편지를 보는 순간, 아니, 목합에 담긴 떡을 보는 순간 이 음식을 보낸 사람이 누군지 짐작했다. 그들에게 음식을 선물로 보낼 사람은 오직 한 명밖에 없었다. 숙수 미방, 바로 그만이 두 사람에게 이런 선물을 보낼 수 있었다.
　당연히 떡을 앞에 둔 두 사람은 망설일 수밖에 없었다. 떡을 보낸 이는 용천문의 고수들을 음식을 통해 독을 풀어 흔적도 남기지 않고 전멸시킨 자였다. 그런 자가 보낸 음식을 과연 먹어도 되는 것일까.
　"독이 있나 확인할 수는 없나요?"
　송추월이 서연을 보며 물었다. 그러자 서연이 고개를 저었다.
　"독을 확인하는 약재는 벽산에 놓고 왔어요."
　"아쉽군요."
　"그냥 벽산으로 가져가죠?"
　서연이 묻자 송추월의 창문을 내다보며 말했다.
　"그가 보고 있을 거예요."
　순간 서연이 화들짝 놀랐다.
　"그가 이곳을 떠나지 않았단 말인가요?"
　"만약 내가 그라면 전 임황을 떠나지 않았을 거예요. 그가 이곳에 온 목적은 천목맹과 묵련의 싸움을 보기 위해서죠. 그

런 그가 단지 용천문의 일 때문에 임황을 떠났을 거라곤 생각
지 않아요. 아마도 다른 인물로 변신해 임황 어딘가에 있을 거
예요. 그리고… 우릴 지켜보고 있겠죠.”

“우릴… 공격할 거란 말인가요?”

서연의 질문에 송추월이 고개를 저었다.

“우리가 그를 공격하지 않는 이상 그도 우릴 공격하진 않을
거예요. 그는 자신의 정체가 드러나는 것을 원치 않을 테니까
요.”

“그러면 이 떡은 먹어도 되는 걸까요?”

“내 생각으론 괜찮을 것 같은데… 망설여지기는 하네요. 워
낙 특별한 인물이니. 그렇다고 이 떡을 들고 벽산으로 가자니
왠지 자존심이 상하는군요.”

“설마 그 자존심 때문에 위험을 감수하겠다는 말은 아니
죠?”

서연이 걱정스런 표정으로 물었다. 그러자 송추월이 미소를
지으며 대답했다.

“꼭 자존심 때문만은 아니고요. 그가 이 떡에 독을 넣었을
것 같지는 않아요. 왜냐하면 그도 자존심이 강한 인물이니까
요. 숨어서 술책을 부리지는 않았을 것 같아요. 그래서… 이
귀한 떡을 아니 먹을 수가 없는 거죠.”

송추월이 미처 서연이 말릴 사이도 없이 떡을 들어 입안에
넣었다.

“이봐요!”

서연이 급히 송추월의 손을 잡아보려 했지만 떡은 이미 송추월의 목을 넘어간 후였다.

"뭐 하는 짓이에요?"

서연이 눈에 쌍심지를 켜고 소리쳤다.

"먹어봐요. 맛이 좋아요."

서연의 타박에도 송추월은 빙글거리며 연신 떡을 씹었다. 더불어 어느새 다시 다른 떡 하나를 집어 드는 송추월이었다.

"괜찮아요?"

"음… 독이 있을 것 같지는 않아요. 이건 맛이 뛰어나긴 하지만 정신을 잃을 정도로 황홀한 맛은 아니에요. 순하고 편한 맛이에요. 이런 맛에 독이 섞였을 것 같지는 않아요."

송추월이 진지하게 말했다. 그러자 서연이 잠시 송추월을 바라보다 크게 심호흡을 하고는 떡 하나를 집어 들었다.

"죽어도 같이 죽겠죠."

서연이 단단히 결심을 한 표정을 짓더니 망설이지 않고 떡을 입에 넣었다. 그리고는 입을 닫고 오물거리며 떡을 씹기 시작했다.

"아, 이건 정말 다르네요?"

떡 맛을 본 서연이 놀란 얼굴로 송추월을 보며 말했다.

"독이 있을 것 같지는 않지요?"

"그래요. 이런 떡에 독이 있을 리 없지요. 정말 깨끗한 맛이에요. 이제 보니 미방 그 사람은 독이 아니더라도 훌륭한 음식을 만들어낼 수 있는 인물이었군요."

"그래요. 그에게 독이 먼저인지 요리가 먼저인지 알 수가 없군요."

"그러게요. 그는… 정말 뛰어난 숙수예요."

두 사람은 그 자리에서 목합에 든 떡을 모두 먹었다. 제법 많은 양이었지만 한 번 맛을 본 두 사람은 순식간에 목합을 비웠다.

"아, 배부르다."

목합을 비운 서연이 장난스레 배를 두드리며 말했다.

"벽산으로 갈 때까지는 굶어도 되겠어요."

송추월 역시 흐뭇한 미소를 지으며 말했다.

"그 사람 말이에요."

"미 숙수요?"

"그래요. 그 사람 잘 사귀어 두면 좋을 것 같아요. 어디서 이런 요리를 맛볼 수 있겠어요."

"그렇긴 하지만 너무 위험한 사람이에요. 언제 음식이 독으로 변할지 몰라요."

"그렇긴 해요. 하지만 그의 요리는… 그에 대한 경계심을 풀게 만들어요. 아마도 그게 그의 가장 큰 무기겠지요?"

"그렇지요. 상식적으로 보며 용천문의 고수들이 그의 음식을 의심치 않았다는 것은 분명 이해할 수 없는 일이지요. 그럼에도 불구하고 그들이 그의 요리를 의심없이 먹었다는 건 그의 요리가 용천문 고수들의 경계심을 풀 만큼의 강력한 힘이 있다는 말일 거예요."

“정말 대단한 사람이에요.”

서연이 다시 한 번 미방에 대해 감탄했다.

“이제 그만 떠나죠.”

“그래요. 어쨌든 용천문이 멸문했으니 이 임황의 사정은 좀 더 복잡해지겠군요.”

“천목맹과 묵련이 본격적으로 싸우게 되겠지요.”

“그는 어쩌면 이걸 노리고 용천문을 완전히 멸망시켰는지도 모르겠군요. 그가 원하는 건 천목맹과 묵련의 싸움 구경이었으니까요.”

“그럴지도 모르죠.”

“어휴, 그렇게 생각하니 또다시 그가 정말 두려워지네요.”

“그래요. 그는 정말 두려운 인물이에요.”


산은 중턱부터 눈에 덮여 있었다. 이제 한 번만 더 눈이 내리면 벽산은 아랫부분까지 눈에 덮일 터였다.

차가운 바람이 산 위에서 눈을 몰고 내려왔다. 송추월과 서연은 손을 들어 얼굴을 가리며 벽산 주봉을 바라봤다. 순백의 설산 봉우리 아래 줄지어 늘어선 천목맹의 진영이 보였다.

“이렇게 보니 자리를 잘못 잡은 것 같아요. 이 겨울을 나기에는 너무 추운 곳 같아요.”

“하지만 지리적 이점을 생각하지 않을 수 없지요.”

“그래도… 이렇게 겨울을 날 수 있을까요?”

“힘든 것은 묵련도 마찬가지지요. 양쪽 다 한파에 노출되었으니 어쩌면 그래서 싸움이 일찍 끝날 수도 있을 겁니다."

"그런가요? 하지만 그렇게 되면 더욱 격렬한 싸움이 되겠네요."

"그렇겠지요."

두 사람은 산 위로 난 작은 길을 따라 걸음을 옮기고 있었다. 산 위에 진영을 구축하고 있다고는 해도 산 아래에서 필요한 물품들을 옮겨와야 하므로 산 위까지 이어지는 길은 제법 잘 정리되어 있었다.

"추월, 어서 와!"

천목맹의 진영에 거의 다다랐을 때 문득 산 위쪽에서 곽풍산의 목소리가 들려왔다. 곽풍산은 커다란 도끼를 어깨에 맨 채 멧돼지 한 마리를 끌고 오고 있었다. 천목맹 진영만 아니라면 산적 두목에 제법 어울리는 차림이었다.

"뭐냐?"

"계속 육포만 먹다 보니 생고기가 먹고 싶어서."

"그렇다고 이 와중에 멧돼지 사냥을 나가나?"

"뭐, 특별히 할 일도 없고. 그나저나 생각보다 빨리 오네? 꽤 오랫동안 임황에 머물 거라던데?"

"아직 소식 못 들었나 보구나."

"무슨 소식?"

"용천문이 멸문했다."

"엇! 정말?"

"그래. 그 수뇌들이 모두 몰살을 당했지."

“아니, 어쩌다가? 설마 묵련에서 공격을 한 거야?”

“그런 건 아니야.”

“그럼 도대체 왜……?”

“들어가자. 크게 떠벌릴 일은 아니니까.”

송추월이 곽풍산을 이끌고 부루의 처소로 향했다.


부루가 막사로 돌아온 것은 송추월과 친구들이 그의 막사에 든 지 반 시진 정도가 지난 후였다. 이미 천목맹의 수뇌들에게는 용천문의 소식이 알려졌기에 앞으로의 일에 대해 이미 상의를 한 듯 보였다.

“왔냐?”

부루가 막사로 들어서며 송추월을 향해 말했다.

“알고 있지?”

“용천문의 소식이라면 들었다. 그런데 왜 그런 일이 벌어진 거지?”

부루가 고개를 갸웃하며 물었다. 누구보다 빠른 머리를 가지고 있는 부루에게도 용천문의 멸문은 의문인 모양이었다.

“그가 한 일이다.”

“그? 혹시 그 숙수?”

“그래.”

송추월이 고개를 끄덕이자 부루가 놀란 표정을 지었다.

“도대체 왜……?”

“이유가 있었지.”

송추월이 임황에서 겪은 일을 간단하게 설명했다. 그러자 부루가 잠시 생각에 잠겼다가 입을 열었다.

"그가 정말 단순한 구경꾼인 것 같아?"

"이 싸움에 끼어들 인물이냐고 묻는다면 그건 아니야. 그에게서 야망을 보지 못했다."

"네놈 같은 사람이란 말이냐?"

"나?"

"그래. 네놈도 야망은 없잖아. 그렇지만 또 무섭지. 왜냐하면 야망이 없는 강자들은 거리낄 것이 없어서 그 행동을 예측할 수가 없거든. 자존심도 강하고……."

"내가 그런가?"

"모르고 있었어? 추월 네 녀석은 어디로 튈지 모르는 놈이지. 어쨌든 그자에게 야망은 없어 보였다?"

"그래. 도발하지만 않는다면 그는 이 임황의 싸움에선 그저 방관자로 남아 있을 거야."

그러자 부루가 고개를 끄덕이다가 불쑥 호기심 어린 표정으로 물었다.

"만약 네가 그와 정식으로 겨룬다면?"

부루의 질문에 곽풍산과 대일도 송추월을 바라봤다. 그러자 송추월이 잠시 생각에 잠겼다가 대답했다.

"글쎄… 어떨까? 승패를 짐작할 수 없겠는데?"

"정말 보통이 아닌 인물이군."

"그래. 무척 위험한 인물이야. 그러니… 그를 도발할 생각은 하지 마라. 그리고 이 일은 너만 알고 있어. 천목맹의 다른 수뇌들에겐 알리지 마."

"왜?"

"약속을 한 건 아니지만 그의 정체를 밝히지 않을 거라 생각하고 있을 거야."

"그의 후환이 무서운 거냐?"

대일이 미소를 지으며 물었다.

"그래. 무섭다. 내가 지금까지 두려움을 느낀 자는 그가 두 번째야."

"첫 번째는 춘봉산 설죽암에서의 그고?"

"그래. 서로 다른 종류의 고수이기는 하지만 그 두려움은 비슷한 느낌이야."

그러자 이번엔 부루가 나직한 목소리로 중얼거렸다.

"역시 강호란 알 수가 없어. 도대체가 숨어 있는 고수들이 한둘이 아니란 말이야. 어려운 동네야!"


용천문의 몰락으로 무주공산이 된 임황은 일대 혼란에 빠졌다. 용천문은 그동안 임황의 중심이었다. 용천문이 있어 상인들은 마음 놓고 장사를 할 수 있었고, 임황의 주민들은 마적의 침입에서 자유로웠으며 천하에서 몰려오는 대상들도 객잔에서 편히 쉴 수 있었다. 그런데 그 용천문이 하루아침에 멸문하자 임황에서 살아가는 사람들은 마치 부모를 잃은 아이처럼 허둥거리기 시작했다.

　장사치들은 물건을 밖으로 내어놓았으나 장사를 할 생각은 없는 것 같아 보였고, 멀리서 모여든 대상들은 서둘러 거래를 접고 임황을 떠났다.

　급기야 용천문이 몰락한 지 닷새가 지나자 임황에는 애초에 그곳을 터전으로 살아온 사람들 말고는 머무는 사람이 아무도 없는 성읍이 됐다. 용천문의 몰락 소식은 순식간에 강호로 퍼져 나가 멀리서 임황을 목표로 여행하던 사람들조차 인근의 다른 성읍으로 발길을 돌렸다.

　다행인 것은 도적들의 습격이 없다는 것 정도. 초원과 사막을 무대로 활동하는 도적들은 임황에 주인이 없음에도 불구하고 몰려오지 못했다. 그들에게 천목맹과 묵련은 용천문보다도 더 무서운 존재였기 때문이었다.

　임황에서 살아가는 사람들의 시선은 자연스럽게 벽산으로 향했다. 벽산에는 두 마리의 호랑이, 천목맹과 묵련이 서로를 노려보고 있었다. 두 호랑이 중 하나라도 어서 들어와 혼란스런 임황을 안정시킨다면 임황은 용천문의 시대보다도 더 번성한 성읍이 될 수 있었다. 그래서 사람들은 하루라도 빨리 벽산의 대치가 끝나기를 기다리고 있었다.

　그러나 벽산의 두 호랑이는 쉽게 움직이지 않았다. 그들 중 누구도 먼저 무주공산의 임황을 향해 움직이지 않았다. 먼저 움직이는 쪽은 상대에게 후방을 내어줄 것이고, 그리되면 전세는 순식간에 역전될 수도 있었다.

　더군다나 묘하게도 벽산에 나와 있는 양 세력의 전력은 비

등해서 어느 한쪽이라도 쉽게 상대를 향해 도발할 수 없는 상
황이었다. 덕분에 용천문이 멸문하고 십여 일이 지났음에도
양측은 서로를 주시할 뿐 어떤 움직임도 보이지 않고 있었다.
그 지루한 대치에 못 견뎌 하는 것은 역시 호방한 곽풍산과 대
일이었다.


"젠장 여기다 절이라도 세울 생각인가?"
곽풍산이 벽산의 설경을 내려다보며 중얼거렸다,
"그러게 말이다. 너무 길어지고 있어. 평생 이곳에 있을 수
는 없는데……."
"이대로라면 올겨울은 여기서 날 수도 있겠어. 봄이 되면 난
장백으로 가야 해. 더 이상 부루 녀석을 도울 수 없단 말이지."
"나도 마찬가지야. 비록 천리표국이 천목맹의 재정을 맡고
는 있다지만 표국을 오래 떠나 있을 수는 없어."
"부루 녀석… 무슨 수를 내야 할 텐데."
"계획이 있지 않을까?"
"그럴 것 같은데, 워낙 신통한 녀석이니까."
"가자."
"어딜?"
"녀석을 붙잡고 우리 입장을 말해보자구."
대일이 성큼성큼 부루의 막사를 향해 걸음을 옮겼다. 그런
데 두 사람이 거의 당도했을 때, 부루의 막사에서 송추월과 부
루가 걸어나왔다.

"같이 있었어?"

대일이 두 사람을 보며 물었다.

"그래. 잠시 상의할 일이 있어서."

부루가 대답했다.

"뭔데 둘만 떠들어?"

"네 녀석들도 찾았다. 그런데 통 보여야지? 어딜 갔다 오는
거냐?"

"답답해서 바람 좀 쐬고 왔다. 도대체 언제까지 이러고 있을
거냐?"

"그렇지 않아도 좀 움직여 볼까 하고 네 녀석들을 찾은 거야."

"그래? 무슨 계획이 있어?"

대일과 곽풍산이 기다렸다는 듯 물었다.

"자세한 건 추월에게 들어. 난 노인네들을 설득해 볼 참이니
까."

부루가 대답을 송추월에게 미루고 자신은 통천 가섭과 낭왕
별고의 막사가 있는 곳으로 서둘러 걸음을 옮겼다.

"내 막사로 가자."

송추월이 부루의 모습을 지켜보고 있는 곽풍산과 대일을 자
신의 막사로 이끌었다.


"임황으로 들어가라고?"

대일이 놀란 표정을 지었다. 송추월은 자신의 막사에 들어
서자마자 대일과 곽풍산에게 내일 임황으로 갈 것이란 말을

전했다.

"그래."

송추월이 짧게 말했다.

"우리 셋… 아니, 넷이?"

대일이 서연을 바라보며 말했다.

"아니, 현무신부의 고수 스무 명도 같이 간다."

"가서 뭘 어쩌라고?"

"용천문을 접수한다."

"용천문을? 음… 묵련이 과연 우리가 용천문을 접수하도록 그대로 내버려 둘까? 용천문은 비록 몰락했지만 그 장원을 우리에게 넘기면 임황에서의 주도권을 빼앗기게 되는 일인데……."

"밤에 은밀히 내려갈 거야."

"내 말은 그 이후의 일을 말하는 거야. 분명 저들의 반격이 있을 거야."

"그걸… 기다리는 거다."

"응?"

대일이 눈빛을 번쩍였다. 그러자 곁에서 이야기를 듣고 있던 곽풍산이 낮은 목소리로 말했다.

"설마 함정을 판다는 거냐?"

"부루의 계획으론 그래."

"음… 우리가 용천문을 점하면 묵련이 움직일 테고 그 후방을 다시 이곳에 있는 천목맹의 고수들이 친다?"

"그래."

"저들이 속아줄까?"

"물론 그 준비는 부루가 철저히 하겠지. 부루도 이곳에서 겨울을 날 생각은 없는 모양이야."

"자칫하다 고립될 수도 있어."

대일이 걱정스레 말했다.

"위험이 없으면 이득을 얻을 수 없지. 그리고 현재 양측의 전력으로 보건데 고립이 된다고 해도 임황을 빠져나오는 것은 그리 큰 어려움이 없을 거란 판단이다. 이쪽에서 공세를 취하면 저들도 길을 열 수밖에 없을 테니까."

"음… 그렇게만 된다면야."

대일이 고개를 끄덕였다. 그러자 곽풍산이 굵은 목소리로 말했다.

"한번 해보는 거지 뭐. 어쨌든 이렇게 산꼭대기에서 하겨울나는 것보다는 나은 것 아냐?"

"하긴 그래."

대일도 고개를 끄덕였다.


그날 밤 부루가 돌아왔을 때 부루의 계획은 좀 더 세밀하게 짜여져 있었다. 통천 가섭까지 머리를 맞대고 만들어낸 계획은 그야말로 그물망 같아서 분명 묵련이라는 대어를 옭아맬 만한 것이었다.

"그러니까 사람의 숫자를 일백여 명쯤으로 보이게 하란 말이지?"

송추월이 부루를 보며 물었다.

"그래. 그렇게 된다면 묵련 쪽에서도 전력의 반 이상을 임황으로 보내야 할 거다. 그렇게만 된다면 벽산에 남은 자들을 제압하는 데는 큰 어려움이 없을 거야."

"저들이 속아줄까?"

"낭왕께서 길 중간까지 수십 명의 고수를 이끌고 동행하실 거야. 이후 불을 끄고 은밀히 벽산으로 돌아와 매복하실 거다. 밤이므로 저들이 우리의 움직임을 제대로 읽지는 못할 거야."

"계획대로 된다면 벽산의 묵련 세력은 제압할 수 있겠군. 하지만… 임황으로 간 사람들은 더 위험해지겠어."

"걱정 마. 벽산을 장악하는 순간 임황으로 고수들을 몰아갈 테니까. 내 생각으로는 반나절만 버티면 될 거야. 아니, 반나절도 안 걸려."

"반나절이라… 뜨거운 반나절이 되겠군. 그나저나 만약의 경우 임황을 포기해도 되는 거지?"

"가능하면 지키는 것이 좋겠지. 묵련의 고수들이 용천문을 장악하고 버틴다면 비록 벽산에서 승리를 거둔다 해도 쉽게 임황을 손에 넣기는 어려울 거야. 하지만 뭐 목숨이 위태로울 정도면 당연히 임황을 포기해도 상관없다."

"알았어. 그렇다면 걱정할 것 없군. 적어도 몸은 피할 수는 있을 테니."

"그래도 조심해. 상대는 묵련이니까."

"걱정 마라! 대신 꼭 제시간에 와야 한다."

"하하, 걱정 마. 설마 친구들을 죽이기야 하겠냐?"

부루가 호탕하게 웃음을 터뜨렸다.


차가운 기운이 송곳처럼 옷을 뚫고 들어왔다. 그 추위 속에서 벽산 천목맹 고수 일백여 명이 진영 앞에 도열했다. 가장 앞쪽에는 송추월과 대일, 그리고 곽풍산이 있었고, 그 조금 뒤에 서연이 긴장한 얼굴로 말에 올라 있었다. 네 사람의 뒤쪽으로 현무신부의 고수 이십여 명이 역시 긴장한 얼굴을 한 채 그들이 달릴 벽산의 산길을 응시하고 있었다.

낭왕 별고가 이끄는 천목맹의 고수들은 앞서 나갈 송추월 일행과는 십여 장 거리를 두고 도열해 있었는데, 그들의 눈에도 긴장한 기색이 역력했다.

"출발하지."

통천 가섭이 일행의 출발을 재촉했다. 그러자 송추월이 선두에서 산을 내려가기 시작했다.

두두두!

은밀하게 산을 내려온 천목맹의 고수들이 일제히 임황을 향해 말을 달리기 시작했다. 산을 내려오던 동안의 조심은 사라졌다. 어차피 임황까지는 평지를 이동해야 하므로 아무리 조심한다고 해도 묵련의 세작들에게 노출될 수밖에 없었다. 그렇다면 문제는 시간, 묵련이 미처 대처를 하지 못하는 사이 임황에 들어가 용천문을 접수하기 위해선 최대한 속도를 내야 했다.

그런데 한참 말을 달리던 송추월이 문득 손을 들어 올렸다.

그러자 그의 뒤를 따르던 스무 명의 현무신부 고수가 갑자기 하나둘 뒤로 처지기 시작했다. 덕분에 십여 장 뒤쪽에서 말을 달리고 있던 낭왕 별고가 이끄는 천목맹의 고수들이 순식간에 송추월이 이끄는 현무신부의 고수들 사이로 섞여들었다.

그렇게 일행이 한 덩어리가 되자 한순간 송추월의 곁에서 말을 달리던 대일이 미리 준비해 두었던 홰에 불을 붙였다.

화르륵!

기름 먹인 횃불이 순식간에 주위를 밝혔다. 그러자 낭왕 별고가 이끄는 천목맹 고수들 사이로 섞여든 스무 명의 현무신부 고수도 일제히 횃불을 밝혔다. 스무 명의 고수가 횃불을 들어 올리자 천목맹 고수들이 달리는 길이 대낮처럼 환해졌다.

두두두!

천목맹 고수들은 더욱 속력을 내서 임황을 향해 달려나갔다. 세작이 있더라도 말을 타지 않으면 더 이상 따라붙지 못할 속도로 관도를 질주하던 일행은 한순간 두 개의 작은 야산 사이로 들어갔다.

"이쯤에서 빠지겠네."

낭왕 별고가 송추월에게 다가들며 말했다.

"알겠습니다."

"부디 조심하게."

"어르신께서도……."

"하하, 나야 뒤에 남을 사람인데 조심할 게 무에 있겠나! 그럼 무운을 비네."

낭왕 별고가 가볍게 손을 들어 보인 후 재빨리 뒤로 물러나더니 한순간 관도 왼쪽의 야산으로 숨어들었다. 그러자 횃불 아래서 말을 달리던 일백여 명의 천목맹 고수 중 횃불을 들지 않은 자들이 일제히 낭왕을 따라 숲의 어둠 속으로 몸을 숨겼다.

두두두!

횃불을 든 이십 여 명의 현무신부 고수는 동료들이 중도에 길을 벗어났음에도 불구하고 그대로 야산을 관통해 다시 평야로 접어들었다. 멀리서 보자면 횃불은 여전히 같은 간격을 유지하고 있었기에 누구라도 중도에 일행의 대부분이 빠져나갔다는 것을 눈치채기 어려운 상황이었다.

"좀 더 속도를 내자!"

곽풍산이 소리쳤다. 일단 낭왕 별고가 이끄는 고수들이 빠졌으므로 길은 서두를수록 좋았다. 송추월이 고개를 끄덕이고는 말에 박차를 가했다.


어둠 속에 잠들어 있던 임황의 성읍이 한순간 요란한 소란에 깨어났다. 그러나 어느 곳 하나 불을 밝히는 집은 없었다. 오히려 깊은 밤까지 불을 밝히고 있던 집도 얼른 불을 껐다.

두두두!

거대한 말발굽 소리가 임황 성읍 중앙으로 길게 난 관도를 관통했다. 송추월은 빠르게 주변을 살피면서도 달리는 말의 속도를 늦추지 않고 성내를 질주했다.

임황으로 들어선 지 이각여가 흐르자 드디어 송추월의 눈에 잠든 거인과 같은 용천문 장원이 보였다.

용천문은 어둠에 싸여 있었다. 사람의 인기척도 느껴지지 않았다. 용천문을 접수하려는 송추월 등의 입장에서 보면 그야말로 손쉬운 먹잇감이라고 할 수 있었다.

히히힝!

용천문의 정문 앞에서 송추월이 급히 말을 세웠다.

"뭐 해? 그냥 밀고 들어가자!"

곽풍산이 말 위에서 도끼를 들어 올리며 말했다. 단번에 도끼를 후려쳐 정문을 박살 낼 기세였다.

"한동안 머물지도 모르는 곳을 함부로 부수면 되겠냐?"

송추월이 퉁명스레 말했다.

"하지만 시간이 없어. 묵련의 고수들이 언제 들이닥칠지 모른다고!"

"그렇다고 문 열 시간도 없겠냐?"

송추월이 훌쩍 말에서 뛰어내려 정문 앞으로 다가갔다. 그리고는 천천히 용천문의 정문을 열었다.

그르릉!

송추월이 힘을 가하자 거대한 대문이 안쪽으로 밀려 열렸다. 그런데 그 순간 송추월이 반쯤 열린 문을 놔두고 훌쩍 뒤로 물러났다. 열린 문틈으로 얼추 이십여 명쯤으로 보이는 사람들이 모습을 보였기 때문이었다.

창!

송추월이 뒤로 물러나는 동시에 말 위에 있던 현무신부의

고수들이 도검을 빼 들었다. 송추월이 손을 들어 용천문으로
진격해 들어가려던 현무신부 고수들을 말렸다.

그러는 사이 어둠 속에서 용천문에 웅크리고 있던 이십여
명의 사람이 조심스런 발걸음으로 장원의 문을 나섰다. 현무
신부 고수들의 횃불에 그들의 얼굴이 비쳤다. 나타난 사람들
의 얼굴에는 극심한 공포가 깃들어 있었다.

“어디서 오신 분들이오?”

그나마 제대로 정신을 차리고 있는 오십대 중반의 사내가
용기를 내어 물었다.

“우린 천목맹의 사람들이오. 그대들은 누구요?”

송추월이 차분한 목소리로 물었다. 그러자 처음 입을 열었
던 사내가 대답했다.

“우린… 용천문의 사람들이오.”

“용천문은 멸문한 것으로 알고 있는데?”

“맞소이다. 용천문은 멸문했소이다.”

“그런데 왜 당신들은 이곳에 머물러 있는 것이오?”

“우린… 당장 갈 곳이 없었소. 능력있는 자들이야 살 곳을
찾아 강호로 나갔지만 우린 용천문에 기대어 살던 사람들이
라……”

그제야 자세히 보니 말하는 중년 사내를 따라나온 사람들은
대부분 기세가 그리 강하지 않는 자들이었다.

“오늘 천목맹이 용천문을 접수하려 하오. 혹, 길을 막으실
것이오?”

송추월이 말을 돌리지 않고 물었다. 그러자 중년 사내가 고개를 저었다.

"아니오. 우리에겐 그럴 힘이 없소. 단지… 한 가지 부탁이 있소."

"뭐요?"

"좀 전에 말했지만 우린 당장 갈 곳이 없는 사람들이오. 용천문에는 다행히 몇 달 먹을 양식이 있고, 또 편히 쉴 잠자리가 있소. 우리가… 갈 곳을 정할 때까지 용천문에 머무는 것을 허락해 주실 수 없겠소이까?"

중년 사내가 간곡하게 부탁했다. 그러자 송추월이 난감한 표정을 지었다.

"물론 그대들의 부탁을 들어줄 수는 있소. 하지만 내 생각에는 그대들은 지금 즉시 짐을 챙겨 이곳을 떠나는 것이 좋겠소."

"아, 참으로 야박하구려. 어찌 당장 갈 곳 없는 우리들에게……"

"아니, 그대들을 생각해서 하는 소리요. 이 용천문은 이제 곧 혈전의 장소가 될 것이오."

"그게… 무슨 말이오?"

"그대도 용천문에 몸담고 있었으니 무림 돌아가는 사정은 잘 알 것이오. 천목맹이 왔는데 묵련이 아니 오겠소?"

"아!"

중년 사내가 그제야 앞뒤 돌아가는 사정을 알아챘는지 탄성을 흘렸다.

"그러니 어서 이곳을 벗어나는 것이 좋을 것이오."

송추월의 말에 중년 사내가 얼른 고개를 끄덕였다.

"알겠소이다, 무슨 말인지. 여보게들, 어서 짐을 챙기게. 서둘러 이곳을 빠져나가야 하네."

"하지만 어르신, 간다면 어디로 간단 말입니까?"

뒤쪽에서 송추월과 중년 사내의 말을 듣고 있던 용천문의 식솔 중 한 명이 물었다. 그러자 중년 사내가 잠시 난감한 표정을 짓다가 이내 눈을 반짝이며 말했다.

"일단 이원으로 가세. 그곳은… 그곳은 괜찮겠소?"

중년 사내가 송추월을 보며 물었다.

"묵련은 어떨지 모르지만 천목맹은 이원에 사람을 보내진 않았소."

"알겠소이다. 그럼 됐소. 자, 모두들 서둘러 준비를 하게."

중년 사내가 용천문 식솔들을 재촉했다.


짐을 싸 용천문을 떠나는 사람들을 보며 송추월은 내심 착잡한 마음이 들었다. 애초에 이 장원은 그들의 것이었다. 용천문의 가솔들이었다 하더라도 용천문의 수뇌와 그 혈족이 몰살한 이상 장원의 주인은 당연히 남아 있는 사람들이라고 할 수 있었다. 그런데 지금 그들은 자신과 천목맹 고수들에 밀려 자신들의 집에서 도주하듯 빠져나가고 있었다.

어린 시절 집을 떠나 대호산 산채에 몸을 의탁했던 송추월에겐 남의 일 같지 않은 모습이었다. 떠나는 자 중에는 그가 대호산에 들어갈 때의 나이와 비슷한 소년들도 여럿 있었다.

"뭘 봐?"

팔짱을 끼고 어둠 속에서 장원을 떠나는 사람들을 지켜보고 있던 송추월 곁으로 곽풍산과 서연이 다가왔다. 대일은 한쪽에서 천목맹 고수들과 함께 급히 장원의 담 위쪽으로 망루를 세우는 데 분주했다.

"남의 집을 뺏은 것 같아서……."

송추월이 떠나는 사람들을 턱으로 가리키며 말했다.

"쩝, 나도 기분이 썩 좋지는 않다. 하지만 뭐 어쩌겠냐. 우리가 아니더라도 이 장원을 차지할 사람들이 나타났을 거야. 만약 그런 자들이 나타났다면 저들의 안전도 장담할 수 없었겠지. 하지만 적어도 우린 저들을 해치지 않았을뿐더러 장원에 남아 있던 재물들을 가지고 가도록 허락했으니 저들에게 나쁠 것은 없잖아."

"그렇긴 하지만……."

"저 사람들 걱정보다 우리 걱정이나 먼저 해. 묵련의 고수들이 언제 들이닥칠지 몰라."

"얼마나 몰려올까?"

"글쎄. 이쪽의 인원이 적지 않은 것으로 알고 있을 테니 적어도 백여 명은 오지 않을까?"

"백이라… 쉽지는 않겠군."

"그래도 다행인 게 있어."

"뭐가?"

“저것들을 봐.”

곽풍산이 손을 들어 장원의 마당 한쪽으로 가리켰다. 그러자 현무신부의 고수 다섯이 한 사람당 두서너 개의 철궁을 가지고 나오는 것이 보였다.

“활인가?”

“그래. 좋은 활들이 많더군. 아마 용천문에서 쓰던 것이 아니라 막북의 유목민들에게 팔 물건들이었나 봐. 질이 좋아. 저 활들이 우릴 좀 도와줄 수 있을 거야.”

“장원의 구조는 살펴봤어?”

“생각보다 견고해. 사람만 제법 있다면 이 장원을 지키는 것은 어려울 것이 없을 정도야. 일단 외벽의 높이가 이 장으로 높고, 안쪽에도 다시 내벽이 있어. 그리고 내벽 안에는 용천문주의 혈족들이 사용했던 소장원이 하나 있는데, 그곳 또한 다단한 담장으로 둘러싸여 있더라고.”

“결국 세 차례는 버틸 수 있다는 거군.”

“그렇지. 더군다나 활이 발견되었으니 좀 더 사정이 나은 편이야.”

“좋아. 그럼 우리도 준비를 좀 하자고!”

송추월이 훌쩍 신형을 날려 대일이 있는 곳으로 다가갔다.

第七章
격돌(激突)
第七章

화마경

　백문보 일족이 거처하던 내원까지 세 개의 방어벽이 구축됐다. 송추월과 친구들, 그리고 현무신부의 고수들은 각각의 담장에 좀 더 높은 방책을 세우고 그 사이로 화살을 날릴 수 있게 준비했다. 무림에서 활을 이용한 싸움은 그리 흔한 게 아니지만 오늘 용천문에 나와 있는 천목맹 무사들의 목적은 최대한 시간을 끌어 묵련의 고수들을 용천문에 잡아두는 것이었으므로 용천문의 창고에서 나온 각궁은 큰 도움이 될 터였다.

　"고려에서 온 것 같은데?"

　일차 방어막이 형성된 장원의 가장 바깥쪽 담장에 올라 있던 곽풍산이 손에 든 활을 살피며 중얼거렸다.

　"고려의 각궁은 강하기로 유명하지."

대일도 각궁에 관심을 보였다.

"이곳까지 고려의 상인들이 왕래하는 건가? 장백 인근에서야 흔히 볼 수 있지만 여기서 고려의 각궁을 볼 줄은 몰랐군."

"고려 상인이 사막을 넘어 서역까지 가는 것은 예전부터 널리 알려진 일이야. 남쪽으로는 배를 타고 천축까지도 간다고 하더군."

"그 이야기는 나도 들었다. 나도 천축이라는 곳을 한번 가보고 싶어."

"천축엔 왜?"

"흐흐, 부처님의 고향이라잖아. 혹시 아냐, 큰 도를 깨우치게 될지?"

"낄낄, 산적 놈이 부처님의 도는 무슨, 쓸데없는 생각 말고… 어, 저것!"

문득 대일이 고개를 돌려 용천문으로 길게 이어진 관도를 바라봤다. 그러자 멀리서 은은한 땅의 진동음이 울려오더니 한순간 검은 먼지구름 같은 것이 용천문을 향해 밀려오는 것이 보였다.

"놈들인가?"

곽풍산이 긴장한 목소리로 말했다. 그때 일행의 중앙에 위치해 있던 송추월의 목소리가 들려왔다.

"놈들이 오고 있소. 모두 준비하시오. 일단 최대한 이곳에서 버티다 신호를 하면 다음 방어막으로 후퇴하시오."

용천문에 나와 있는 천목맹 고수들의 지휘는 송추월이 맡고 있었다. 현무신부에는 노련한 고수들이 많았지만 부루와 두 명의 대장로는 이 일행의 지휘를 송추월에게 맡겼다. 이유는 하나였다.

"우두머리가 되어야 목숨 걸고 싸우지."

부루가 송추월을 이 일행의 우두머리로 세우며 한 말이었다. 그는 송추월이 이 싸움에서 방관자가 되는 것을 원치 않았다. 어느 때보다도 송추월의 능력이 필요한 싸움이기 때문이었다.

현무신부의 고수들도 송추월이 일행을 지휘하는 것에 불만을 드러내지는 않았다. 비록 그들의 내심은 알 수 없으나 현무신장 부루와 두 명의 대장로가 우두머리로 송추월을 정할 때에는 그에게 그만한 능력이 있다고 생각하는 모양이었다. 물론 그간 천목맹에서부터 간간이 보여준 뛰어난 무공 역시 그들이 순순히 송추월의 지휘를 받는 이유이기도 했다.

"오십여 장 앞에 이르면 활을 날릴 것이오."

다시 송추월의 말이 이어졌다. 그러자 현무신부의 고수 한 명이 불쑥 반대 의견을 냈다.

"제대로 타격을 주려면 좀 더 가까이 오기를 기다렸다가 공격하는 것이 낫지 않겠소이까?"

병법을 아는 자의 말이다. 대체로 기습을 가하는 입장에서는 적을 최대한 끌어들인 후 공격하는 것이 더욱 효과적인 법이다. 그러나 송추월은 고개를 저었다.

"저들을 몰살하고자 한다면 그게 나을 것이오. 하지만 우리 목적은 이곳에서 저들과 승패를 내는 것이 아니라 최대한 잡아두는 것이오. 멀리서 화살 공격을 받으면 저들은 쉽게 용천문에 접근하지 못할 것이고, 그리되면 여전히 벽산을 떠난 천목맹의 고수 일백이 모두 용천문에 있다고 믿게 될 것이오. 반대로 만약 승패를 내자고 저들을 장원 가까이 끌어들이면 분명 우리의 숫자가 적음을 알아챌 것이오. 그리되면 저들은 최대한 싸움을 빨리 끝내고자 더욱 맹렬하게 공격할 것이오. 그건 우리의 계획과 다른 결과를 가져올 수 있소."

송추월이 차분하게 자신의 생각을 설명했다. 이의를 제기했던 현무신부의 고수가 이내 고개를 끄덕여 수긍했다.

그러는 사이 어느새 묵련 고수들의 형체가 하나둘 사람 모양을 갖추기 시작했다.

"제길, 많이도 몰려왔네."

얼추 보아도 용천문을 향해 질주하는 묵련 고수들의 숫자는 일백이 넘어 보였다.

"많으면 많을수록 천목맹에는 유리하지."

곽풍산이 말했다.

"그렇긴 하지만 우린 더욱 위험해진다고."

대일이 퉁명스럽게 대꾸했다.

"걱정 마라. 널 죽게 내버려 두지는 않을 테니."

"흐흐, 네놈이 아니라도 난 죽지 않아. 너야말로 쓸데없는 걱정 말거라."

대일과 곽풍산이 서로를 보며 실소를 흘렸다.

"활을 거시오."

다시 송추월의 목소리가 들렸다. 일순 농을 치며 떠들고 있던 곽풍산과 대일이 언제 그랬냐는 듯 정색하며 활에 화살을 걸어 시위를 당겼다. 팽팽해진 시위가 장내의 긴장을 고조시켰다.

두두두!

이제 묵련 고수들이 몰아오는 말발굽 소리가 선명하게 천목맹 고수들 귀에 들려왔다. 어둠을 뚫고 달려오는 묵련 고수들의 모습이 마치 지옥에서 갓 올라온 야차와 같았다.

"지금!"

한순간 송추월이 먼저 시위를 놓았다.

팡!

시위가 공기를 때리며 만들어내는 강력한 파공음과 함께 한 자루 화살이 허공으로 날아올랐다.

파파팡!

송추월이 시위를 놓는 순간 연이어 천목맹 고수들이 화살을 날렸다. 경쾌한 파공음이 폭죽 터지듯 터져 나왔다.

슈우우욱!

활을 떠난 화살들이 맹렬하게 공기를 가르는 소리가 천목맹 고수들의 귀에 들려왔다. 그러나 천목맹 고수들은 자신들이

날린 화살에는 더 이상 관심을 두지 않았다. 대신 연이어 화살
을 시위에 건 뒤 날아가는 화살들 뒤로 다시 화살을 날려보냈
다.

피유우웅!

앞서 날아간 화살이 묵련 고수들의 머리에 떨어지기도 전에
뒤이은 화살들이 허공을 갈랐다. 그리고 잠시 후!

히히힝!

"조심하라. 화살이닷!"

"피해!"

물밀듯이 달려오던 묵련 고수들의 진영이 크게 흐트러지며
이곳저곳에서 말과 사람이 땅 위에 나뒹굴었다.

"다시 한 번!"

송추월이 재빨리 화살을 먹여 재차 혼란에 빠진 묵련 고수
들을 향해 화살을 날려보냈다. 그러자 뒤이어 천목맹 고수들
도 연이어 화살을 쏘아 올렸다.

차차창!

멀리서 묵련 고수들이 화살을 쳐내는 소리가 들렸다. 첫 번
째 화살 공격에는 제법 많은 묵련 고수들이 상한 듯했지만 뒤
이은 화살 공격은 도검을 휘둘러 막아내고 있음이 분명했다.

무림에서 활이 중히 쓰이지 않는 이유는 일단 그 존재를 확
인한 이상 고수를 화살로 맞추기가 매우 어렵기 때문이다. 고
수들의 눈과 귀는 동물처럼 민감해서 존재를 알고 있다면 날
아오는 화살을 피하지 못할 고수는 많지 않았다. 더군다나 현

재 임황에 나와 있는 묵련 고수들은 막북에서도 고르고 고른 고수들이 아니던가.

그러나 비록 더 이상 화살 공격에 피해를 입지는 않았지만 묵련 고수들의 걸음은 멈춰졌다. 송추월이 바라는 바도 그것이었다.

걸음을 멈춘 묵련 고수들이 길게 옆으로 늘어서며 어둠에 잠긴 용천문의 장원을 응시했다.

"몸을 숙여 저들이 이쪽의 상황을 알아채지 못하게 하시오!"

송추월의 명에 천목맹의 고수들이 급히 담장 안쪽으로 몸을 감췄다.

기이한 침묵이 이어졌다. 공격을 해오는 쪽도 방어를 하는 쪽도 더 이상 움직이지 않았다. 누구도 먼저 서로를 도발하지 않은 채 양측은 오십여 장의 거리를 두고 서로를 응시하고 있었다.

묵련 고수들 입장에서는 답답한 노릇이 아닐 수 없었다. 어둠 때문에 장원의 담장 뒤에 숨어 있는 천목맹 고수들의 사정을 알 수가 없기 때문이었다.

반면 천목맹 고수들의 사정은 여유가 있었다. 애초에 그들의 목적은 적을 섬멸하는 것이 아니라 용천문에 최대한 붙들어두고 있는 것이었다. 그사이 부루와 두 명의 대장로가 이끄는 고수들이 묵련의 벽산 진영을 기습할 것이다. 그 싸움이 승리로 끝난다면 이곳에서의 싸움도 자연히 끝날 것이다. 벽산의 진영을 잃은 이상 묵련의 고수들이 임황에서 버티는 것은 어리석은 일이기 때문이었다.

"시간아 흘러가라. 넌 우리 편이다."

대일이 흥얼거리듯 중얼댔다. 그는 전혀 강적을 앞에 둔 사람 같지가 않았다. 마치 재미있는 놀이를 하고 있는 듯한 모습, 그에 천목맹 고수들의 긴장이 조금 사그라졌다.

"저들이 어찌 나올 것 같아?"

문득 곽풍산이 송추월에게 물었다.

"오래 걸리지 않을 거다."

"무슨 말이야?"

"벽산 진영이 공격받았다는 사실을 알면 전력을 기울여 우릴 공격할 거야. 그때가 되면… 우리도 각오를 해야겠지."

"그런가? 어쨌든 시간은 조금 있겠네."

그러나 곽풍산의 말이 끝나기 무섭게 멀리 보이는 벽산에서 한순간 불꽃이 피어올랐다. 소리는 들리지 않았지만 불꽃이 일어난 지점은 벽산 묵련 진영이 분명했다.

"시작됐군."

벽산의 불꽃을 보며 대일이 중얼거렸다.

벽산에서 불꽃이 솟구치자 송추월 등과 마주하고 있던 묵련 고수들이 동요하기 시작했다. 그들 역시 불꽃이 일어난 지점이 벽산 묵련 진영이라는 것을 쉽게 알 수 있었으므로, 일이 그들의 예상과 다르게 진행되고 있다는 것을 깨닫는 것은 그리 어려운 일이 아니었다.

벽산의 묵련 진영이 공격을 받았다면 임황에 나와 있는 묵
련 고수들이 할 수 있는 선택은 두 가지였다. 말머리를 돌려
다시 벽산으로 돌아가거나 혹은 벽산의 일은 남아 있는 동료
들에게 맡겨두고 서둘러 용천문을 접수하거나. 묵련 고수들의
선택은 그리 오래 걸리지 않았다.

묵련 고수들이 일제히 말에서 내려섰다. 그리고는 단단한
진영을 형성한 채 용천문을 향해 다가오기 시작했다. 그들은
벽산으로 돌아가는 대신 용천문을 접수하기로 결정한 모양이
었다.
말에서 내린 것은 활 공격에 대비한 행동이었다. 고수들은
화살을 쳐낼 수 있지만 말은 활을 피할 수 없다. 그러니 적이
활로 공격할 때에 말에서 내려 공격에 나서는 것은 옳은 결정
이었다.
"다시 한 번!"
송추월이 묵련 고수들이 움직이자 재차 활을 시위에 먹여
묵련 고수들을 향해 쏘아 보냈다.
피유웅!
송추월이 쏘아 보낸 화살이 어둠을 뚫고 묵련 고수들을 향
해 날아갔다. 그러자 연이어 천목맹 고수들이 적들을 향해 화
살을 쏘아 보냈다.
차차창!
묵련 고수들은 이미 화살 공격을 예상하고 있었기에 날아오

는 화살을 어렵지 않게 도검으로 쳐냈다. 물론 그중 화살에 부상을 입은 사람도 나오기는 했지만 묵련 고수들의 걸음을 멈추게 할 정도는 아니었다.

"어찌지?"

점점 다가서는 묵련 고수들을 보며 대일이 물었다. 이대로 있다가는 묵련 고수들과 도검을 섞어야 한다. 그리되면 필히 이쪽의 전력이 드러날 테고, 이후에는 줄곧 수세에 몰릴 수밖에 없었다. 그러나 송추월의 표정은 담담했다.

"적이 오면 맞을 수밖에!"

"우리 전력이 드러날 텐데?"

"지금은… 그것도 좋아."

"무슨 말이야?"

"두고 보며 알아."

송추월이 짧게 대답했다. 어느새 묵련의 고수들은 장원의 이십 장 안쪽까지 다가와 있었다.

"이제부턴 제대로 화살을 날려주시오."

본래 화살은 먼 거리에서 적을 공격하는 무기다. 그러나 또한 경우에 따라서는 가까운 거리에서의 화살 공격이 더욱 위력적일 때도 있다. 특히 공력을 지닌 무림인의 경우는 그러했다. 지금까지 천목맹 고수들은 묵련 고수들이 장원에 접근하는 것을 막기 위해 화살을 날려보냈지만 지금부터는 적의 목숨을 노리고 화살을 날리게 될 터였다. 그리고 그 시작은 역시 일행의 우두머리인 송추월이었다.

송추월이 신중하게 화살을 시위에 걸었다. 그의 시선이 횡으로 늘어선 묵련 고수들 중 가장 왼쪽에 치우친 자를 향했다. 본래 이런 긴박한 상황에선 옆으로 물러선 자들이 가장 약한 법이다. 묵련 고수 중 강자들은 아무리 가까운 거리라도 화살 공격에 당할 자들이 아니었다. 그러니 화살로 적에게 충격을 주자면 가장 약한 쪽을 공격하는 것이 옳은 선택이었다.

팡!

활이 송추월의 손을 떠났다. 맹렬한 파공음과 함께 날아간 송추월의 화살이 득달처럼 애초에 노렸던 사내의 가슴을 파고들었다.

"엇!"

예상대로 송추월이 노렸던 사내는 그리 고강한 무공을 지니고 있지 않았다. 그가 황급히 검을 휘둘러 화살을 쳐냈지만 화살은 그의 팔을 훑고 지나갔다.

"웃!"

화살이 스치고 지나간 그의 팔에서 붉은 선혈이 흘렀다. 그런데 그가 다친 팔에 시선을 주는 사이 다시 한 대의 화살이 그의 심장을 향해 파고들었다.

"조심해!"

묵련 고수 중 노련한 자가 재빨리 동료에게 경고를 보냈다. 그러나 그 경고는 화살 공격을 받은 자의 목숨을 구하지 못했다.

퍽!

둔탁한 소음과 함께 다친 팔을 살피고 있던 묵련 고수가 그
대로 허공으로 날아오르더니 일 장 밖 땅 위에 나뒹굴었다. 그
의 가슴에는 송추월이 연이어 날린 화살이 깊숙이 박혀 있었
다.

그렇게 송추월이 연이은 두 번의 공격으로 적의 목숨을 끊
어내는 것을 시작으로 천목맹의 고수들이 다시 비 오듯 화살
을 날리기 시작했다.

쐐애애액!

차가운 소성과 함께 화살들이 연이어 묵련 고수들의 급소를
파고들었다.

"당황하지 마라. 진형을 흩뜨리지 말고 날아오는 화살을 막
아내라."

묵련 고수들 사이에서 차가운 명령이 흘러나왔다. 그러나
화살은 너무 가까운 곳에서 날아오고 있었다. 묵련 고수들 중
무공이 약한 자들 십여 명이 한순간 화살 공격에 희생됐다. 그
러는 사이 무공이 고강한 자들이 일제히 앞으로 날아나와 닥
쳐드는 화살을 쳐내기 시작했다.

"중지!"

묵련 고수들 중 강한 자들이 나서서 화살을 쳐내기 시작하
자 송추월이 손을 들어 재빨리 화살 공격을 중지시켰다. 그러
자 비 오듯 쏟아지던 화살이 뚝 멈추고 장내가 다시 차가운 침
묵으로 빠져들었다. 묵련 고수들은 장원을 주시하면서 재빨리
화살에 쓰러진 동료들을 진영의 뒤쪽으로 끌어냈다.

"물러날 준비를 하시오."

송추월이 나직한 목소리로 천목맹 고수들에게 명을 내렸다.

"벌써 물러나게?"

곽풍산이 의아한 표정으로 물었다. 비록 활을 통해 일차 접전을 벌이기는 했으나 아직 저들과 제대로 된 싸움을 벌인 것은 아니었다. 그런데 이렇게 쉽게 일차 방어선을 물러나겠다니 이상한 일이 아닐 수 없었다.

"이곳에서 저들과 생사결을 벌일 생각은 없어."

송추월이 짧게 대답했다.

"하지만 그렇게 되면 우린 점점 더 궁지에 몰리게 될 거야."

곽풍산이 말했다.

"저들과 정면으로 격돌하는 것은 가장 나중의 일이야. 그때까지는 다른 방법으로 저들을 상대한다."

"무슨 방법으로?"

"준비해 둔 게 있어. 넌 다른 사람들과 내원으로 들어가서서 소저를 도와줘."

"아, 그러고 보니 서 소저가 통 보이질 않았네. 안에서 뭘 준비하는 거야?"

"가봐. 가보면 알 수 있을 거야. 모두들 내원으로 물러나시오. 대일, 넌 나와 함께 이곳에 남는다."

"흐흐, 우리 둘이 저들을 상대하는 거냐?"

대일이 실소를 흘리며 물었다.

"잠시 시간을 끄는 것뿐이야."

"뭐 이러거나 저러거나 즐거운 시간이 되겠군."

"나도 남겠다."

문득 곽풍산이 소리쳤다. 그러자 송추월이 고개를 저었다.

"들어가 봐. 혹 준비가 늦어질 수도 있으니 네가 도와줘야 해!"

"젠장, 왜 나보고 들어가라는 거야!"

곽풍산이 투덜거리면서도 천목맹의 고수들과 함께 안쪽의 담장 안으로 들어갔다. 그러자 이제 외원에는 송추월과 대일 두 명이 남아 있을 뿐이었다.

"누가 오는데?"

담장 밖을 주시하고 있던 대일이 입을 열었다. 대일의 말처럼 묵련의 진영에서 검을 빼 든 다섯 사람이 천천히 용천문을 향해 다가오고 있었다.

"한 방 날려줄까?"

대일이 활을 들었다.

"아니, 기다려. 싸움보다는 대화가 시간이 더 오래 걸리는 법이니까."

"흐흐, 단 일 촌이라도 더 시간을 끌겠다는 거냐? 그것도 좋지."

대일이 들어 올렸던 활을 내려놓았다. 그러는 사이 담장으로부터 십여 장 떨어진 곳까지 접근한 묵련의 고수 중 하나가 송추월 등이 있는 곳을 향해 소리쳤다.

"잠시 시간을 내주겠소?"

"어려울 것 없소."

송추월이 불쑥 자리에서 일어났다. 그러자 대일 역시 송추월과 함께 머리를 담장 위로 내밀었다.

"난 묵련오기 중 중천기를 맡고 있는 정백교라 하오."

어둠 속에서 묵련의 고수가 말했다. 중천기주 정백교라면 송추월 역시 얼굴을 본 적이 있었다. 지난번 천목맹과 묵련의 고수들이 동시에 용천문을 찾았을 때, 묵련 중천기주 정백교는 숙수 미방에게 천복이란 숙수의 행방을 물었다. 당시의 대화가 제법 엄중했으므로 송추월은 정백교란 인물을 생생히 기어에 담고 있었다.

"중천기주 정 대협이셨구려. 명성은 익히 들어 알고 있소이다. 그런데 이 한밤중에 이곳엔 어쩐 일이시오?"

송추월이 답이 뻔한 질문을 던졌다.

"그 질문에 답을 하기 전에 말씀하시는 분의 존대성명을 알 수 있겠소?"

"난 천목맹 현무신부의 무명소졸이오. 그러니 이름을 말한다 한들 묵련 중천기주께서 아실 리 없을 것이오."

"그래도 이렇게 인연이 닿았으니 이름을 알고 싶소만……."

"그렇다면 말해주리다. 난 송추월이란 사람이오."

송추월의 대답에 묵련 중천기주 정백교가 잠시 동료들과 나직하게 속삭였다. 아마도 송추월에 대한 정보를 묻고 있는 모양이었다. 그러나 천목맹에서도 크게 드러나지 않은 인물인 송추월을 묵련의 고수들이 알 리 없었다.

“미안하게도 송 대협의 이름은 들어보지 못했구려.”

잠시간의 침묵 끝에 정백교가 다시 입을 열었다.

“괘념치 마시오. 말씀드렸듯이 나야 그저 무명소졸일 뿐이오.”

“그런데 혹 지금 용천문에 있는 천목맹의 형제들을 통솔하는 분이 누군지 알 수 있겠소?”

정백교가 정중하게 물었다. 그러자 송추월이 잠시 생각에 잠겼다가 입을 열었다.

“그건 윗분의 명에 의해 말씀드릴 수가 없구려.”

“음… 이쪽의 정체를 밝혔으면 그쪽의 정체도 밝히는 것이 강호의 도리라 생각되오만!”

정백교가 날카롭게 추궁했다. 그러자 송추월이 한바탕 웃음을 터뜨렸다.

“하하하! 오늘 우리 사정이 어디 강호의 도리를 따질 상황이오? 강호의 도리를 말한다면 묵련의 형제들께서 말머리를 돌려 벽산으로 돌아가는 것이 마땅하지 않겠소? 이 용천문은 이미 우리 천목맹의 것이 되었으니 말이오.”

“누가 용천문이 천목맹의 것이라 했소?”

“천목맹이 먼저 장원에 들어와 용천문을 차지했으니 당연한 것 아니겠소? 용천문 백씨 가문이 멸문한 이상 누구라도 장원을 먼저 차지하는 사람이 주인이 되는 것 또한 강호의 당연한 순리 아니겠소이까? 설마 이 장원의 주인이 되는 일에 묵련의 허락이 필요한 것이오?”

"당연히 묵련의 동의가 필요한 일이오!"

"그리 생각하신다면 어쩔 수 없는 일이구려. 하지만 우린 이미 이 장원의 주인이 되었고, 이 일에 묵련의 동의를 필요로 하지 않소."

"과연 그대들의 뜻대로 되는지 두고 보겠소."

정백교가 차가운 음성으로 소리쳤다.

"아마도 우리 뜻대로 될 거요."

송추월이 끝까지 상대의 심기를 긁었다. 그러자 정백교가 살짝 고개를 돌려 그를 따르는 묵련 중천기의 고수들에게 신호를 보냈다. 순간 중천기의 고수 다섯 명이 그대로 송추월이 있는 장원의 정문 위쪽을 향해 날아올랐다.

"조심해!"

송추월이 날아드는 중천기 고수들을 보며 대일에게 경고를 보냈다.

"걱정 마라. 오랜만에 칼 춤 한번 제대로 춰보자."

대일이 대답을 하는 동시에 훌쩍 신형을 날려 담장 밖으로 뛰어나갔다. 대일의 청룡도가 어느새 허공에서 번쩍이고 있었고, 그의 몸은 망설임없이 묵련 중천기 고수들과 격돌했다.

차창!

대일의 청룡도가 두 자루의 검과 부딪쳤다. 눈부신 불꽃이 튀어 올랐다.

"음!"

대일의 청룡도와 격돌한 묵련 중천기 고수들이 황급히 뒤로 물러났다.

"인사는 했으니 승부를 보자!"

대일이 대담한 목소리를 흘려내며 뒤로 물러나는 중천기 고수들을 따라붙었다.

"애송이!"

어둠 속이었으나 대일의 나이 어림을 확인한 중천기 고수들이 좌우로 벌려 서며 마치 그물에 고기를 담듯 대일을 포위했다. 그리고는 동시에 다섯 자루의 도검을 대일을 향해 일제히 찔러 넣었다.

"제길!"

아무리 대일이라도 한 번에 다섯 개의 도검을 홀로 감당할 수는 없었다. 대일의 신형이 한마디 욕설과 함께 허공으로 치솟았다.

"목을 놓고 가라!"

대일이 도주하는 것이라 판단한 중천기 고수들이 일제히 대일을 따라붙으며 소리쳤다.

"훙!"

대일이 입에서 한마디 비웃음이 흘러나왔다. 동시에 대일의 도가 사선을 그리며 따라붙는 중천기 고수들의 도검을 향해 떨어져 내렸다.

쿠우웅!

대일의 청룡도에서 무지막지한 파공음이 일어났다. 너무도 강렬한 파공음에 대일을 따라붙던 중천기 고수들이 순간 흠칫했다. 대일은 그 틈을 놓치지 않았다.

차앙!

대일이 잠시 흔들린 중천기 고수들의 사이를 교묘하게 뚫고 들어가 그중 한 명의 검을 자신의 도로 후려쳤다.

땅!

순간 날카로운 소음이 일어나며 중천기 고수의 검이 중간에서 뎅겅 부러져 나갔다.

팟!

대일이 적의 검을 단번에 잘라내더니 폭풍처럼 신형을 회전시켜 잘린 검을 들고 있는 사내의 허리를 베었다.

"흡!"

사내의 입에서 다급성이 흘러나왔다. 사내가 거의 본능적으로 뒤로 물러났다. 그러나,

삭!

미세한 파열음과 함께 사내의 옆구리가 길게 베어졌다.

"음!"

사내의 입에서 진득한 신음성이 흘러나왔다. 그러면서 그가 황급하게 뒤로 물러났다. 한 번의 공격을 더한다면 적을 벨 수 있었지만 대일은 적을 추격하지 않았다. 어느새 그를 중심으로 사방에서 다른 중천기 고수들의 도검이 떨어져 내리고 있었기 때문이다

차차창!

대일이 소용돌이치듯 회전하며 닥쳐드는 중천기 고수들의

도검을 막아냈다. 비록 한 명을 물리치기는 했으나 선봉에 나선 중천기 다섯 고수의 무공은 대단해서 대일은 한순간에 위기에 빠져들었다.

"뭐 해? 날 죽일 생각이야?"

포위망을 뚫지 못해 계속 위기에 몰리게 되자 대일이 담장 안쪽의 송추월을 보며 소리쳤다.

"그러게 누가 성급하게 뛰어나가라고 했냐?"

송추월이 느긋하게 대답하며 담장 위로 올라섰다.

"젠장, 쓸데없는 소리 말고 어서 도와줘. 잘못하면 죽겠어."

"네놈이 그렇게 명이 짧은 녀석은 아니지."

송추월이 퉁명스레 혼잣말을 흘려내고는 훌쩍 신형을 날렸다.

대일을 공격하고 있던 네 명의 중천기 고수는 송추월의 존재를 처음부터 계속 의식하고 있었다. 그들이 대일을 포위하고도 쉽게 승부를 내지 못한 것도 사실은 송추월의 존재 때문이었다. 그런 상황에서 송추월이 싸움에 뛰어들자 중천기 고수 넷 중 둘이 기다렸다는 듯 송추월을 막아갔다.

"어! 이제 좀 살 만하군."

자신을 포위했던 적 중 둘이 빠지자 금세 대일이 평정을 되찾았다.

"이젠 각오들 하라고!"

대일이 남은 두 사람을 향해 미소를 흘렸다.

"네놈 목이나 걱정하라."

대일의 능글맞은 행동에 중천기 고수들이 차갑게 응대했다.

"둘로는 어려울걸?"

대일이 여전히 능글거리는 표정으로 중천기 고수들을 향해 청룡도를 휘두르기 시작했다.


송추월은 담장을 벗어나자마자 강력한 공격을 받았다. 송추월의 존재를 계속해서 주시하고 있던 중천기 고수 둘이 번개처럼 공격을 해왔기 때문이었다.

그러나 두 사람의 공격은 송추월에게 큰 위협이 되지 않았다. 담장 위에서 그들이 대일과 겨루는 모습을 보며 이미 상대의 무공을 어느 정도 파악하고 있던 송추월이었다.

팟!

벼락처럼 떨어져 내리는 중천기 고수들의 도검이 몸에 닿으려는 순간 송추월의 신형이 아래로 푹 꺼졌다.

"음!"

한순간 송추월의 신형을 잃어버린 중천기 고수들 입에서 나직한 당혹성이 흘러나왔다. 두 사람이 재빨리 시선을 돌려 송추월을 찾았다. 그러던 한순간 갑자기 둘 중 한 명이 동료를 보며 소리쳤다.

"조심해!"

순간 경고를 받은 자가 번개처럼 신형을 돌렸다.

"늦었어."

신형을 돌린 사내 앞에 어느새 송추월이 서 있었다. 뒤이어 송추월의 검이 사내의 검을 든 팔을 잘라갔다.

"혁!"

귀신처럼 신묘한 송추월의 움직임에 공격받은 사내가 당혹 스런 음성을 흘려내며 무의식적으로 검을 휘둘렀다. 그러나 사내의 검은 헛되이 허공을 갈랐다. 대신 송추월의 검이 사내 의 오른팔 힘줄을 끊고 왼쪽으로 지나갔다.

"악!"

사내의 입에서 고통스런 비명성이 흘러나왔다.

떵그렁!

힘줄이 손상된 사내의 팔이 자연스레 기능을 상실하며 들고 있던 검을 떨어뜨렸다.

"놈!"

동료가 단 일 초에 패퇴하는 것을 목격한 중천기 고수가 노 성을 발하며 송추월의 뒤쪽에서 날아들었다. 그러자 송추월이 갑자기 검을 거꾸로 들더니 기이한 각도로 뒤로 뻗어냈다.

"헛!"

송추월의 옆구리를 통해 뒤로 빠져나온 검이 심장을 찔러오 자, 예상치 못한 반격에 놀란 중천기 고수가 크게 놀라 헛바람 을 흘려내며 황급히 뒤로 물러났다.

창!

뒤로 물러나는 와중에 휘두른 중천기 고수의 도가 송추월의 검을 가까스로 막아냈다. 송추월은 어느새 몸의 방향을 바꾼 상태였다. 이제 정면으로 적을 보게 된 송추월이 가벼운 발놀림으로 중천기 고수를 따라붙었다.

우우웅!

묵련 중천기 고수가 자신을 따라붙는 송추월을 향해 재차 도를 휘둘렀다. 도끝에서 일어나는 파공음을 보건데 묵련 중천기 고수의 무공 역시 대단한 경지에 올라 있음이 분명했다. 그러나 운이 없게도 그의 상대는 송추월이었다.

슈욱!

방어를 위해 맹렬하게 휘두르는 중천기 고수의 도를 뚫고 송추월의 검이 독사처럼 파고들었다.

"음!"

자신이 만들어낸 도영들 사이를 교묘하게 파고는 송추월의 검초에 중천기 고수가 신음성을 흘려냈다. 송추월의 검은 그가 평생 경험한 검식 중 가장 기이한 것이었다. 도저히 가늠할 수 없는 검로는 수십 년 강호에서 쌓아온 그의 경험을 한순간에 무력하게 만들었다.

팟!

당황한 상대의 옆구리를 송추월의 검이 훔쳤다. 그러자 붉은 선혈이 중천기 고수의 옆구리를 물들이기 시작했다.

"끝을 봅시다."

오늘 송추월은 살계를 열 생각이었다. 용천문에 머물고 있는 천목맹 고수들의 숫자는 겨우 이십, 반면 묵련 고수들의 숫자는 근 일백에 달했다.

정면 승부로는 경쟁이 될 수 없는 전력 차, 이런 경우 상대에게 두려움을 안겨주는 것은 무척 중요한 일이었다.

송추월의 검이 망설이지 않고 부상을 입고 물러서는 중천기 고수의 목을 찔러갔다. 중천기 고수로서는 송추월의 쾌속한 검법을 피해낼 방도가 없었다. 그런데 그렇게 한 사람의 목숨이 이승을 떠나려는 순간 갑자기 한줄기 빛이 송추월을 향해 날아들었다. 순간 송추월이 허공으로 떠오르며 재빨리 빛줄기를 피해냈다.

펵!

송추월을 지나쳐 간 빛줄기가 용천문의 정문에 꽂혀들었다. 푸른빛이 감도는 한 자루 장검. 송추월이 시선을 돌려보니 검의 주인이 수하들을 이끌고 송추월을 향해 다가오고 있었다. 묵련 중천기주 정백교였다. 그의 뒤쪽으로 수십 명의 중천기 무사가 살기를 드러내며 다가서고 있었다.

"가야겠다!"

송추월이 여전히 두 명의 중천기 무사와 싸우고 있는 대일에게 소리쳤다.

"젠장. 조금만 더 있으면 승부를 낼 수 있는데……."

"그랬다간 우리 몸이 도검으로 고슴도치가 될 거야."

"알았다. 자, 그만합시다!"

우웅!

대일이 힘차게 청룡도를 휘둘렀다. 그러자 그의 도에서 묵색 기운이 일어나더니 한순간에 자신을 상대하던 묵련 중천기의 고수 둘을 뒤로 물러나게 만들었다.

"먼저 간다!"

적들을 뒤로 물러나게 만든 대일이 송추월보다 먼저 허공으로 뛰어올라 용천문의 담을 넘었다. 송추월은 대일이 물러난 이후에도 잠시 자리를 지켰다. 그러다 천천히 걸음을 옮겨 장원의 정문 쪽으로 다가가더니 문에 꽂혀 있는 장검을 빼 들었다.

"검은 돌려주고 가겠소."

송추월이 뽑아 든 검을 허공에서 한 번 회전시켜 거꾸로 쥔 뒤 번개처럼 다가오는 중천기주 정백교를 향해 던졌다.

쌔애액!

송추월의 손을 떠난 검이 쏘아진 화살처럼 정백교를 향해 날아갔다. 정백교는 무서운 속도로 닥쳐드는 검을 담담한 시선으로 바라보고 있다가 재빨리 손에 들고 있던 검을 휘둘렀다.

창!

송추월이 던져 낸 검이 정백교의 검에 격중되자 날카로운 격돌음을 일으키며 땅에 꽂혔다.

퍽!

묵직한 소음과 함께 땅으로 꽂혀든 검이 부르르 몸을 떨었다.

"다행이군. 애검을 되찾아서! 그럼 이건 필요없게 됐군."

정백교 땅에 꽂힌 검을 빼 들며 중얼거렸다. 그리고는 애초에 들고 있던 검을 송추월을 향해 번개처럼 던졌다.

슈우욱!

검은 송추월이 던져 냈던 검 못지않은 속도로 허공을 날았다. 송추월의 신형이 허공으로 붕 떠올랐다. 정백교가 던져 낸 검이 송추월의 발밑으로 파고들었다. 순간 송추월의 발이 밑으로 지나가는 검을 가볍게 찼다.

탓!

미세한 소음이 일어났다. 그러자 다음 순간 송추월의 몸이 검의 탄력을 이용해 재차 허공으로 솟구쳤다. 송추월이 재빨리 허공에서 몸을 한 바퀴 회전한 뒤 담장을 넘어 용천문 안으로 사라졌다.

"가자!"

송추월이 사라지자 중천기주 정백교가 차갑게 명을 내렸다. 그러자 묵련 중천기의 고수들이 비호처럼 용천문을 향해 달려들기 시작했다.


송추월은 담장 안쪽으로 들어서자마자 재빨리 각궁을 집어들었다. 그리고는 신형을 돌려 용천문을 향해 달려드는 중천기 고수들을 향해 번개처럼 활을 쏘아냈다.

쐐액!

근접한 거리에서 공력을 실어 쏘아내는 송추월의 활은 강력하기 그지없었다.

퍽!

"악!"

둔탁한 소음과 함께 한 명의 중천기 고수가 비명을 지르며 허공으로 날아갔다.

파팟!

송추월과 대일이 연신 화살을 쏘아냈다. 그러자 무서운 기세로 달려들던 중천기 고수들이 멈칫하며 신형을 세웠다.

"적은 얼마 되지 않는다. 공격하라!"

중천기주 정백교는 상황을 냉정하게 읽고 있었다. 담장 안쪽에서 날아오는 화살의 숫자가 처음보다 무척 줄었다는 것을 그는 이미 알아채고 있었다. 정백교의 독려에 잠시 멈칫하던 중천기 고수들이 다시금 용기를 내 용천문의 담장을 향해 달려들기 시작했다.

"물러나자!"

송추월이 대일의 어깨를 잡았다.

"그래야겠지? 에랏!"

대일이 들고 있던 각궁을 날아드는 중천기 고수들을 향해 던져 내고는 유유히 송추월을 따라 뒤로 물러나기 시작했다. 두 사람이 물러나자 그 뒤를 이어 묵련 중천기의 고수들이 벌떼처럼 담장을 넘어 용천문으로 들어왔다.


"잠깐 멈춰라!"

용천문 안으로 날아든 정백교가 멀리 안쪽 담장을 향해 물러나는 송추월과 대일을 추격하려는 중천기 고수들의 발걸음을 막았다. 그리고는 재빨리 장원 곳곳을 살피기 시작했다. 혹

여라도 매복이 있을 것을 걱정하는 행동이었다. 그러나 장원 어디서도 사람의 기척은 발견되지 않았다.

"그대로 밀어붙여도 될 것 같습니다만."

정백교의 옆에 서 있던 중천기의 고수가 말했다.

"이상하군."

정백교가 수하의 말에 대답하는 대신 고개를 갸웃했다.

"뭐가 말입니까?"

"나라면 이렇게 쉽게 물러나지 않을 걸세. 이 두 개의 담장 사이에는 제법 사람을 숨길 곳이 많아. 다시 말해 매복하기 좋은 곳이란 말이지. 그런데 순순히 물러났단 말이야."

정백교 뭔가 미심쩍은 표정으로 중얼거렸다.

"대항하기 어렵다고 판단했을 수도 있습니다."

"하지만 저들은 천목맹이야. 더군다나 그 인원이 일백에 이른다고… 아!"

갑자기 정백교가 뭔가를 깨들은 듯 탄성을 흘려냈다.

"무슨 일이라도……."

수하가 조심스레 물었다.

"당했어!"

정백교가 낭패한 음성으로 말했다.

"당하다니 뭘 말입니까?"

"용천문은 미끼야. 저들의 목표는 벽산에 있었어!"

"무슨 말씀이신지?"

정백교의 수하는 여전히 그의 말을 이해하지 못하는 표정이었다. 그러자 정백교가 정색을 하며 말했다.

"저들이 저항하는 모습으로 봐선 결코 이곳에 많은 숫자의 사람이 없다. 저들은 적은 숫자를 많은 숫자로 위장해 우리 묵련의 세력을 분산시킨 거야. 그 틈을 이용해 벽산의 친영을 공격한 것이고……."

"그렇다면 돌아가야 하는 것 아닙니까?"

정백교의 수하가 당황한 기색으로 물었다. 그러자 정백교가 고개를 저었다.

"아니, 돌아가기에는 너무 늦었다. 대신 서둘러 용천문을 접수한다. 용천문을 접수하면 다시 천목맹과 겨룰 기회를 잡을 수도 있을 것이다. 장원 안에 있는 적의 숫자가 적다. 단숨에 밀어붙인다! 공격해!"

"옛, 기주!"

第八章
화마(火魔)

화마경

　외벽의 담장에 올라선 정백교의 시선이 무겁게 가라앉았다. 깊은 침묵이 용천문을 휩쓸고 있었다. 조금 전까지만 해도 묵련 고수들의 진입을 강렬하게 막아대던 천목맹 고수들의 그림자는 눈을 씻고 찾아도 볼 수 없었다.

　"역시… 짐작대로야."

　정백교가 씹어뱉듯 중얼거렸다. 그리고는 시선을 돌려 북쪽 벽산을 바라봤다. 벽산 묵련 진영에서 일어난 불길은 점점 커져서 이젠 눈 덮인 산에 때 아닌 산불인 난 것처럼 작은 봉우리를 휘감고 있었다.

　"좋지 않군. 불길을 잡지 못했다는 건 승기를 잃었다는 말인데……."

“기주! 어서 공격을 하심이……..”

정백교 옆에서 수하의 목소리가 들려왔다.

“침착하라. 이미 독 안에 든 쥐다. 이밀!”

“옛, 기주!”

정백교의 부름에 일 장여 오른쪽 옆에 있던 검은 무복의 무사가 대답했다.

“스무 명쯤을 데리고 장원의 후미로 가라. 퇴로를 차단한다.”

“하지만 전력을 나누는 것은……!”

“걱정할 것 없다. 짐작대로 이곳에는 많은 숫자의 천목맹 고수들이 없을 것이다. 그들의 목적은 용천문을 접수하는 것이 아니라 시간을 끌어 우리를 이곳에 잡아두는 것이다. 벽산을 잃은 이상 그들의 의도대로 일이 진행되게 놓아둘 수는 없지. 적어도 이 용천문에 온 자들은 모두 제압한다. 죽이든, 살리든!”

“알겠습니다, 기주!”

“삼조는 날 따른다!”

이밀이라 불린 수하의 명이 떨어지자 묵련의 고수들 중 일부가 급히 장원의 담 아래로 내려서 후미로 달려갔다.

그런데 그때 갑자기 일단의 고수들이 다시 용천문 쪽으로 다가왔다. 그러나 묵련 고수들은 새로운 고수들이 나타났음에도 크게 당황하는 기색이 아니었다. 아마도 이미 그 존재를 알고 있던 모양이었다.

새로 장내에 나타난 무리가 용천문 밖 공터에 도착하자 그 중 십여 명이 급히 신형을 날려 정백교가 있는 곳으로 올라왔다.

"중천기주, 이게 어찌 된 일이오?"

정백교 곁으로 다가온 중년 사내가 어두운 안색으로 물었다.

"어서 오시오, 남천기주. 아마도 천목맹의 간계에 걸려든 것 같소이다."

"그렇다면 역시……!"

남천기주라 불린 사내가 고개를 돌려 벽산을 바라봤다. 그러자 중천기주 정백교가 고개를 끄덕였다.

"우리의 생각대로일 거요."

"아, 역시 벽산이 기습을 당한 모양이구려. 그리 짐작하고 길목을 지키는 것이 무의미하다 생각되어 이리로 오기는 했소이다만, 큰일이오."

"일단 이리된 이상 이 용천문을 서둘러 접수해야 하오. 이곳에 근거를 잡은 후 련의 지시를 기다립시다. 벽산에서 패퇴한 동료들이 머물 곳도 필요하니."

"이곳을 점령하는 것은 어렵지 않겠소이까?"

"처음에는 완강히 저항했으나 일단 한 걸음 뒤로 물러난 상황이오. 또한 저들이 벽산의 우군을 공격할 생각이었다면 애초에 이곳에 많은 고수를 두지 않았을 것이오. 마침 남천기까지 왔으니 단번에 용천문을 손에 넣을 수 있을 것이오."

"음, 알겠소이다. 서둘러 이곳을 손에 넣은 후 후일을 생각해 봅시다. 모두 담을 넘어라!"

남천기주라 불린 사내의 명에 뒤늦게 장내에 도착한 묵련의 고수들이 일제히 담장 위로 올라섰다.

"시작합시다."

수하들이 담장에 올라서자 남천기주가 중천기주를 보며 말했다. 그러자 중천기주 정백교가 고개를 끄덕였다.

"그럽시다. 모두 공격한다. 일거에 용천문을 접수하라. 적은 소수에 지나지 않는다. 가랏!"

정백교의 말에 담장 위에 늘어서 있던 수십 명의 묵련 고수가 일제히 장원 안쪽을 향해 달려나가기 시작했다.


송추월이 손을 까딱였다. 그러자 열다섯 명의 천목맹 고수가 일제히 내원의 담장 위로 머리를 내밀고는 달려드는 수십 명 묵련 고수를 향해 일제히 화살을 날렸다.

패애애앵!

근거리에서 날리는 화살은 묵련 고수들이 감히 경시할 수 없는 위력을 발휘했다.

따다당!

묵련 고수들이 급히 휘두른 도검에 화살들이 비명을 지르며 잘라져 나갔다. 그러나 그중 영악한 놈 몇은 기어코 살아남아 적의 몸에 상처를 남겼다.

"음!"

“큭!”

비록 목숨을 잃을 정도의 치명적인 부상은 아니지만 묵련 고수 일부가 갑작스레 날아든 화살에 부상을 입고 뒤로 밀려났다.

“쉽게 도주하진 않겠다는 거냐?”

멀리서 차가운 안광을 번들거리며 정백교의 목소리가 터져나왔다.

“저거 생각보다 멍청한 놈일세. 이 상황에서 누가 쉽게 도주를 한다는 거야!”

곽풍산이 퉁명스럽게 중얼거리더니 재빨리 활을 들어 정백교를 향해 강전을 쏘아 보냈다.

피유웅!

곽풍산의 손을 떠난 화살이 무서운 속도로 정백교를 향해 날아갔다. 정백교는 자신을 향해 날아오는 화살을 무심히 바라보고 있다가 번개처럼 검을 휘둘렀다. 그러자 곽풍산이 날린 화살이 단번에 두 동강이 났다.

“제법 검을 쓸 줄 아는군.”

곽풍산이 고개를 끄덕였다. 그러자 곁에 있던 송추월이 침착한 목소리로 명을 내렸다.

“최대한 버티다 저들이 근접했을 때 일시에 물러나야 하오. 버틸 수 있을 만큼 버텨야 준비한 것이 효과를 발휘할 수 있소.”

송추월의 말에 천목맹 고수들이 눈을 부라리며 화살을 날리기 시작했다. 화살비가 끊임없이 쏟아졌다. 용천문에서 창고에 가득 준비해 둔 화살이 오늘 송추월과 천목맹 고수들에게는 큰 힘이 되고 있었다. 아마도 묵련의 고수들로서는 마르지 않는 샘처럼 쏟아져 나오는 화살비가 여간 곤혹스러운 일이 아닐 터였다.

"그가 오는데?"

문득 대일이 송추월을 보며 말했다. 송추월 역시 한순간 신형을 날려 묵련 고수들 사이를 뚫고 나오고 있는 정백교를 바라보고 있었다.

"내가 상대하지."

곽풍산이 훌쩍 정백교가 오는 방향으로 움직였다. 어느새 활을 놓은 그의 손에 도끼가 들려 있었다.

"죽이면 안 돼!"

싸우러 나가는 곽풍산에게 송추월이 기이한 말을 했다.

"걱정 마라. 나도 머리는 있어. 그리고… 내 손에 죽을 자 같지도 않고!"

곽풍산의 말이 송추월의 귀에 닿는 순간, 이미 그의 몸은 담장을 날아 넘어 묵련 고수들의 앞쪽으로 튀어나오고 있는 정백교와 격돌하고 있었다.

콰아앙!

곽풍산이 벼락처럼 도끼를 휘둘렀다. 그러자 곽풍산의 도끼날에 어둠이 갈라졌다.

"음!"

정백교의 입에서 낮은 신음성이 흘러나왔다. 본래 도끼를 쓰는 무인은 그리 흔치 않다. 도끼를 쓰는 대부분의 무인은 병기의 험악함을 이용해 상대에게 두려움을 주고자 사용하는 하수들이 많았다. 그런데 지금 자신을 향해 떨어져 내리는 도끼는 결코 하수의 부법이 아니었다.

정백교가 급히 몸을 틀며 자신의 머리를 박살 낼 듯 내리꽂히는 도끼를 검을 들어 옆으로 흘렸다.

쩡!

비켜 맞았음에도 곽풍산의 도끼와 격돌한 정백교의 검이 사시나무 떨리듯 떨렸다. 부러지지 않은 것이 다행일 정도!

"대단하구나!"

한순간 정백교가 감탄사를 흘려냈다.

"칭찬 고맙수. 하지만 칭찬이나 하고 있을 사정은 아닌 것 같수!"

곽풍산이 정백교를 보며 음흉한 미소를 지어냈다. 본래 대호산의 다섯 산적은 호탕한 성품을 지닌 친구들이었지만 마효의 무공을 익힌 후로는 간혹 이렇게 타인을 당황하게 만드는 음흉함을 자신도 모르게 드러낼 때가 있었다.

"마공을 익혔는가?"

정백교가 곽풍산의 얼굴빛에 놀라면서도 번개처럼 검을 후려쳤다.

쐐애액!

정백교의 검이 사선을 그리며 곽풍산의 목을 파고들었다.

"마공인지 정공인진 무식해서 잘 모르오. 하지만 이 도끼가 꼭 나무만 패는 것이 아니라는 건 분명하오. 그러니… 당신 목을 잘 간수해야 할 거요."

팡!

곽풍산이 거구에 어울리지 않는 몸놀림으로 정백교의 검을 피해냈다. 정백교의 검이 아슬아슬하게 목 언저리를 스치고 지나가는 순간 곽풍산이 거칠게 도끼를 횡으로 휘둘렀다.

웅!

마치 아름드리나무를 단번에 베어 넘기듯 휘두른 곽풍산의 도끼가 강하게 정백교의 허리를 파고들었다. 순간 정백교가 급히 허공으로 도약하며 뒤로 제비를 넘어 곽풍산의 도끼를 피해냈다. 정백교의 이 한 수는 그야말로 미묘해서 곽풍산은 한순간에 그의 위치를 잃어버렸다.

"조심해!"

정백교의 신형을 찾아 시선을 돌리는 곽풍산의 귀에 대일의 목소리가 들려왔다.

"망할 놈! 네 걱정이나 해라!"

대일의 걱정에 자존심이 상했는지 곽풍산이 퉁명스런 목소리를 흘려내며 역시 거구에 어울리지 않은 빠름으로 몸을 앞으로 푹 숙였다.

팟!

순간 곽풍산의 머리 위로 정백교의 검이 아슬아슬하게 스치고 지나갔다. 그 서슬에 곽풍산의 머리 몇 올이 검날에 베어져 어둠 속으로 흩어졌다.

곽풍산은 비록 정백교의 신형을 눈으로는 놓쳤지만 그의 기운만큼은 놓치지 않고 있었던 것이다.

"으차!"

한순간의 위험을 벗어난 곽풍산이 갑자기 도끼로 땅을 짚은 후 번개처럼 몸을 회전했다. 그러자 축이 된 왼발을 딛고 오른발이 무서운 속도로 뻗어나가 정백교의 등을 가격했다.

탁!

정백교는 도끼를 쓰는 곽풍산이 설마 각법을 펼칠 것이라고는 전혀 예상하지 못했다. 정백교는 갑작스레 다가든 곽풍산의 발을 피해 황급히 몸을 비틀었으나, 곽풍산의 발은 가볍게 그의 등을 가격했다.

"음!"

비록 가볍다고는 하나 두툼한 몸집과 마효에게 전수받은 화수유천의 심공으로 쌓은 강력한 내공이 실린 곽풍산의 발길질은 그리 가벼운 것이 아니었다.

정백교가 급히 다섯 걸음을 물러나며 가벼운 침음성을 흘리는 사이 곽풍산이 재차 정백교를 향해 신형을 날리려는데 문득 송추월의 목소리가 들려왔다.

"물러나!"

"젠장. 조금만 더!"

"위험해. 물러나!"

송추월의 말처럼 사실 주변의 상황은 곽풍산에게 무척 위험한 상태였다. 물론 정백교와의 싸움 때문은 아니었다. 어느새 묵련의 고수들이 화살비를 뚫고 내원의 담장에 바싹 다가서 있었고, 그 탓에 담을 넘어가 정백교와 일전을 벌이고 있던 곽풍산은 적에게 퇴로를 차단당할 지경에 이르러 있었던 것이다.

"제길. 알았다. 다음엔 쉽게 안 넘어갈 거요!"

곽풍산이 투덜거려며 한마디 경고를 남기고는 훌쩍 신형을 떠올렸다. 그러자 한순간 그의 신형이 담을 타고 넘어 내원 안으로 사라졌다.

"이건… 뭔가 이상해!"

반드시 자신이 싸움에서 손해를 보았기 때문은 아니었다. 정백교의 오랜 경험이 뭔가 알 수 없는 위험을 본능적으로 경고하고 있었다. 그러나 이미 그의 수하들은 내원의 담을 넘어 물러나는 적을 추격하고 있었다. 기호지세. 정백교도 불안한 감을 지우지 못한 채 앞서가는 수하들을 따라 내원의 담을 넘었다.

내원 안쪽에는 다시 작은 담이 원을 그리며 아담한 장원을 감싸고 있었다. 이 장원이야말로 과거 용천문의 문주였던 백문보와 그의 혈족들이 기거하던 심처 중 심처였다. 그 장원과 내원의 담장 사이에는 십여 채의 건물이 안쪽 장원을 둘러싸고 들어서 있었는데, 이 건물들은 모두 과거 용천문의 수뇌들이 기거하던 곳이었다.

송추월과 천목맹의 고수들은 그 건물들 중 가장 큰 두 개의 건물 사이로 빠르게 후퇴하고 있었다. 두 건물 사이의 공간은 대략 십여 장, 마주 보는 두 건물의 높이가 내원의 건물 중 가장 높았기에 마치 짧은 계곡과도 같았다.

송추월과 천목맹 고수들이 두 건물 사이를 빠르게 지나 그 안쪽 외원과 내원의 담장보다는 조금 낮은, 백문보 혈족이 머물던 장원의 담을 넘었다. 내원의 담을 넘은 묵련의 고수들이 후퇴하는 천목맹 고수들을 따라 물밀듯이 내원으로 진입해 들어갔다.

내원으로 진입한 묵련 고수들은 물이 한 곳으로 쏠리듯 천목맹 고수들이 후퇴한 두 건물의 사이로 뛰어들었다. 그런데 그린 묵련 고수늘에 섞여 송추월 등을 추격하던 정백교가 문득 걸음을 멈췄다. 그리고는 한순간 눈살을 찌푸렸다.

“왜 그러시오?”

함께 추격에 나섰던 묵련 남천기주 도월신이 갑작스런 정백교의 행동에 의아한 표정을 지으며 물었다. 그사이에도 두 사람 곁으로 묵련 고수들이 빠르게 스쳐 지나가고 있었다.

“무슨… 냄새가 나지 않소?”

정백교가 물었다.

“냄새요?”

남천기주 도월신이 정백교의 말에 고개를 갸웃하며 주변 공기 내음을 맡았다. 그러던 한순간!

“이건!”

"기름 아니오?"

정백교가 자신의 의심을 확인하듯 물었다.

"맞소!"

남천기주가 강하게 고개를 끄덕였다.

"그럼 이건!"

"함정이오!"

순간 정백교가 화들짝 놀란 표정으로 주변을 돌아보며 소리쳤다.

"추격하지 마라. 물러서라. 함정이다!"

정백교의 갑작스런 명에 송추월 등을 추격해 백문보 일족의 장원으로 몰려들던 묵련 고수들이 갑자기 걸음을 멈췄다. 그러나 건물 사이의 공간이 워낙 좁은 터라 근 일백에 달하는 묵련 고수가 한순간에 방향을 바꿔 되돌아 나오는 것은 애초부터 불가능했다. 오히려 선두에 선 자들이 방향을 트는 통에 뒤에 오던 자들과 충돌해 혼란이 가중됐다.

그때 문득 좌우 양옆의 건물 위에 불쑥 사람들이 모습을 드러냈다. 그들은 모습을 드러내자마자 주저없이 활끝에 불을 붙여 반대편 건물의 아래쪽을 향해 쏘아대기 시작했다.

쒜애액!

지붕 위에서 쏘아댄 불화살들이 무서운 속도로 날아들어 건물 하단에 꽂혀들었다. 순간 불화살이 꽂힌 지점에서 뜨거운 불꽃이 강렬하게 피어오르기 시작했다.

"물러나라! 화공이다!"

정백교와 남천기주 도월신이 대경하며 소리쳤다. 오래된 건물엔 기름이 발라져 있었다. 기름 발라진 목재는 세상에서 가장 빠르게 타는 물체다.

일단 불이 시작되자 마주 보고 있던 건물은 삽시간에 불에 타오르기 시작했다. 서로 마주 보는 거리가 십여 장에 불과한 건물 사이는 한순간에 불의 계곡으로 변해 버렸다.

"아악!"

"물러나! 어서!"

묵련의 고수들이 저마다 소리를 치며 화마의 계곡에서 빠져나오려고 버둥댔다. 그러나 그들이 서두르면 서두를수록 그들은 더더욱 깊은 화마의 계곡으로 빠져들었다. 더군다나 천목맹 고수늘이 펼쳐 놓은 화마의 덫은 그것이 전부가 아니었다.

"으챠!"

어느새 내원으로 다시 나온 곽풍산과 대일이 묵련 고수들이 몰려 있는 곳을 우회해 내원 담장 쪽으로 이동하더니 땅에 묻어두었던 긴 줄을 양쪽으로 잡아당겼다. 그러자 담 안쪽 흙으로 덮여 있던 땅거죽이 껍질 벗기듯 벗겨지더니, 그 안쪽에 기름을 먹여 묻어놓았던 나무들이 모습을 드러냈다.

쌔애액!

기름을 먹인 나무들이 모습을 드러내자 다시 어디선가 불화살이 날아와 내원의 담장 아래 꽂혀들었다.

화아악!

불화살이 꽂힌 기름 먹인 나무들이 거대한 불기둥을 일으키

기 시작했다. 그러자 삽시간에 묵련 고수들의 퇴로까지 불에
의해 막혔다. 묵련 고수들이 고스란히 불의 지옥에 갇혀 버린
것이었다.

"잘한 일일까요?"
불의 바다에 빠져 허우적대는 묵련 고수들을 보며 문득 서
연이 물었다. 그 옆에는 송추월이 무심한 눈으로 묵련 고수들
을 바라보고 있었다. 애초에 이 일을 계획한 것은 송추월이었
지만 준비한 것은 서연이었다.
송추월과 대일, 그리고 곽풍산이 외원에서 묵련의 고수들을
상대하는 동안 서연은 천목맹의 고수 일부와 함께 임황 최고
의 부자였던 용천문의 창고에서 기름을 끌어내 불의 함정을
준비했던 것이다.
그러나 그렇게 준비한 불의 함정에서 묵련의 고수들이 속절
없이 죽어가자 서연의 마음은 못내 불편한 모양이었다. 서연
은 의원이었다. 사람을 살리는 의술을 익힌 자신의 손으로 이
런 화마의 함정을 준비했다는 것이 그녀를 불편하게 만들고
있었다.
"도구만 다를 뿐 결국 싸움의 연장선이에요. 서로 간에 승패
가 나야 하는 싸움입니다. 우리가 아니라면 그들이 우리를 죽
였을 겁니다. 뒤를 봐요."
송추월의 말에 서연이 고개를 돌렸다. 그러자 용천문의 뒤
쪽에서 일단의 무리들이 무서운 속도로 불꽃이 피어오르는 내

원을 향해 달려오고 있었다. 앞서 묵련 중천기주 정백교는 수
하 이밀에게 송추월 등이 도주할 것을 우려해 그 퇴로를 막으
라는 명을 내렸었다. 이밀은 정백교의 명에 따라 용천문 후미
에 매복해 있다가 갑자기 일어난 불길과 묵련 고수들의 고함
소리에 일이 심상찮게 흘러감을 깨닫고 장내를 향해 돌진해
오고 있었던 것이다.

"저들은 누구죠?"

"당연히 묵련의 고수들일 겁니다. 저들은 우리의 퇴로를 막
고 있던 자들일 거예요. 그러니까 애초에 저들도 우릴 몰살할
생각이었던 거지요. 그러니 우리가 저들을 함정에 빠뜨리지
않았다면 반대로 저들이 우릴 모두 죽였을 겁니다. 이미 벽산
의 진영을 잃었다는 걸 알았을 테니 그들이 취할 곳은 이 용천
문밖에는 없지요. 벽산을 잃었다는 분노도 충만했을 테
고……."

"그렇군요. 결국 죽고 죽이는 일만 남아 있었던 거군요."

"그곳에서 살길을 찾아야지요."

"이미 싸움은 끝난 것 아닌가요?"

서연이 물었다. 그러자 송추월이 고개를 저었다.

"아닐 겁니다. 저들은 고수예요. 비록 화마의 함정에 빠졌
다고는 해도 저들 중 상당수는 살아남을 겁니다. 오히려 싸움
은 이제부터 시작이라고 할 수 있지요. 저들이 화마의 덫에서
빠져나오는 순간 그때부터 정말 위험해질 겁니다. 그러니 그
전에 후방의 길을 터놔야겠지요."

송추월이 검을 빼 들었다. 그러자 서연도 고개를 끄덕이며 품속에서 암기를 꺼내 들었다. 그러면서 서연이 나직하게 중얼거렸다.

"애초에… 천목맹에 머무는 것이 아니었나 봐요."

"미안하군요."

"당신이 왜요?"

"나만 아니었다면 서 소저가 천목맹에 머물지도, 임황까지 오지도 않았을 테니까요."

그러자 서연이 빙그레 미소를 지었다.

"그럴지도 모르죠. 하지만 아마 애초에 제가 이 화마의 지옥에 있을 줄 알았다고 해도 당신과 함께 있는 쪽을 택했을 거예요. 가요. 일단 살고 봐야죠!"

서연이 오히려 송추월보다 먼저 후미에서 다가오는 묵련 고수들을 향해 신형을 날렸다.


싸움은 치열했다. 그러나 그리 오래 걸리지는 않았다. 이유 중 하나는 천목맹 고수들이 다가오는 적에 대한 대비를 충분히 하고 있었기 때문이고, 그 둘은 송추월이 손속에 사정을 두지 않았기 때문이었다.

송추월의 검이 허공에서 빛을 만들어낼 때마다 묵련의 고수들이 갈대처럼 쓰러졌다. 대략 이십여 명에 이르는 묵련 고수의 숫자가 급격하게 줄어들었다. 제대로 드러난 송추월의 무공은 적의 입장에서는 치를 떨 정도로 무서운 것이었다. 그의 검은 검로가 없어 예측이 힘들었고, 상대의 빈틈을 찾아드는 빠름은 강호제일이라 해도 과언이 아니었다.

송추월의 놀라운 무공은 천목맹과 묵련 고수들의 사기에도 큰 영향을 미쳤다. 천목맹 고수들은 일당백의 기세로 묵련 고수들을 몰아쳤고, 묵련 고수들은 죽음에 대한 공포로 전의를 상실해 가고 있었다.

"놈!"

장수에 의해 전세가 기울어졌다면 장수에 의해 그 전세를 바로잡아야 한다. 그게 무리를 이끄는 장수된 자의 도리다. 묵련 고수들을 이끌고 있던 이밀이 송추월을 향해 노성을 발하며 뛰어들었다.

이밀의 검이 송추월의 머리를 향해 떨어져 내렸다. 순간 송추월이 살짝 고개를 뒤로 젖혔다.

팟!

이밀의 검이 아슬아슬하게 송추월의 뺨을 지나쳤다. 이밀의 검에 깃든 차가운 살기가 송추월의 얼굴에 느껴졌다. 순간 송추월의 검이 허리 아래에서 횡으로 이밀을 찔러갔다.

"윽!"

단숨에 이밀의 허벅지가 송추월의 검에 베어지며 입에서 신음성이 터져 나왔다. 이밀의 검을 피해 뒤로 젖힌 송추월의 자세에서는 도저히 나오기 힘든 공격, 그러나 송추월은 기이한 자세로 이밀의 허벅지를 베고는 어느새 오른쪽으로 돌아 이번에는 이밀의 목을 향해 검을 들이밀고 있었다.

“흡!”

이밀의 입에서 다급한 음성이 흘러나왔다.

삭!

이밀 역시 고개를 젖혀 송추월의 검을 피해내려 했으나 그의 검은 여지없이 이밀의 목에 작은 선을 만들며 지나갔다.

“컥!”

이밀이 피를 토하며 그 자리에서 고꾸라졌다. 송추월은 쓰러지는 이밀을 돌아보지도 않고 훌쩍 신형을 날려 다른 사냥감을 찾아 나섰다.


“저놈… 저렇게 무서웠나?”

곽풍산이 대일에게 물었다. 대일과 곽풍산은 후방에서 몰려온 묵련 고수들과의 싸움에 뛰어들지 않았다. 그들은 여전히 불타고 있는 내원에 갇힌 묵련 고수들을 주시하고 있었다. 간간이 불의 지옥을 뚫고 나온 자들을 주살하면서. 그러면서도 두 사람은 후방의 싸움을 자세히 살피고 있었는데, 그중에서도 그들의 눈은 무섭게 움직이고 있는 송추월을 주시하고 있었다.

“본래 독하기로는 추월 녀석이 제일이었지. 일단 마음을 정하고 나면 누구보다 독했어. 그래서 부루 녀석도 항상 추월 녀석을 무서워했잖아.”

“그렇긴 해. 평소에는 부루가 산채의 일을 주도하다가도 추월 녀석이 고집을 피우면 결국 녀석 뜻대로 되었지. 하지만 저렇게 살검을 휘두를 녀석은 아니라고 생각했는데…….”

“뭐, 지금은 살검이 필요할 때니까.”

“그렇긴 해도… 조금 무서운 생각이 드는군. 추월 녀석에게
이런 감정을 갖는 것은 처음인데.”

곽풍산이 뭔가 불안한 기색으로 말했다.

“사실 나도 그렇기는 해. 하지만… 솔직히 요즘은 나도 가끔
저렇게 칼을 휘두르고 싶을 때가 있단 말야.”

“너도 그러냐? 이상하게 나도 그런 경우가 있어. 이 도끼로
뭐든지 박살 내고 싶을 때가 종종 있단 말야. 이거… 아무래
도…….”

곽풍산이 말꼬리를 흐렸다. 그러나 대일은 곽풍산이 무슨
말을 하고 싶은 건지 짐작하고 있었다.

“마효, 그 늙은이의 무공 때문이겠지?”

“망할 놈의 늙은이, 도대체 무슨 무공을 전수한 거야?”

“만나면 알게 되겠지. 일단 오늘은 살고 보자고!”

웅!

말을 하는 동시에 대일의 청룡도가 움직였다.

“컥!”

순간 불의 지옥에서 빠져나오던 묵련 고수 한 명이 목숨을
잃었다.

“준비해야 할 것 같다.”

불길이 서서히 잦아들고 있었다. 검게 탄 용천문 내원은 시
체와 화상을 입은 묵련 고수들로 가득 차 있었다. 그리고 또

한 부류, 그 화마의 지옥 속에서도 온전히 몸을 건사한 묵련 고수 삼십여 명이 잦아든 불길을 뚫고 천목맹 고수들을 향해 다가오고 있었다.

"아주… 독이 올랐군."

곽풍산이 도끼를 꼬아 들고 다가오는 묵련 고수들을 바라보며 중얼거렸다.

"조심해라."

대일이 경고했다. 그러자 곽풍산이 희미하게 웃었다.

"조심해야 할 것은 내가 아니라 저놈들이야. 추월 녀석 때문일까? 왠지 모르게 살기가 도네. 간다!"

곽풍산이 호랑이처럼 묵련 고수들을 향해 달려나갔다.


콰콰쾅!

무서운 일이 벌어지고 있었다. 여전히 불길에 휩싸인 용천문의 건물들이 하나둘 무너지고 있었으나 장내에서 벌어지고 있는 일에 비하면 그리 놀랄 일도 아니었다.

"도대체… 저자들의 정체가 뭐요?"

화마의 지옥을 뚫고 나온 묵련 남천기주 도월신이 경악스런 표정으로 물었다.

"나도 모르겠소. 천목맹의 주요 인물들에 대한 정보는 이미 들어 알고 있었지만 저런 자들이 있다는 말은 듣지 못했소."

정백교도 고개를 저으며 중얼거렸다. 애초에 화마의 지옥에서 빠져나온 묵련 고수들은 살기로 가득 차 있었다. 그들을 함정에 몰아넣은 천목맹 고수들에 대한 적의는 강렬한 살기로 변해 단숨에 천목맹 고수들을 몰살시킬 기세였다.

그러나 그런 그들의 기세는 단 세 명의 적에 의해 무참하게 꺾여가고 있었다. 대신 적을 향한 살기로 가득 찼던 그 자리를 두려움이 새벽안개처럼 채우고 있었다.

남천기주 도월신과 중천기주 정백교 역시 강도는 다르지만 야차처럼 날뛰는 세 명의 천목맹 고수를 앞에 두고는 적지 않은 두려움을 느낄 수밖에 없었다.

대일의 청룡도는 혈풍을 몰아대고 있었다. 그의 청룡도가 지나는 곳, 피의 바람이 일어나고 묵련 고수들이 갈대처럼 쓰러졌다.

곽풍산의 도끼는 파괴라는 것이 무엇인지를 증명하고 있었다. 그의 도끼가 허공을 가를 때마다 사람과 건물이 함께 부서졌다. 그의 도끼 앞에 성한 모습으로 남아 있는 것은 그 무엇도 없었다.

그리고 송추월의 검, 그의 검은 죽음의 약속과도 같았다. 대일과 곽풍산처럼 요란하지는 않았지만 그의 검이 한 번 움직일 때마다 묵련 고수들은 반드시 한 명씩 죽어나갔다. 서두르지도 않았다. 천천히 여유를 두고 움직이는 송추월을 묵련 고수들은 지옥에서 나온 사신처럼 두려워하며 피해 다녔다.

송추월과 대일, 그리고 곽풍산 이 세 사람이 장내를 완전히 장악하고 있었다. 그들을 따르는 천목맹 고수들조차도 이 삼인의 전율적인 무공에 두려움을 느끼고 있었다. 아니, 어쩌면

무공이 아니라 그들이 뿜어내는 파괴의 기운에 본능적인 두려
움을 느끼고 있는지도 몰랐다.


"저들을 놓아두어서는 안 되겠소이다."
남천기주 도월신이 차갑게 말했다.
"위험할 수도 있소."
정백교가 경고했다.
"그렇다고 이대로 용천문을 포기하고 도주할 수는 없는 일
아니오?"
"그렇긴 하지만……."
"내키지 않으면 맡겨두시오. 내가 저들을 시험해 보리다."
도월신이 훌쩍 신형을 날렸다. 그러자 정백교가 한숨을 쉬
었다.
"우리가 시험해 볼 수 있는 인물들이 아닐지도……."


정백교의 우려는 현실로 드러났다. 묵련 남천기주 도월신은
북사천의 일문인 사풍림의 후계자다. 그의 무공은 사풍림의
림주이자 그의 아버지인 도극을 넘어선 지 오래라 알려져 있
었다. 사풍림은 대막의 지배자로 불리는 집단, 먼 과거에는 사
막의 마적 떼였으나 당금무림에서 사풍림을 마적단으로 취급
하는 무인은 없었다.
가까운 고비에서부터 멀리 타클라마칸까지 사풍림은 장성
이북의 사막을 지배하는 군림자들이었다. 특히 그들의 월영도

법은 강호에서 다섯 손가락 안에 꼽히는 절기로 유명했다.

그러나 오늘 그 유명한 월영도법이 철저하게 파괴되고 있었다. 본래 월영도법은 거칠고 쾌속한 도법이었다. 그 빠름이 바람과 같아서 도법이 전개될 때 도의 모양이 초승달처럼 굽어져 보인다 하여 붙여진 이름이 월영도였다. 그러나 오늘 도월신의 손에서 시연되고 있는 월영도법은 전혀 초승달의 모양을 만들지 못하고 있었다.

차차창!

거친 격돌음과 함께 송추월의 검이 도월신의 도를 차단했다. 도월신은 송추월을 막아선 이후 단 한 번도 제대로 된 월영도를 전개하지 못하고 있었다. 송추월은 도월신의 손에서 월영도가 펼쳐지려는 순간이면 언제나 도법의 중간 지점을 끊고 들어와 도월신의 도를 막아냈던 것이다.

"네놈, 누구냐!"

도월신이 차가운 음성으로 소리쳤다. 당혹과 분노 속에 상대에 대한 궁금함이 구름처럼 일어났다.

"다른 자군."

송추월이 다른 말을 했다. 한 번 마주쳤던 정백교가 아님을 말하는 것이었다.

"무슨 소리냐?"

"묵련 중천기주 정백교는 어디 가고 그대가 나섰는가? 내 상대로는 그를 생각하고 있었는데?"

순간 도월신의 볼이 꿈틀거렸다.

"난 묵련 남천기의 기주 도월신이다. 오늘 네놈의 목은 내 손에 떨어질 것이다."

"그대 또한 오기의 수장 중 한 명이라면 날 상대할 자격이 있지. 하지만… 오늘 그대는 상대를 잘못 만났어. 아마도 그대는 죽을 거다."

"후후후, 어린놈이 하룻강아지 범 무서운 줄 모르는구나. 감히 나 도월신을 앞에 두고 죽음 운운하다니……."

"겪어보고도 그런 말을 하다니 어리석군. 당신은 오늘 제대로 된 도법을 펼치지 못할 거야. 다른 때라면 호기심에 기회를 주겠지만 오늘은 그럴 여유가 없는 날이니까. 한마디로… 당신에겐 재수없는 날이지."

파파팟!

송추월의 검이 좀 더 빠르게 움직이기 시작했다. 그러자 이제 도월신의 도는 채 펼쳐지기도 전에 송추월의 검에 의해 막히기 시작했다. 송추월은 움직임만 보고도 상대의 도가 나올 지점에 자신의 검을 꽂아 넣고 있었다.

투투툭!

도법의 시전이 어려워지자 도월신의 신형은 계속해서 뒤로 밀리기 시작했다. 송추월에게 도법을 펼칠 기회를 차단당하기는 했지만 도월신 역시 고수인지라 송추월의 검에 쉽게 몸을 허락하지는 않고 있었다.

차앙!

다시 맑은 격돌음이 송추월과 도월신 사이에서 일어났다.

순간 송추월이 검에 강력한 진기를 주입했다.

"음!"

격돌한 도를 통해 갑작스럽게 밀려드는 송추월의 막강한 공력에 도월신이 자기도 모르게 신음성을 흘리며 도를 뒤로 뺐다. 순간 도월신의 정면이 열렸다.

팟!

송추월의 검이 열린 도월신의 상체를 번개처럼 찔러갔다.

"읏!"

도월신이 급히 도를 앞으로 가져와 검을 막았으나 송추월의 검은 교묘하게 도월신의 도를 피해 상대의 어깨를 베어냈다.

"놈!"

어깨를 베인 도월신이 노성을 터뜨리며 송추월을 향해 강하게 도를 휘둘렀다. 물론 월영도법이 담긴 도초는 아니었다. 그저 본능적으로 분기를 담아 휘두른 도였다. 그런 도에 송추월이 당할 리 없었다.

슉!

송추월이 머리 위로 떨어지는 도월신의 도초를 한 걸음 옆으로 비켜서는 것으로 피해냈다. 그러자 도월신의 측면이 환하게 송추월 앞에 노출됐다. 송추월이 가차없이 도월신의 옆구리를 향해 검을 뻗어냈다.

쐐애액!

송추월의 검에서 날카로운 파공음이 일어났다. 순간 도월신의 눈에 낭패의 기색이 서렸다. 분노로 무모한 공격을 한 탓에 상대에게 너무 많은 허점을 노출했다는 것을 그제야 깨달은 것이었다. 자칫하면 치명적인 일검을 허용할 수도 있는 상황.

"위험하오!"

다행히 도월신의 위험은 한 명의 등장으로 크게 줄어들었다. 두 사람의 싸움을 지켜보고 있던 정백교가 도월신의 위기를 보고 싸움에 뛰어든 것이었다.

쩡!

송추월은 자신의 검에 느껴지는 묵직한 기운에서 정백교의 무공이 예상대로 예사롭지 않다는 것을 깨달았다. 단 한 번의 마주침이었지만 송추월의 몸이 머리보다 먼저 상대에 대한 경계심을 일으켰다.

팟!

송추월의 신형이 급히 뒤로 물러났다. 앞으로 전진하던 몸을 뒤로 물리는 움직임 역시 보통의 무인이라면 생각하기 어려운 동작이었지만 송추월은 매우 부드럽게 그 동작을 해내고 있었다. 덕분에 두 사람 사이에 뛰어든 정백교는 도월신을 송추월의 손에서 구해내는 것 말고는 할 수 있는 일이 없었다. 더군다나 이후 도월신과 정백교에게는 좀 더 위험한 상황이 벌어졌다.

"이거 이제야 제대로 된 상대가 나선 건가?"

한동안 야차처럼 날뛰면서 묵련 고수들을 도륙하던 곽풍산과 대일이 훌쩍 몸을 날려 송추월 옆에 떨어져 내렸다. 이미 장내의 상황은 거의 파국으로 치닫고 있었다. 그동안 송추월 등 삼 인에 의해 제거된 묵련 고수들이 수십 인, 덕분에 사기가 오를 대로 오른 천목맹 고수들은 적은 숫자에도 불구하고 전세를 완전히 장악하고 있었다.

더군다나 장내에 있는 묵련 고수들 중 최고의 고수라고 할 수 있는 정백교와 도월신까지 위축되어 있는 상황에선 장내의 전세를 변화시킬 만한 어떤 반전도 기대하기 어려웠다.

"잔챙이들 사냥은 끝났고… 이제 대어를 잡아보자고!"

대일이 청룡도를 비껴 들고는 정백교와 도월신을 노려보며 말했다. 대일의 눈빛은 붉은 열기를 머금고 있었는데 그건 평소의 그와는 무척 다른 모습이었다.

"그러게 말이야. 싸움을 시작했으면 끝을 봐야지!"

곽풍산 역시 대일 못지않은 강렬한 안광을 흘려내며 도끼를 어깨에 걸쳤다. 송추월은 두 사람에 비해 차가운 눈빛을 하고 있었지만 두 사람 의견에 반대하지는 않았다.

"그래. 끝을 보자."

송추월이 고개를 끄덕였다. 순간 이 세 명의 친구를 응시하고 있던 정백교와 도월신이 갑자기 신형을 날렸다.

팟!

"뭐야? 도망가는 거야?"

대묵련오기의 기주 둘이 적을 앞에 두고 도주할 거라고 누가 상상이나 했을까. 그러나 정백교와 도월신은 송추월 등 세 사람을 앞에 두고 도주를 택했다. 그들은 이미 이곳에서의 싸움에서 승리할 가망이 없다는 것을 깨닫고 있었다. 더군다나

이 세 명의 기이한 젊은 고수들을 상대로 승부를 내기 어렵다는 것을 누구보다 잘 알고 있었다. 어찌 보면 이 상황에서 도주를 선택한 그들의 선택은 오히려 그들이 무척 뛰어난 인물들임을 증명하는 것일 수도 있었다. 이 와중에도 진퇴의 결정을 신중하게 내릴 만큼 냉정하다는 의미이기 때문이었다.

두 사람이 도주하자 살아남은 묵련의 고수들이 일제히 도주하기 시작했다. 아직도 숫자로 보면 묵련의 고수들이 더 많았지만 사기가 꺾인 이상 숫자는 싸움에 아무런 힘이 되지 못했다.

"그냥은 못 보내지."

곽풍산이 먼저 자리를 박차고 앞으로 달려나갔다. 그 뒤를 이어 대일 역시 허공으로 날아올랐다. 두 사람이 도주하는 정백교와 도월신을 추격하자 천목맹의 고수들도 일제히 묵련 고수들을 추격하기 시작했다.

"그만해도 되지 않아요?"

문득 송추월의 귀에 서연의 목소리가 들렸다. 송추월이 고개를 돌리자 서연이 상기된 얼굴로 바라보고 있었다. 그녀의 동공에는 그늘이 드리워져 있었는데 송추월은 그 그늘까지는 알아채지 못했다.

"당겨진 화살은 쉽게 멈출 수가 없지요."

송추월이 묵묵히 대답했다.

"저들을… 몰살할 생각인가요?"

"저들을 추격해 잡을 수는 없을 겁니다. 일단 도주하기로 결

심한 이상 누가 저들을 잡을 수 있겠어요. 단지, 약간의 시간이
필요한 거지요. 누가 승자고 누가 패자인지를 확인할… 곧 돌
아올 겁니다."

　송추월이 천천히 앞서가는 천목맹 고수들을 따라 움직이기
시작했다.

　"오늘의 싸움은… 좀 힘들군요."

　송추월을 따르며 서연이 말했다. 그제야 송추월은 그녀가
평소와 조금 다르다는 사실을 깨달았다.

　"무슨 문제가 있나요?"

　송추월이 서언을 돌이봤다.

　"아뇨. 문제는 없어요. 우린 승리했으니까요. 단지 왠지 좀
우울해요."

　"그런가요? 아마도 싸움 끝의 허망함 같은 걸 겁니다."

　"그래요. 아마도……."

　서연이 고개를 끄덕였다. 그러나 만약 서연이 느낀 감정이
송추월 말대로 싸움 끝의 허망함이었다면, 서연은 너무 일찍
그 감정을 느낀 것이라고 할 수 있었다. 왜냐하면 싸움은 끝이
아니라 새로 시작되고 있었기 때문이었다.

第九章

화마경

송추월은 기이한 느낌에 고개를 들었다. 그의 눈에 앞서 적을 추격하던 천목맹 고수들이 멈춰 서 있는 것이 보였다. 곽풍산과 대일 역시 천목맹 고수들 사이에서 앞을 응시한 채 걸음을 멈추고 있었다.

"무슨 일이죠?"

치열했던 싸움 끝 공허함에 젖어 있던 서연의 목소리에 긴장감이 감돌았다.

"가보죠."

보지 않고서는 무슨 일이 생긴 건지 알 수 없었다. 송추월이 급하게 천목맹 고수들이 서 있는 곳으로 걸음을 옮겼다.

천목맹 고수들은 용천문의 외원 담장에 올라 있었다. 처음

묵련 고수들을 맞이했던 곳, 이곳저곳에 천목맹 고수들이 쏘
아댔던 화살들이 너부러져 있었다. 밤은 깊어서 어느새 달이
지고 별빛만 남아 있었다. 그 어둠 속에서 송추월은 상처 입은
맹수들의 눈을 봤다.

"뭐냐?"

송추월이 급히 대일과 곽풍산 곁으로 다가서며 물었다.

"원군인지… 패잔병인지……."

대일이 말꼬리를 흐렸다. 송추월이 급히 눈을 돌려보니 도
주하던 묵련 고수들의 숫자가 배 이상으로 늘어 있었다. 아니,
적어도 그들이 처음 용천문에 왔을 때만큼의 숫자에 육박하는
규모였다.

"벽산에 있던 자들이 온 것인가?"

"아마도……."

대일이 고개를 끄덕였다.

"패잔병이군."

"그래서 더 위험하다."

곽풍산이 경계심이 잔뜩 묻어나는 목소리로 말했다. 송추월
역시 직감적으로 위험을 감지하고 있었다. 저들의 숫자가 문
제는 아니었다. 저들의 심리 상태가 문제였다.

용천문을 도모하러 왔던 묵련 중천기와 남천기의 고수들은
물론 벽산에서 온 자들도 오늘 밤 치욕적인 패배의 맛을 본 자
들이었다. 그런 그들에게 아마도 송추월 등 천목맹의 고수 이
십여 인은 좋은 화풀이가 될 것이다. 물론 여전히 그들이 송추

월과 대일, 그리고 곽풍산이 보여주었던 전율적인 무공에 두
려움을 갖고는 있겠지만.

"그런데 이상하군."

문득 송추월이 말했다.

"뭐가?"

대일이 묵련 고수들에게서 시선을 돌리지 않고 물었다.

"저들이 이곳으로 도주를 해왔다면 왜 천목맹의 추격자들
은 없는 거지?"

"응? 그러고 보니 그렇네. 우리가 이곳에 있다는 것을 알고
있는 이상 저들이 이곳으로 도주를 했다면 분명 추격해 왔어
야 하는데……."

"우리가 예상치 못한 일이 벌어진 건가?"

곽풍산이 걱정스런 표정으로 말했다. 송추월이 시선을 벽산
으로 돌렸다. 여전히 벽산에선 거친 불꽃이 피어오르고 있었
다. 그리고 불꽃이 오르는 곳 역시 여전히 묵련 진영이었다.
천목맹 진영이 있는 곳에선 어떤 변화도 없었다. 그건 곧 벽산
의 싸움이 애초 그들의 예상대로 천목맹의 승리로 끝났음을
의미하는 것이다.

"저들의 도주를 눈치채지 못한 것일까?"

다시 대일이 입을 열었다.

"그럴 리는 없어, 저들의 숫자가 한두 명이 아닌데……."

"그럼?"

"알 수 없는 일이지."

곽풍산이 고개를 저었다. 벽산 천목맹 수뇌들이 어떤 결정을 내렸기에 도주한 묵련의 고수들이 추격자 없이 이곳에 나타났는지 짐작할 길이 없었다. 그리고 지금은 그 문제를 고민할 여유도 없었다. 이대로라면 오히려 그물에 걸린 것은 송추월과 천목맹 고수들이었다.

"어쩌죠?"

상황이 엄중하다는 것은 서연 역시 깨닫고 있었다. 그녀의 머리를 가득 채웠던 오늘 싸움에 대한 공허함은 어느새 기억 저편으로 사라지고, 이제 눈앞의 위험만이 그녀의 신경을 자극하고 있었다.

"물러난다."

송추월이 나직하게 말했다.

"뭐?"

곽풍산이 놀란 눈으로 송추월을 바라봤다.

"이렇게는 싸울 수 없어. 전력 차가 너무 커."

"하지만 어디로?"

"벽산으로 돌아간다."

"용천문을 포기하고?"

"살아남는 게 먼저다."

"하지만 용천문을 포기하는 것은 계획과 어긋나는 일이잖아?"

"아니, 우린 애초의 목표를 달성했어. 저들을 유인해 벽산의 묵련 진영을 손에 넣었으니까."

“하지만 부루는 가능하면 용천문을 지키라고 했잖아?”

“그 말은 가능하지 않으면 포기해도 된다는 말이다. 그리고… 용천문을 포기하는 건 우리가 아니야.”

“무슨 소리야?”

“용천문을 포기한 건 우리가 아니라 천목맹의 수뇌들이다. 그들이 용천문을 포기할 생각이 아니었다면 분명 추격자들을 보내야 했어. 그들이 묵련 도주자들을 추격하지 않은 것은 용천문을 포기한다는 의미다. 더불어……”

송추월이 살짝 인상을 찡그렸다.

“또 뭐?”

말을 멈춘 송추월을 대일이 재촉했다.

“아니길 바라지만 어쩌면 용천문과 더불어 우리도 포기했는지 모르지.”

“무슨 소리야? 설마 부루가 우릴 버렸다는 거냐?”

“만약 불가피한 사정이 없음에도 사람을 보내지 않았다면 그렇다고 봐야지.”

“그런 소리 하지 마! 부루는 절대 그럴 놈이 아니야. 분명 무슨 사정이 있었을 거야.”

“나도 제발 그러길 바란다. 어쨌든 일단 벽산으로 돌아가야 해. 그래야… 전후 사정을 알 수 있을 거다.”

“알았어. 할 수 없지 뭐.”

“돌아가는 길이 쉽지는 않을 거야.”

“사는 거야 뭐 어려울까.”

대일이 어깨를 으쓱거렸다. 이미 자신의 무공에 대해 자신을 가지고 있는 대일과 곽풍산이었다. 승부라면 모를까 살기 위해 이곳을 벗어나는 일은 그리 어려운 일이 아니라는 게 대일의 생각이었다.

"우리만 살아간다면야 그렇지만……."

송추월이 말꼬리를 흐렸다. 그러자 대일과 곽풍산도 그제야 상황이 그리 녹록하지 않음을 깨달았다. 지금 이곳에는 세 친구만 있는 것이 아니었다. 그들과 함께 묵련의 고수들을 맞아 싸운 천목맹의 고수들도 있었다. 그리고 그들의 얼굴은 몰려온 묵련 고수들에 대한 두려움으로 물들어 있었다. 또한 자연스럽게 그 두려움은 송추월 등 삼 인에 대한 믿음으로 이어지고 있었다.

이 젊은 세 고수의 무공은 얼마나 대단했었던가. 동료인 그들조차도 두려움을 느낄 만큼 이 삼 인의 고수는 강렬한 무공으로 묵련 고수들을 몰아쳤었다. 이들만 있다면, 이들이 자신들을 지켜만 준다면 어떤 어려움도 헤쳐나갈 수 있을 것 같다는 믿음이 천목맹 고수들의 표정에 드러나 있었다.

"제길. 나 한 몸 챙기기도 힘든 인생인데……."

곽풍산이 투덜거렸다.

"이들을 모두 책임지는 건 위험해."

대일이 나직하게 말했다.

"두고 가자고?"

곽풍산이 낮은 음성으로 물었다.

"그게… 낫지 않을까?"

서연은 다른 천목맹 고수들과 달리 뒤쪽에서 이 젊은 고수들의 이야기를 듣고 있다가 새삼스런 시선으로 이들을 바라봤다. 서연은 이들 대호산의 산적들이 무림에서 말하는 영웅대협의 성정을 지닌 사람들이 아니라는 것은 이미 오래전부터 알고 있었다.

그렇지만 이렇게 쉽게 함께 싸운 동료들을 포기할 정도의 인물들이라고는 생각지 않고 있었다. 그런데 이들은 천목맹 고수들을 포기하는 문제를 너무도 가볍게 이야기하고 있었다.

그런 삼 인을 보며 서연은 또다시 이들에 대해 두려운 생각이 들었다. 동료를 쉽게 포기하는 비정함에 대한 비난보다 그들에 대한 두려움이 앞서는 이유를 알 수는 없었지만 서연은 이들 삼 인이 두려웠다. 그때 서연의 귀에 송추월의 목소리가 들렸다.

"일단 갈 수 있을 때까지는 함께 간다!"

"그래야 하나?"

곽풍산이 고개를 갸웃했다.

"그래도 동료잖아?"

대일이 고개를 주억거렸다.

"하지만 모두를 살리기는 힘들 거야."

곽풍산이 말했다.

"그건 각자의 운명이고!"

송추월이 차갑게 대답했다.

"좋아. 그럼 시작하자고!"

대일의 말에 송추월이 고개를 끄덕이고는 한 걸음 앞으로 나서며 주변에 늘어선 천목맹 고수들에게 소리쳤다.

"아무래도 용천문은 포기해야 할 것 같소."

"도주를 해야 한단 말이오?"

천목맹의 고수 중 한 명이 물었다.

"그럴 수밖에 없는 상황이오."

"하지만 용천문을 포기하면 맹의 추궁이 있을 것이오."

"그따위 것 걱정할 것 없소. 용천문을 포기한 건 우리보다 맹이 먼저니까. 그리고… 지금은 각자 목숨 걱정을 먼저 할 때요. 뭐, 맹에 죽음으로 충성하고 싶은 사람은 이곳에 남아도 상관없소. 하지만 우린 벽산으로 돌아갈 거요. 가서… 무슨 사정이 있기에 추격대를 보내지 않았나 알아봐야겠소. 자, 벽산으로 돌아갈 사람은 먼저 떠나시오. 일단, 우리 세 사람이 시간을 벌어보겠소. 하지만 우리가 저들을 막을 수 있는 시간은 그리 많지 않을 거요. 우리도 살아야 하니 말이오. 자, 갈 사람은 지금 가시오!"

송추월의 말에 천목맹 고수들이 잠시 망설이는 듯하다 한 사람이 먼저 뒤로 물러나자 연이어 다른 고수들도 장원의 안쪽으로 물러나기 시작했다.

순식간에 천목맹 고수들이 물러나자 이제 담장 위에는 송추월과 곽풍산, 그리고 대일과 서연 네 사람만이 남아 수십 명에 이르는 묵련 고수들을 막아서게 되었다.

　묵련 고수들은 천목맹 고수들이 후퇴하기 시작했음에도 쉽게 추격에 나서지 못했다. 그들의 머릿속에는 여전히 광마처럼 날뛰던 천목맹 삼 인의 젊은 고수에 대한 두려움이 남아 있었다. 그들 셋이 길을 막고 있는 이상 쉽게 천목맹 고수들을 추격할 사람은 없었다. 적어도 그들의 우두머리를 제외하고는!

　"그대들은 왜 도주하지 않는가?"

　먼저 입을 연 자는 정백교였다. 벽산에서 패잔병이 몰려왔지만 여전히 묵련 고수들의 수장은 정백교인 모양이었다.

　"그런 당신들은 왜 추격에 나서지 않소?"

　송추월이 심드렁한 목소리도 되물었다. 그러면서도 그의 손은 어느새 검을 잡고 있었다.

　"그렇군. 추격을 해야 할 때군."

　정백교가 고개를 끄덕였다. 그러나 말은 그렇게 하면서도 정백교는 쉽게 추격에 나서지 못했다. 그 역시 이 세 젊은 고수에 대한 경계심이 발목을 잡고 있었던 것이다.

　"도대체 저자들이 뭔데 이렇게 망설이는 것이오?"

　문득 묵련 고수 중 한 명이 앞으로 나서며 물었다. 송추월이 눈여겨보니 눈에 익은 인물이었다. 지난번 모용검천이 독단으로 묵련 진영을 기습했을 때 그를 막아섰던 인물, 묵련오기 중 동천기를 맡고 있는 동처기주 왕산이었다. 특히 대일은 왕산의 얼굴을 똑똑히 기억하고 있었다.

“여! 다시 보는구려!”

대일이 걸쭉한 목소리를 흘려내며 왕산을 향해 아는 척을 했다. 그러자 정백교에게 질문을 던졌던 왕산이 시선을 돌려 어둠 속에 서 있는 대일을 살피다가 이내 눈빛을 번쩍였다.

“그대는……!”

“알아보시겠소?”

“물론 벽산에서 보여준 그대의 무공을 잊을 수는 없지.”

“알아봐 주시니 영광이오.”

대일이 짐짓 고개를 숙여 보였다. 그런 대일을 노려보며 왕산이 정백교에게 물었다.

“저들 때문에 추격에 나서지 않는 것이오?”

“그렇소.”

정백교가 무거운 음성으로 대답했다.

“저들의 무공이 대단하기는 하나 우리의 전력이라면 걱정할 것이 무엇이오. 더군다나 이미 다른 자들은 도주를 하지 않았소?”

“그렇긴 하지만… 저들이 오늘 밤 보여준 무공에 묵련의 형제들이 큰 두려움을 느끼고 있소.”

“허허. 이해가 가지 않는구려. 저들의 무공은 나 또한 경험하긴 하였지만 두려움을 느낄 것까지는…….”

왕산이 벽산에서의 경험을 떠올리며 말했다. 그러자 정백교가 고개를 저었다.

“오늘의 저들은 달랐소. 나 또한 지금까지 저런 자들을 만나

본 적이 없소.”

정백교의 말에 왕산이 잠시 송추월 등 삼 인을 응시하다 단호한 음성으로 말했다.

“그렇다고 이대로 있을 수는 없지 않겠소?”

왕산의 말에 정백교가 가볍게 한숨을 내쉬었다.

“맞소. 이대로 있을 수는 없소.”

“그럼. 시작합시다. 이곳에서 저들을 상대했던 형제들이 두려움을 느낀다면 우리 동천기가 앞에 서겠소.”

“조심하시구려.”

“알겠소이다. 동천기는 앞으로 나서라!”

왕산의 명에 새롭게 합류한 자들 수십 인이 앞으로 나섰다.

“단번에 용천문을 접수한다. 더불어 오늘 밤 벽산에서 진 빚을 이곳에서 갚는다. 한 놈도 살려 보내지 마라!”

차가운 명이 떨어지자 동천기의 고수들이 일제히 용천문을 향해 달려들기 시작했다.

송추월과 대일, 그리고 곽풍산은 승냥이 떼처럼 몰려드는 묵련 동천기의 고수들을 응시하고 있었다. 이미 병기를 손에 든 그들의 눈이 조금씩 붉어지기 시작했다.

“먼저 가요.”

송추월이 뒤에 서 있는 서연에게 말했다.

“함께 싸울게요.”

“아뇨. 퇴로를 열어줘요. 결국 이곳을 빠져나가야 할 테니⋯⋯.”

송추월의 말에 서연이 고개를 끄덕였다.

"알았어요. 조심… 해요."

"걱정 말아요. 조심해야 할 사람은 우리가 아니라 저들일 테니. 가자!"

송추월이 훌쩍 신형을 날려 날아드는 동천기 고수들 사이로 뛰어들었다.

"좋아. 한번 놀아보자고!"

곽풍산이 호탕하게 소리치며 송추월의 뒤를 따르자 대일도 청룡도를 휘두르며 담장 아래로 뛰어내렸다.

그 밤은 시작부터 끝까지 죽음의 밤이었다. 송추월과 대일, 그리고 곽풍산은 그들이 살아오며 행했던 모든 살업보다도 더 많은 살업을 그날 밤에 쌓았다. 그들의 병기들이 허공을 가를 때마다 묵련의 고수들이 속절없이 쓰러져 갔다.

광기에 휩싸인 듯 검과 도, 그리고 도끼를 휘두르는 삼 인의 무공은 강하다는 말로 표현되지 않는 그 무엇을 묵련 고수들에게 심어주고 있었다.

그래서 그들이 싸움을 시작한 지 채 이각이 지나지 않아 묵련 동천기의 고수들도 감히 그들의 곁에 접근하기를 꺼려하기 시작했다.

"저것이었소?"

왕산이 억눌린 음성으로 정백교에게 물었다. 놀란 것은 왕산도 마찬가지였다. 오늘 송추월 등이 보이는 무공은 지난날 벽산에서 보았던 모습과는 확연히 다른 면이 있었다. 강력한 무공에 더해 느껴지는 파괴적인 기운들은 묵련 고수들의 기세를 완전히 꺾어놓고 있었던 것이다.

"그렇소. 저들의 저 모습이 바로 오늘 이 싸움이 크게 어려워진 이유 중 하나요."

"과연 놀랍구려. 지난번 벽산에서 보았던 모습이 아니오. 이대로는 아무래도 힘들겠소. 우리가 나서야 할 것 같소."

왕산이 신중한 음성으로 말했다.

"우리가 나선다고 해도 저들을 꺾기란 쉽지 않을 거요."

이미 송추월에게 죽음 일보 직전까지 몰렸던 도월신이 의기소침한 표정으로 말했다.

"불론, 저들의 무공이 대단하다는 것은 아오. 하지만 우리가 약간의 시간만 저들을 붙잡아놓는다면 형제들의 사기가 살아날 것이오. 그리된다면 아무리 저들이 대단한 자들이라 해도 결국 이기는 쪽은 우리가 될 거요. 설마 저들이 천하제일인은 아니지 않겠소?"

왕산은 냉정하게 상황을 파악하고 있었다. 장내에 남아 있는 천목맹 고수들은 오직 송추월 등 삼 인뿐이었다. 그들의 무공이 아무리 고강해도 수십 명의 묵련 고수를 모두 상대할 수는 없었다. 지금 묵련 고수들에게 필요한 것은 단지 송추월 등이 상대 가능한 적이라는 사실을 동료들에게 깨닫게 해주는 일뿐이었다.

"동천기주의 말이 맞소이다. 시작합시다."

정백교가 빠른 결정을 내렸다. 양떼처럼 몰리는 묵련 고수들의 상황으로 보아 더 이상 시간을 끌 여유가 없어 보였다. 결정을 내린 정백교 자신이 먼저 신형을 날렸다.

송추월은 한 자루 검이 자신을 향해 무서운 속도로 닥쳐드는 것을 보았다. 지금까지 상대했던 자들과는 차원이 다른 검공, 그 검의 주인도 보였다. 묵련 중천기주 정백교였다.

"드디어 우두머리들이 나서는가?"

송추월이 다가오는 검을 응시하며 중얼거렸다. 싸움은 이제부터 시작이라고 할 수 있었다. 우두머리들이 나선 이상 이 싸움은 정해진 수순을 따라갈 수밖에 없었다. 물론 단번에 공격해 오는 정백교를 베어버린다면 상황은 달라질 수도 있겠지만, 정백교를 비롯한 묵련오기의 기주들은 그리 간단한 존재들이 아니었다.

"준비해!"

대일과 곽풍산을 향해서도 왕산과 도월신이 날아들고 있었다.

"알았어. 혼자 가지만 마라!"

곽풍산의 호기로운 목소리가 들렸다. 그 순간 송추월의 검이 가슴 앞까지 닥쳐든 정백교의 검을 걷어냈다.

창!

정백교의 검이 불꽃을 일으키며 허공으로 비껴 나갔다.

"갈 때 가더라도 경고는 하고 가야겠지!"

송추월의 검이 한 바퀴 회전했다. 그러자 한순간 정백교로
부터 멀어졌던 검이 기이한 곡선을 그리며 그의 등을 찔렀다.

"헛!"

정백교의 입에서 헛바람이 새어 나왔다. 도월신과 겨룰 때
보아두기는 했지만 실제로 맞닥뜨린 송추월의 검공은 생각보
다 훨씬 까다로웠다. 그러나 정백교도 묵련을 대표하는 고수,
그의 신형이 훌쩍 허공으로 솟구치며 송추월의 검을 피했다.
그리고는 허공에서 신형을 틀어 송추월에게 반격을 가하려는
찰나, 갑자기 송추월의 검이 그의 얼굴 앞에 불쑥 나타났다.

"헉!"

정백교가 대경하며 고개를 틀었다.

팟!

송추월의 검이 아슬아슬하게 정백교의 뺨을 스치고 지나갔
다. 정백교의 뺨에 붉은 혈선이 그어졌다.

"오늘은 시간이 없어서 그냥 가지만 다시 만난다면 목을 내
놔야 할 거요! 가자!"

한마디 경고가 크게 놀라 뒤로 몸을 빼는 정백교의 귀에 들
려왔다. 그리고 다음 순간 송추월의 몸은 이미 담장을 넘어 용
천문의 장원 안으로 사라지고 있었다.

"이대로 저들을 보낼 거요?"

왕산이 노한 표정을 한 채 정백교 곁으로 다가왔다. 그 역시
곽풍산에게 이렇다 할 공격도 해보지 못한 채 그를 놓쳐 버린
후였다.

“이대로… 보낼 순 없지요.”

“추격합시다.”

“그럽시다. 일단 저들이 도주하기 시작했으니 이젠 우리가 유리할 거요. 호랑이 사냥은 결국 몰이꾼이 하는 것이니까. 모두 추격한다. 적은 소수다. 두려워하지 말고 추격하라!”

정백교의 명이 떨어졌다. 그러자 묵련의 고수들이 막북무림에 대한 강호의 평판에 어울리는 호기를 드러내며 송추월 등을 추격하기 시작했다.


애초 용천문에서 후퇴를 결정한 순간부터 싸움은 결국 목숨을 건 탈주로 이어질 것이라 예상했었다. 그러나 현실의 엄중함은 그 예상을 훨씬 뛰어넘었다.

추격이 시작되고 이각여가 흐른 뒤부터 하나둘 벽산으로 향하던 천목맹 고수들이 길 위에 쓰러지기 시작했다. 묵련 고수들의 추격은 예상보다 훨씬 위협적이었다. 막북의 사막과 초원에서 떼를 지어 사냥을 하고, 적과 격돌했던 막북무림의 고수들은 이런 추격전에 징그러울 정도로 익숙했다.

이제 활은 천목맹이 아닌 묵련 고수들의 무기가 되었다. 말을 달리며 곳곳에서 쏘아대는 화살에 천목맹 고수들이 속절없이 쓰러져 갔다.

“이러다간 전멸하겠어요.”

송추월과 대일, 그리고 곽풍산에 둘러싸여 벽산을 향해 달리고 있던 서연이 두려움을 드러냈다.

“그래도 어쩔 수 없어요. 벽산으로 가는 수밖에!”

송추월이 냉정하게 말했다. 쓰러져 가는 천목맹 고수들을 보지 못한 것은 아니지만 지금으로선 그들을 구할 여력이 송추월에게도 없었다. 일대일의 싸움이라면, 혹은 서너 명의 적을 상대하는 일이라면 결코 후퇴 같은 것은 있을 수 없었다. 그러나 적은 수십 명에 달하는 숫자였다. 아무리 송추월의 무공이 하늘을 무너뜨리고 땅을 가른다 해도 수십 명에 이르는 묵련 고수들을 홀로 상대할 수는 없었다.

창!

한 자루 강전이 날아드는 것을 곽풍신이 도끼를 휘둘러 정확하게 반으로 갈랐다. 비록 천목맹 고수들은 죽어가고 추격은 매서웠지만 송추월과 그 친구들은 냉정을 유지하고 있었다.

“아, 왜 벽산에선 구원군이 오지 않는 거죠?”

서연이 탄식을 흘려냈다.

“가봅시다. 가보면 이유를 알겠지요.”

대일이 이를 갈았다.

“만약 그럴 만한 이유가 없다면… 부루 그놈은 내 손에 죽을 거야!”

곽풍산이 노기를 폭발시켰다. 어느덧 가장 늦게 도주하기 시작한 송추월과 그 친구들이 오히려 천목맹 고수들의 가장 앞쪽으로 나와 있었다. 이대로 속도를 높이면 묵련 고수들의 추격에서 벗어날 수도 있을 것이다.

그렇게 된다면 천목맹 고수들은 결국 죽음의 늪에서 벗어나지 못할 터, 그러나 송추월은 망설이지 않았다. 늪에 빠진 자를 구하러 늪에 들어갔다가는 자신조차 늪을 헤어나지 못함을 본능적으로 알고 있는 송추월이었다.

송추월이 재빨리 뒤를 돌아보았다. 지친 기색이 역력한 천목맹 고수들의 얼굴이 보였다. 그들의 눈은 오직 앞서가는 송추월과 그 친구들의 등을 바라보고 있을 뿐이었다. 등 뒤에서 동료가 죽어가도 그들은 시선을 돌리지 않았다, 오직 송추월만이 그들을 살릴 수 있다는 듯. 그때 송추월의 머릿속에 퍼뜩한 생각이 떠올랐다.

"이런 멍청한!"

송추월이 자신도 모르게 소리쳤다.

"뭐야? 뭐가 잘못됐어?"

옆에서 달리던 곽풍산이 걱정스럽게 물었다.

"아니. 멍청하게 몰이를 당하고 있었어."

"그야 당연한 일 아냐?"

곽풍산이 새삼스러울 게 없다는 듯 말했다.

"어차피 몰이를 당할 거면 우리만 당하면 돼. 이러나저러나 저들의 목표는 우리일 테니까."

송추월의 말에 서연이 맞장구를 쳤다.

"맞아요. 다른 사람들까지 이 길로 갈 필요는 없어요. 아! 왜 그 생각을 못했을까?"

서연이 탄식을 흘렸다. 그러는 사이 송추월이 재빨리 고개를 돌려 뒤따르는 천목맹 고수들을 보며 말했다.

"흩어져야 할 것 같소. 이대로는 전멸이오. 적들은 우리가 유인할 테니 각자 흩어져서 벽산으로 향하시오!"

송추월의 말을 들은 천목맹 고수들이 처음에는 자신들을 버리려는가 싶어 두려운 표정을 짓다가 이내 상황을 깨닫고는 하나둘 대열에서 이탈하기 시작했다.

천목맹 고수들은 일각이 채 되기 전에 송추월의 뒤에서 사라졌다. 그러나 그럼에도 불구하고 묵련 고수들의 추격은 여전했다.

"생각대로 된 것 같아요."

천목맹 고수들이 사방으로 흩어졌음에도 전혀 변하지 않는 매서운 추격에 오히려 서연이 기쁜 표정을 드러냈다. 자신들에 대한 추격이 그대로라면 각자 살길을 찾아 도주한 천목맹 고수들에 대한 추격은 헐거울 것이기 때문이었다.

"하지만 그래서 우린 더 위험해졌어요."

땅!

대일이 청룡도를 휘둘러 닥쳐드는 화살 두 대를 동시에 쳐내며 말했다. 후미에서 적의 공격을 받아내던 사람들이 사라지자 묵련 고수들의 공격은 송추월 등 사 인에게 집중되기 시작했던 것이다.

"살고 죽는 건 이제 하늘의 뜻이야!"

곽풍산은 위험 속에서도 여유가 있었다.

"누가 뭐래냐? 그래도 이대로 죽기엔 너무 아쉽다는 거지.

우리 나이가 몇이냐?"

대일이 퉁명스레 말했다. 그 역시 두려움을 느끼는 것 같지
는 않았다.

"죽을 생각을 왜 해? 살 생각을 해야지!"

송추월이 차갑게 말했다.

"흐흐. 맞는 말이다. 살 생각을 해야 살지. 가자고!"

곽풍산이 좀 더 속도를 끌어올렸다.


"이대로라면 저들을 놓칠 것이오!"

왕산이 거리가 벌어지기 시작한 송추월 등을 노려보며 말했
다.

"짧은 거리라며 모를까 벽산까진 먼 길이오. 먼 거리를 이동
하는데 사람이 말보다 빠를 수 없소. 무공을 익혀 경공을 쓸
줄 안다 해도 말이오. 결국 잡게 될 것이오."

정백교가 차분하게 말했다.

"하지만 벽산 가까이 가면 위험할 수 있소. 벽산엔 천목맹
고수들이 있소. 천목맹 고수들이 임황을 향해 온다면 중간에
오히려 우리가 위험해질 것이오."

도월신이 말했다. 그러자 왕산이 고개를 저었다.

"그 점은 안심해도 될 거요. 그들은 지금 천황령주님을 추격
하고 있을 것이오. 마 노사께서 그리 쉽게 제압되실 일을 없을
터이니 그들이 임황으로 향할 여유는 없을 거요."

"아, 마 노사께서 스스로 위험을 자처하시다니……"

도월신이 탄식을 흘렸다.

"그러니 우린 반드시 살아야 하오. 마 노사께서 위험을 자처하신 것은 우리 세 명의 기주를 살리기 위함이셨으니 말이오. 그리고… 마 노사께서 변을 당하신다면 작으나마 그에 대한 빚은 저들로부터라도 받아내야 할 것이오."

왕산이 차가운 살기를 드러내며 송추월 등을 바라봤다.

"그럽시다. 일단 저들을 잡으면 혹 천황령주께서 잡히신다 하더라도 거래할 가능성이 생길 것이오."

정백교가 말에 박차를 가했다.


송추월은 다리에서 점점 힘이 빠져나가는 것을 느꼈다. 묵련 고수들의 추격은 여전했다. 물론 말을 몰아오고는 있었지만 개중 공력이 떨어지는 자들은 말과 함께 지쳐 후미로 처졌다. 그래도 여전히 송추월 등을 추격하는 묵련 고수들의 숫자는 근 사십여 명에 달했다.

"제길… 한판 붙어야겠어."

느려진 속도 덕에 좌우에서 송추월 등을 추월해 앞으로 나아가는 묵련 고수들을 보며 대일이 중얼거렸다.

"실수야. 급하더라도 말을 잡아탔어야 했는데……."

곽풍산이 혀를 찼다.

"일단 저 산으로만 들어가면 잠시 숨을 돌릴 수 있을 것 같은데."

일행의 일백여 장 앞쪽에 소나무 숲으로 이루어진 작은 야산이 눈에 들어왔다. 길은 그 야산의 중앙을 뚫고 벽산으로 향해 있었다. 야산에만 들어선다면 숲과 어둠을 이용해 추격자들을 따돌릴 기회를 엿볼 수 있을 터였다.

"그전에 길이 막힐 것 같다."

곽풍산이 투덜거렸다. 어느새 좌우로 추월한 묵련의 고수들이 네 사람이 달려나갈 입구를 그물처럼 좁혀오고 있었다.

"내가 길을 열지!"

곽풍산이 훌쩍 신형을 날아 올려 앞으로 뛰어나갔다. 그러자 길을 막아서던 묵련 고수 중 네 명이 말에서 신형을 날아 올려 곽풍산을 향해 도검을 뻗어냈다.

"핫!"

순간 곽풍산의 입에서 강렬한 기합성이 터져 나왔다. 동시에 그의 도끼가 번개처럼 네 명의 묵련 고수 사이로 떨어져 내렸다.

쿠우웅!

강력한 파공음이 곽풍산의 도끼에서 일어나는 순간!

카캉!

네 명의 묵련 고수가 뻗어낸 도검이 곽풍산의 도끼와 충돌했다.

"악!"

"헉!"

비명과 기겁성이 동시에 터져 나왔다. 네 명의 묵련 고수가 뿔뿔이 흩어져 허공을 날아 뒤로 물러났다. 그중 두 명은 입가

에 피를 흘리며 비틀거렸고, 나머지 두 명도 더 이상 곽풍산 앞
을 막을 여력은 없어 보였다.

송추월과 대일, 그리고 서연이 곽풍산이 열어놓은 퇴로로
바람처럼 빠져나갔다.

"놓치지 마라!"

이미 장내에 도착한 묵련 동천기주 왕산의 목소리가 어둠을
뒤흔들었다. 그러자 묵련 고수들이 일제히 원을 그리며 송추
월 등을 에워싸기 시작했다.

"조심해요. 내 뒤에 꼭 붙어 있어요!"

송추월이 검을 들어 앞으로 달려나가며 서연에게 소리쳤다.

"제 걱정은 마세요."

서연이 다부진 목소리로 대답했다. 서연의 대답을 들으며
송추월이 묵련 고수들 속으로 뛰어들었다.

묵련 고수들을 공포 속으로 몰아넣었던 그 무공, 차갑고 냉
정하며, 반드시 죽음을 불러오는 그 무공이 다시 송추월의 손
에서 펼쳐졌다. 이곳까지 송추월 등을 추격해 온 자들은 묵련
의 고수들 중에서도 특별히 강한 자들이었지만 송추월의 검은
한 번 움직일 때마다 여지없이 그들의 목을 벴다.

삭!

"큭!"

송추월의 검이 미처 소리가 따라가지 못할 정도의 속도로
움직이면 그 뒤를 따라 반드시 묵련 고수의 신음 소리가 터져
나왔다. 그런 송추월의 양옆에선 곽풍산과 대일이 바람의 파

도를 일으키며 묵련 고수들을 상대하고 있었다.

"정말… 믿을 수가 없군."

왕산이 탄식을 흘렸다. 왕산은 묵련 고수들 중에서도 호기롭기로 유명한 인물이었는데, 그조차도 송추월과 그 친구들의 무공에는 기가 질리는 모양이었다.

"오래 끌 수 없소."

정백교가 차분하게 말했다.

"알고 있소. 우리도 나서봅시다."

왕산이 굳은 표정으로 도를 빼 들고는 천천히 대일을 향해 걸음을 옮기기 시작했다.


송추월의 본능이 위험을 감지했다. 송추월이 재빨리 좌측으로 회전했다. 그러자 한 자루 검이 그의 오른쪽 옆구리를 아슬아슬하게 지나쳤다.

'나섰군.'

송추월의 표정이 굳어졌다. 수많은 묵련 고수들을 넘어뜨리면서도 송추월의 신경은 온통 묵련오기의 기주들에게 가 있었다. 그들이 아니라면 비록 수십 명의 적에게 둘러싸여 있다고 해도 위험할 것은 없었다.

오늘 밤 묵련 고수들과 치열한 접전을 벌이면서 송추월은 그 자신과 친구들, 대일과 곽풍산이 무림에서 어느 위치에 있는지를 확실하게 깨달을 수 있었다. 이제 그들은 소위 말하는 절대고수의 반열에 도달해 있었고, 강호에서 그들을 일대일로 상대해 승리를 취할 사람은 결코 많지 않았다.

그러므로 묵련의 고수들이 제아무리 많다고 해도 송추월과 친구들을 쉽사리 제압할 수는 없었다. 그러나 묵련오기의 기주들이 나선다면 상황은 달라질 수밖에 없었다.

물론 묵련오기의 기주들조차 단독으로는 송추월 등을 상대로 승리를 이끌어낼 수 없었다. 이미 양쪽의 무공 차이는 서너 번의 격돌에서 여실히 드러난 상황이었다. 그러나 묵련오기의 기주들이 그들의 수하들과 함께 싸움에 나선다면 상황은 크게 달라질 수밖에 없었다.

한 손이 열 손을 감당할 수 없는 것이 무림의 이치, 그나마 그 자신들조차도 스스로 실감하지 못하고 있었던 압도적인 무공 차이를 바탕으로 묵련 고수들을 막아내고 있었지만, 오기의 기주들이라면 송추월 등과 묵련 고수들의 무공 차이를 좁잇장만큼 좁게 만들 수 있었다. 그리고 오히려 송추월 등을 위기에 빠지게 만들 수 있었다.

"젠장!"

송추월의 귀에 대일의 목소리가 들렸다. 보지 않아도 대일 역시 오기의 기주 중 한 명에게 공격당하고 있음이 분명했다. 셋 중 무공으로 보자면 송추월이 가장 뛰어나다고 할 수 있었다. 그런 송추월이 난감해하는 상황이라면 대일과 곽풍산의 어려움은 능히 짐작할 수 있었다.

'좋지 않아!'

송추월의 표정이 어두워졌다.

쐐액!

한 자루 검이 다시 아슬아슬하게 송추월의 옆구리를 빠져 지나갔다.

팟!

순간 송추월이 본능적으로 검을 거꾸로 휘둘렀다.

"컥!"

송추월의 옆구리를 공격하고 빠져나가던 묵련 고수가 등에 검을 맞고 신음성과 함께 그 자리에 쓰러졌다.

"서둘지 마라!"

정백교의 음성이 터져 나왔다. 정백교는 싸움을 할 줄 아는 자였다. 오기의 기주들이 합세한 이상 시간은 묵련 고수들 편 이었다. 시간을 두고 서서히 상대의 진기를 고갈시키다 보면 결국 상대가 제풀에 꺾일 거란 걸 정백교는 확신했다.

정백교의 명 때문인지 묵련 고수들의 공세가 변했다. 일정한 거리를 두고 간간이 송추월을 향해 도검을 뻗어낼 뿐 절대 무리한 공격을 펼치지 않는 묵련 고수들이었다.

파팟!

송추월이 좌충우돌하며 묵련 고수들 사이에 틈을 만들려고 했지만 그때마다 정백교가 개입해 위기에 빠진 묵련 고수들을 구해냈다. 시간은 정백교의 의도대로 묵련 고수들을 위해 흘러갔다.

'제길!'

화수유천과 화정, 그리고 빙정까지 공력에 관한 한 천고의 기연을 모두 얻은 송추월도 조금씩 지쳐 가기 시작했다. 어쩌면 그의 공력이 소모되는 것이 아니라 정신력이 마르기 시작한 것인지도 몰랐다. 도무지 틈이 보이지 않는 적의 포위망에 몸보다 정신이 먼저 지치기 시작했던 것이다.

'오늘 죽을지도 모르겠군.'

한순간 죽음의 그늘이 그의 머리를 덮쳤다. 그러자 전신에서 점점 더 기운이 빠져나갔다.

송추월의 움직임이 잦아들기 시작하자 묵련 고수들의 공세가 힘을 얻기 시작했다. 이제 송추월은 수세에 몰리기 시작했다. 조심하던 묵련 고수들도 이젠 대담하게 송추월을 향해 달려들기 시작했다.

'제길!'

송추월이 다시 내심 욕설을 흘려냈다. 상황을 타개할 어떤 계기가 필요했지만 전혀 그럴 기미는 보이지 않았다. 송추월의 시선이 자연히 벽산으로 이어진 길을 바라봤다. 그러나 벽산 쪽에선 어떤 움직임도 보이지 않았다.

'부루, 정말 우릴 모두 죽일 생각이냐?'

갑자기 부루에 대한 원망이 솟구쳤다. 벽산에서 후퇴한 묵련 동천기의 움직임을 알고 있다면 자신들이 위기에 처할 거란 사실을 부루가 모를 리 없었다. 그럼에도 부루는 천목맹의 고수들을 임황으로 보내지 않고 있었다.

"음!"

한순간 대일의 신음성이 들려왔다. 순간 송추월의 정신이 번쩍 들었다. 한가하게 부루를 원망하고 있을 때가 아니었다.

번쩍!

송추월의 검이 잉어의 비늘처럼 번쩍였다.

"컥!"

대담하게 송추월을 공격해 들어왔던 묵련 고수가 신음과 함께 쓰러졌다. 그러자 가까이 접근해 들던 묵련 고수들이 일제히 뒤로 물러났다. 여전히 송추월에게 힘이 남아 있음을 깨달은 것이다. 그런데 그때,

"악!"

귀에 익은 목소리, 그러나 또한 생경한 비명성이 송추월의 귀에 들려왔다. 서연의 비명 소리였다.

'서연!'

송추월이 급히 시선을 돌렸다. 한쪽에서 서연이 왼쪽 어깨를 감싸고 뒤로 물러나고 있었다. 그녀의 어깨에서 붉은 피가 분수처럼 쏟아지고 있었는데 그런 그녀를 향해 묵련의 고수들이 승냥이 떼처럼 몰려들고 있었다.

"이것들이!"

송추월의 입에서 자신도 모르게 이 갈리는 소리가 흘러나왔다. 순간 송추월은 자신의 심장 뒤쪽, 깊은 곳에 숨겨져 있던 뜨거운 열기가 타오르는 것을 느꼈다.

구한산 정상에서 일출을 가슴에 담을 때의 그 뜨거움, 열기로 가득 찼으되 극에 이른 뜨거움으로 오히려 순정한 느낌을 가지게 만들었던 그 뜨거움이 태양처럼 송추월의 가슴에서 뭉

클거렸다. 그리고 그 순간 송추월을 상대하던 묵련 고수들은 그의 눈에서 노을보다 붉은 핏빛 분노를 보았다.

"모두 죽여주마!"

송추월의 입에서 나직하면서도 소름 끼치는 목소리가 흘러나왔다. 그리고 그가 움직였다.

第十章
분열(分列)

화마경

쉬쉬식!

검이 소낙비처럼 쏟아졌다. 그러나 오직 한 사람에 의해 쏟아지는 검의 빗줄기였다. 그 빗줄기가 지나간 자리는 처참했다. 핏빛 폭우가 다시 한 번 쏟아져 내렸다.

"으아아!"

묵련의 고수 중 누군가가 동료의 피에 젖은 몸을 부르르 떨며 어린애 같은 울음을 터뜨렸다.

"물러나! 놈은 미쳤어!"

북방의 혹독한 환경과 무림의 도검 숲을 헤쳐 나온 강골의 묵련 고수들이 경악스런 표정으로 급히 길을 열었다. 그사이로 송추월이 달렸다.

이 모든 참사를 일으킨 송추월의 몸은 그러나 지나치게 깨 끗했다. 그의 몸에는 묵련 고수들이 뿌려댄 피가 한 방울도 묻어 있지 않았다. 피는 그가 지나간 후 바다를 이뤘기 때문이었다.

그래서 급박한 위기에 빠져 있던 서연은 송추월이 자신의 허리를 휘감았을 때, 그가 지나온 길을 피바다로 만들었다는 걸 미처 깨닫지 못했다.

"왔어요?"

오히려 서연은 미소로 송추월을 맞이했다. 그 미소가 송추월의 눈에서 파멸적 광기를 잠재웠다.

"갑시다."

송추월이 굳은 음성으로 말했다.

"그래요. 날 좀 데려가 줘요. 힘들어요."

평소 강단있는 여인이던 서연이 오늘은 웬일인지 순순히 송추월에게 몸을 맡겼다. 송추월이 그런 서연을 가볍게 안아 들고 눈앞에 보이는 야산을 향해 뛰기 시작했다.

추격은 없었다. 대일과 곽풍산도 묵련 고수들의 포위에서 벗어나 송추월의 뒤를 따랐다. 네 사람은 순식간에 어둠에 싸인 야산으로 스며들었다.


"이대로 저들을 보낼 거요?"

문득 왕산이 입을 열었다. 그의 목소리에 담긴 감정은 모호해서 추격을 하자는 건지, 아니면 이쯤에서 추격을 그만두자는 건지 구분해 내기 어려웠다.

"무서운 자요."

왕산의 질문에 대한 대답 대신 도월신이 치를 떨었다.

"그가… 대단한 자인 것은 이미 알고 있던 일이오. 하지만 이토록 살기가 강한 인물인지는 몰랐구려."

정백교의 시선은 차가웠다.

"저런 자가 어떻게 강호에 알려지지 않았는지 모르겠소."

왕산이 혀를 찼다.

"그의 나이를 보시오. 아마… 그의 얼굴이 알려질 시간이 없었을 거요. 하지만 이제부턴 그의 이름이 강호에 떠돌 것이오. 이름이……?"

도월신이 성백교를 바라봤다.

"모르오."

"아니, 하루 종일 그와 싸워놓고 이름을 모른단 말이오?"

왕산이 어이없다는 듯 물었다.

"처음 싸우기 전 듣긴 했는데… 그만 관심을 깊이 두지 않아 잊어버렸소. 송씨라 그랬던 것 같은데, 자신은 그저 천목맹의 일개 무사라고 하더이다."

"허허, 천목맹의 일개 무사라? 절대, 절대 그럴 리가 없소. 분명 사연이 있는 자일 거요."

"갑시다."

정백교가 여전히 차갑게 식은 음성으로 말했다.

"물러나자는 말이오?"

왕산이 되물었다.

"아니, 그를 잡으러 가자는 말이오. 아니면 적어도 그의 이름 석 자는 확실히 알아둬야 할 것 같구려. 따르라!"

정백교가 묵련 고수들에게 명을 내리고는 송추월 등이 도주한 야산을 향해 질주하기 시작했다.

"과연 추격하는 것이 옳을 결정인 것 같소?"

도월신이 걱정스런 표정으로 왕산에게 물었다. 그러자 왕산이 앞서가는 정백교를 바라보다가 불쑥 대답했다.

"뭐, 이름만 알아본다지 않소. 갑시다."


"왜 순순히 우릴 보내준 거죠?"

서연이 야산으로 들어선 후 송추월의 품에서 벗어나며 물었다. 그러자 대일과 곽풍산이 어리둥절한 표정으로 되물었다.

"몰랐어요?"

"무슨 일이 있었나요?"

"그건 모두 이 녀석 때문이에요."

대일이 송추월을 가리켰다.

"송 소협 때문이라뇨?"

"허, 참… 이 친구가 서 소저를 구하기 위해 잠시 광분을 했었거든요."

"그게 도대체 무슨 말이죠?"

"아마… 열 명은 넘을 걸요?"

"뭐가요?"

"이 친구가 서 소저를 구하기 위해 일각도 안 되는 시간에 벤 자들이요."

대일의 말에 서연이 놀란 눈으로 송추월을 바라봤다.

"그랬어요?"

그러나 송추월은 서연의 말에 대답하는 대신 고개를 돌려 그들이 지나온 관도를 응시하며 말했다.

"빨리 움직여야 할 것 같군."

송추월의 말에 다른 세 명의 시선도 관도로 향했다. 어둠을 뚫고 야산으로 이어지는 길을 따라 묵련의 고수들이 빠르게 다가오고 있었다.

"제길, 추격을 포기한 게 아니네."

대일이 투덜거렸다.

"이제 정신을 차린 모양이지. 어쩌지? 숲 속이라면 저들을 상대할 수 있을 것도 같은데……."

곽풍산이 송추월에게 물었다. 다른 것은 몰라도 이 세 명의 친구는 숲 속에서 싸우는 데는 이력이 난 사람들이었다. 산적으로 살아오며 그들은 산을 타는 것을 체득한 사람들이었다.

"일단 좀 더 깊은 곳으로 들어가자."

송추월이 말했다. 왠지 오늘은 더 이상 피를 보고 싶지 않은 송추월이었다. 당시에는 몰랐지만 여유를 찾고 나니 그가 서연을 구하기 위해 했던 일들이 하나하나 머릿속에 떠오르고 있었다.

송추월의 말에 대일과 곽풍산이 앞서서 숲을 헤쳐나가기 시작했다.

　"그 환단 있어요?"
　깊은 숲, 은밀한 곳에 자리를 잡고 몸을 숨겼을 때 서연이
송추월에게 물었다.
　"무슨……?"
　"제가 벽산에 처음 도착했을 때 만들어주었던 그 환약이
오."
　그제야 송추월이 서연이 이틀 동안 막사에 틀어박혀 만들었
던 환약을 떠올렸다.
　"이것 말인가요?"
　송추월이 품속에서 서연이 주었던 환약을 꺼내 들었다.
　"그래요. 이리 줘봐요."
　서연이 송추월의 손에서 환약이 든 작은 주머니를 건네받았
다. 그리고는 주머니에서 검은색 환약을 꺼내 그중 한 알을 입
에 넣고 삼켰다. 그러더니 송추월과 대일, 그리고 곽풍산에게
환약 한 알씩을 건넸다.
　"하나씩 먹어두세요."
　"이게 뭡니까?"
　대일이 물었다.
　"혹 이런 때가 올까 해서 만들어둔 것이에요. 역시 만들어놓
으니 쓸 데가 있군요. 원기를 회복하는 데 큰 도움이 될 거예
요."

"오, 그럼 귀한 거네!"

곽풍산이 누가 뺏어가기라도 할 것처럼 환약을 입에 털어넣었다. 그러자 송추월과 대일도 얼른 환약을 삼켰다. 그렇게 환약을 삼킨 네 사람이 가부좌를 틀고 어둠 속에서 운기를 시작했다.

은밀하게 움직인 덕분인지, 아니면 그들이 숨어 있는 곳이 워낙 외진 곳이기 때문인지 묵련 고수들의 기척은 느껴지지 않았다. 덕분에 네 사람은 적지 않은 시간 운기에 집중할 수 있었다.

네 사람이 환약을 복용하고 운기에 들어간 지 반 시진이 지났다. 가장 먼저 눈을 뜬 사람은 송추월이었다. 송추월이 눈을 떴을 때 서연과 대일, 그리고 곽풍산은 여전히 운기에 들어 있었다. 아마도 묵련 고수들과의 싸움으로 인해 심신이 몹시 지쳐 있는 모양이었다.

달이 사라진 후 별만 남아 있는 밤하늘은 보석을 뿌려놓은 것처럼 아름다웠다. 송추월은 그 하늘 아래 남쪽으로 비탈져 내려간 산을 조용히 응시했다. 어디서도 묵련 고수들의 기척이 느껴지지 않았다.

'추격을 포기한 것일까?

분명 묵련 고수들은 야산으로 도주한 자신들을 따라 추격에 나섰었다. 그런데 지금은 야산 어디서도 묵련 고수들의 기척을 느낄 수 없었다. 송추월 등이 숨어 있는 곳이 은밀하긴 해

도 묵련 고수들이 자신들을 발견하지 못한 것이 설명되는 것
은 아니었다.

　이 야산은 벽산처럼 크고 광대한 산이 아니었다. 그저 임황
과 벽산 사이에 위치한 수많은 작은 야산들 중 하나였다. 강호
의 고수라면 경공을 발휘해 두어 시진이면 주파할 크기의 산
인 것이다. 그렇다면 설혹 묵련 고수들이 송추월 등을 발견하
지 못한다 해도 송추월의 시야와 감각에는 분명 묵련 고수들
의 존재가 느껴져야 했다.

　'설마 포위를 하고 아침이 올 때를 기다리는 것일까?

　그 또한 묵련 고수들이 선택할 수 있는 또 다른 방법 중 하
나였다. 산의 크기가 그리 크지 않은 만큼 퇴로를 끊고 포위를
한 후 아침이 올 때까지 기다려 사냥에 나설 수도 있었다. 아
침이 되고 어둠이 물러가면 도망자에겐 치명적인 상황이 된
다.

　'그러나……'

　송추월이 고개를 저었다. 물론 저들이 아침을 기다릴 수도
있었다. 그러나 그건 그들에게도 극히 위험한 선택이었다. 벽
산을 정리한 천목맹의 고수들이 적어도 그때까지는 임황으로
진격할 가능성이 크기 때문이었다. 그리된다면 고립되는 것은
송추월 등이 아니라 묵련의 고수들이 될 터였다.

　"그럼 무슨 일일까?"

　송추월이 나직하게 중얼거렸다.

　"뭐가요?"

갑작스레 송추월의 뒤에서 서연의 목소리가 들려왔다. 송추월이 돌아보니 서연이 원기를 회복한 모습으로 송추월을 바라보고 있었다.

"괜찮아요?"

"거의 회복됐어요."

"어깨는?"

"뭐, 이쯤이야……."

서연이 호방하게 천으로 감싼 어깨의 상처를 두드렸다. 힘줄을 건드린 것은 아닌지 움직이는 데 큰 어려움은 없는 모습이었다.

"다행이에요."

송추월이 가볍게 미소를 지었다.

"그런데 뭐가 그리 궁금한 건데요?"

서연이 다시 물었다. 그러자 송추월이 고개를 돌려 산 아래를 내려다보며 말했다.

"너무 조용해요. 분명 추격자들이 있어야 하는데……."

송추월이 말을 하는 동안 곁으로 다가온 서연이 그와 같은 방향을 바라보며 고개를 끄덕였다.

"그렇군요. 정말 너무 조용해요."

그때 이번엔 두 사람 뒤에서 곽풍산의 목소리가 들렸다.

"혹 모두 물러간 건 아닐까?"

"끝났어?"

송추월이 돌아보자 곽풍산과 대일이 동시에 운기를 끝내고 자리를 털고 일어나고 있었다.

"그래. 한숨 잘 자고 일어난 것처럼 개운하다. 서 소저, 그 환약이 정말 좋긴 좋은 모양입니다."

"그럼요. 얼마나 귀한 약재로 만든 건데요. 그런 환약은 강호에서 쉽게 구할 수 없는 것이에요."

"흐, 그렇다면… 몇 개 더 주실 수 없습니까?"

"만들어놓은 게 별로 없어요. 나중에 만들어 드리죠."

"하하, 그래 주시면 고마울 뿐이지요."

대일이 반색하며 고개를 주억거렸다. 그때 다시 곽풍산이 입을 열었다.

"추격자가 없다면 물러간 것일 수도 있지 않겠어?"

"글쎄. 그럴 수도 있겠지. 하지만… 좀 이상해. 애초에 물러갈 거면 왜 추격에 나섰을까?"

송추월이 되묻자 곽풍산이 머리를 긁적였다.

"뭐, 그렇긴 하지만… 추격 중에 무슨 일이 벌어진 건가?"

"그럴지도 모르지. 혹 벽산에서 천목맹 고수들이 나섰나?"

대일이 고개를 돌려 북쪽을 바라봤다. 그러나 벽산 쪽에선 어떤 기척도 느껴지지 않았다. 밤새 타오르던 묵련 진영의 불꽃도 이제는 그 높이가 많이 낮아져 있었다.

"싸움이 끝나긴 한 것 같은데……."

곽풍산이 묵련 진영을 응시하며 말했다.

"지레 겁을 먹고 임황으로 돌아간 것일지도 모르지. 천목맹 고수들이 곧 몰려올 거라 생각하고……."

대일이 말했다.

"이유야 어쨌든 추격이 없다니 다행이에요. 이대로 아침까지 있을 건가요? 아니면 지금 떠날 건가요?"

서연이 송추월을 보며 물었다. 그러자 송추월이 잠시 생각에 잠겼다가 말했다.

"어차피 가야 할 길이면 지금 가죠."

"매복이 있을 수도 있다."

대일이 경계심을 드러냈다.

"매복이 있다면 아침에도 있을 거야. 그리고… 천목맹에서 날이 밝았을 때라도 사람을 보내리란 보장도 없어. 아침이 되도 사람이 오지 않는다면 우린 이곳에서 무덤을 파야 할지도 몰라."

"설마 아침에도 사람을 보내지 않으려고?"

"오늘 밤 보내지 않았는데 아침이라고 다를까."

"그래도……."

대일은 뭔가 더 말하고 싶어했지만 송추월의 표정이 워낙 차가워 다른 말을 꺼내지 못했다.

"가야 할 길이면 가자고!"

곽풍산이 도끼를 걸쳐 메고 걸음을 옮기기 시작했다.


걱정은 걱정만으로 끝났다. 빠른 걸음으론 한 시진이면 빠져나올 숲을 두어 시진 걸려 빠져나왔지만 앞을 막는 자들은 없었다. 그사이 어둠은 한순간에 물러가고 희미한 새벽이 찾

아들었다. 아침의 한기는 차서 서늘한 냉기가 송추월 등을 맞
이했다. 숲을 벗어나자 한기는 더욱 기승을 부렸다.

"정말 없네."

덮치듯 밀려드는 한기에도 아랑곳없이 대일이 신기하다는
표정으로 중얼거렸다.

"그러게 말이다. 그 많던 묵련 고수들이 다 어딜 간 거지? 정
말 돌아간 걸까?"

"흐흐, 어쨌든 이젠 걱정할 것 없겠어. 솔직히 난 살지 죽을
지 자신할 수가 없었는데……."

"그러게 말이다. 일이야 어쨌든 사지(死地)를 빠져나온 것은
맞는 것 같다. 얼른 벽산으로 가자."

곽풍산도 길을 재촉했다.

송추월은 잠시 걸음을 멈추고 그들이 지나온 야산을 바라봤
다. 산도 어느새 어둠의 옷을 거둬들이고 있었다. 희미한 안개
가 살포시 피어오르는 듯하다가 북쪽에서 밀려든 한풍에 밀려
숲 안으로 사라졌다.

'도대체 무슨 일이 벌어진 걸까?

송추월의 머릿속에도 뭉게구름처럼 의문이 떠올랐다. 지난
밤 이 숲이 지옥으로 변하지 않은 이유를 아무리 생각해도 짐
작할 수가 없었기 때문이었다.

"가요."

서연이 송추월의 소매를 끌었다. 송추월이 의문에 싸인 숲
에서 시선을 거둬들였다. 벌써 대일과 곽풍산은 십여 장 앞쪽

에서 걸음을 옮기고 있었다.

"어쩔 거예요?"

걸음을 옮기기 시작하자 서연이 물었다.

"무엇을……?"

"벽산에 돌아가서 말이에요."

"그건… 그들이 내놓은 대답에 달린 문제지요."

송추월이 무겁게 말했다.

*　　　*　　　*

작은 야산의 정상, 북쪽으로 이어진 길과 남쪽으로 이어진 길이 야산 중앙에서 만난다. 그 양쪽 길이 한눈에 내려다보이는 정상에 한 줄기 연기가 피어올랐다.

"흐흐흠!"

중년이라고 하기에는 조금 늙었고, 초로의 노인이라고 부르기에는 젊은 묘한 나이의 사내가 모닥불 앞에 앉아 있었다. 입가에선 제법 흥겨운 노랫소리가 흘러나왔다. 모닥불 위에는 양쪽에 세운 돌 위에 걸친 작은 솥이 얹혀 있었는데, 솥 안에선 구수한 냄새를 풍기며 고깃국이 끓고 있었다.

사내가 잠시 솥 안에서 끓고 있는 국을 바라보다 그의 옆에 놓인 작은 병 세 개 중 하나를 들어 올렸다.

"후추를 좀 넣고……."

병의 마개를 열어 후추를 국에 털어 넣은 사내가 나뭇가지를 들어 후추가 국에 잘 섞이도록 저었다. 그러자 국에서 흘러 나오는 냄새가 한결 향기롭게 변했다.

"좋아. 이제 조금만 더 끓이면 되겠군."

사내가 고개를 끄덕이다가 북쪽으로 이어진 길을 바라봤다. 어느새 송추월과 그 친구들이 작은 점으로 변해 있었다.

"쩝, 아쉽군. 그래도 인연이 있어 아침이라도 함께할까 했더니… 그새 길을 떠나 버렸어."

사내가 이번에는 남쪽으로 고개를 돌렸다. 그러자 어느새 구름 위로 머리를 내민 햇살이 사내의 얼굴에 내려앉았다. 사내는 용천문의 수뇌들을 독으로 몰살한 숙수 미방이었다.

"보자, 역시 모두 물러갔군. 에이, 이거 오늘은 운이 좋지 않아. 좀 더 깊은 인연을 맺을까 해서 추격하는 놈들을 돌려보내는 사이에 길을 떠나 버리다니… 쯔쯔."

미방이 혀를 찼다. 그러면서 이번에는 품속에서 나무로 깎은 수저를 꺼내 들더니 솥에서 국을 한 숟가락 떠 입으로 가져갔다.

"아, 정말 맛이 제대로 나는구나. 이제 나의 요리 실력은 하늘에 닿았다고 할 수 있을 것이다. 이 훌륭한 요리를 맛보지 못하고 떠난 것도 젊은 친구, 그대의 불운이겠지. 인연이 되면 다시 만나자고!"

미방이 다시 고개를 돌려 북쪽으로 올라가고 있는 송추월을 보며 중얼거렸다. 그리고는 이내 바쁘게 수저를 놀려 솥 안에 든 고깃국을 떠먹기 시작했다.

그렇게 한동안 아침 요기를 한 미방이 한순간 숟가락을 멀리 던져 버리고는 자리에서 일어났다.

툭!

그의 발이 불 위에 걸린 솥을 가볍게 걷어찼다. 그러자 누구라도 단 한 번 맛을 보았다면 천금이라도 주고 욕심냈을 국이 솥과 함께 땅 위에 너부러졌다.

“먹을 자가 없는 음식은 결국 버리게 마련인 거야. 이제 정말 임황을 떠나야겠군. 이 싸움도 천목맹의 승리로 끝났으니 더 이상 임황에서 구경할 것이 남지 않았지. 송추월이라고 했던가? 그 친구를 사귀는 일이 조금 흥미를 끌긴 하지만… 이번엔 인연이 아닌 것 같고. 또 이젠 사부를 만나야 할 때가 되었어. 어쨌는! 천하의 독경을 땅에 묻을 수는 없지 않은가 말이야. 하하!”

미방 숙수가 기이한 웃음을 흘려내더니 훌쩍 그 자리에서 사라졌다. 그가 사라진 자리에는 땅 위에 쏟아진 천하제일의 요리 흔적만이 남아 있었다.

*　　　*　　　*

그날 임황 용천문으로 후퇴한 묵련오기의 세 기주는 수하들을 이끌고 서쪽으로 길을 떠났다. 깨끗하게 임황을 포기한 것이었다.

얼마 뒤 임황에 든 천목맹의 고수들은 묵련의 고수들이 전력의 열세를 실감하고 떠났다고 생각했지만, 기실 세 명의 기주가 임황을 떠난 이유는 다른 데 있었다.

그날 밤, 전율적인 무공을 선보이던 천목맹의 젊은 세 고수를 추격하던 묵련의 고수 중 삼분지 일이 정체를 알 수 없는 독에 죽어간 것이 묵련의 세 기주가 임황을 포기하고 용천문을 떠난 진실한 이유였던 것이다.

*　　*　　*

"모두 열둘?"

의외의 일이었다. 임황에서 생존해 온 천목맹 무사가 열둘이라면 결코 실망할 숫자가 아니다.

벽산 입구, 묵련 고수들의 추격을 피해 사방으로 흩어졌던 천목맹 무사들이 모여들고 있었다. 송추월과 그 친구들은 벽산 입구에 가장 먼저 도착해서 뒤늦게 여러 방향에서 모습을 드러내는 천목맹 무사들을 맞이했다.

그렇게 사지에서 살아온 사람이 열둘, 그렇다면 죽은 자는 여덟. 거의 절반에 이르는 고수가 죽었지만 몰살을 면해 반이 넘게 살아남은 것은 기적이랄 수 있었다.

"모두 네 분 덕분입니다."

살아온 자들 중 현무신부에서도 고수에 속하는 향무라는 자가 생존자들을 대신해 송추월 등에게 감사를 표했다.

"무슨 말씀을! 모두 대협들의 뛰어난 무공 때문이지요."

대일이 손을 저으며 말했다. 그러자 향무가 고개를 저었다.

"아닙니다. 묵련의 추격대 중 팔 할이 네 분을 따라갔습니다. 덕분에 우린 오히려 수월하게 도주할 수 있었습니다. 저희들은… 솔직히 네 분이 살아오실 거라고 생각지 못했습니다."

"하하하, 운이 좋았지요."

대일이 호탕하게 웃음을 터뜨렸다. 그런데 사지에서 살아온 사람치고 향무와 천목맹 고수들의 표정이 썩 좋지 않았다. 그리고 그 이유는 향무의 말을 통해 밝혀졌다.

"한 가지… 궁금한 게 있습니다."

본래 임황 용천문으로 갔던 천목맹 고수들을 이끈 것은 송추월이었다. 그러나 천목맹 무사들은 송추월에게 존대하지는 않았었다. 그런데 사지에서 살아 돌아온 후 향무와 무사들은 꼬박꼬박 송추월과 그 친구들에게 존대하고 있었다. 그건 곧 이들이 지난밤의 일로 송추월 등을 무척 존중하게 되었다는 것을 의미했다.

"말해보시오."

송추월은 여전히 무뚝뚝한 표정으로 말했다.

"어제의 일… 처음부터 계획되었던 것입니까?"

"알고 있지 않았소이까? 애초에 용천문으로 간 것은 묵련을 벽산에서 끌어내기 위한 함정이었다는걸."

"그 일을 말씀드리는 것이 아니라 맹에서 임황으로 구원군을 보내지 않은 것도 애초의 계획이었는지 궁금합니다만……"

향무는 극히 조심스럽게 질문을 던지고 있었다. 하지만 그의 표정엔 자신의 질문에 대한 대답을 꼭 들어야 한다는 의지도 서려 있었다. 그런 향무에게 송추월이 차게 대답했다.

"아마도 나 또한 똑같은 질문을 벽산 위에 있는 사람들에게 물어야 할 것 같소!"

와아아아!

벽산을 허물 듯한 환호성이 터져 나왔다. 벽산 천목맹 진영으로 들어서려던 송추월과 그를 따르던 무사들이 갑작스런 환호성에 놀라 걸음을 멈췄다.

"설마 우릴 환영하는 소린 아니겠지?"

대일이 혹시나 하는 표정으로 함성이 일어난 곳을 바라보며 말했다.

"그건 아닌 것 같다. 우리가 돌아온 건 관심도 없는 모양인데?"

곽풍산이 대답했다.

"그럼 이게 뭔 소리냐?"

"글쎄다. 지옥에서 살아온 우리 말고 이런 환호를 받을 인물이 또 있다니 놀랄 일이군."

곽풍산이 말을 하는 사이 송추월은 이미 수백 천목맹 고수가 모여 있는 곳으로 걸음을 옮기고 있었다.

사람들의 환호성을 받고 있는 인물은 놀랍게도 부루였다.

부루는 천목맹 고수들이 좌우로 늘어서 만든 길을 따라 서쪽 묵련 진영이 있던 곳으로부터 말을 타고 돌아오고 있었다. 그의 뒤쪽으로 수십 명의 고수가 누군가를 말 위에 얽어맨 채 부루를 따르고 있었다.

"부루잖아?"

곽풍산이 환호를 받는 주인공이 다름 아닌 부루라는 데 놀라며 말했다.

"그러게 말이야. 부루 녀석… 아무래도 제대로 한 건 한 모양이다."

대일이 말했다.

"저자는… 눈에 익는데?"

곽풍산이 부루를 따르는 천목맹 고수들이 사로잡아 오고 있는 노고수들 중 한 명을 보며 말했다. 그러자 송추월이 한기가 느껴지는 목소리로 대답했다.

"묵련 천황령주 마도적이다."

"맞아. 마도적 그자야! 그럼 부루 녀석이 마도적을 잡은 거야?"

대일이 화들짝 놀라며 물었다.

"아마도 그런 모양이다. 녀석이 왜 임황으로 오지 않았는지 알겠군."

곽풍산이 고개를 끄덕이며 중얼거렸다. 순간 대일이 노기를 드러내며 말했다.

"저놈이 결국 공을 세우기 위해 우릴 버렸다는 말이잖아?"

"뭐, 우릴 버렸다고 말할 수야……."

곽풍산이 부루를 옹호했다. 그러자 대일이 고개를 저었다.

"아니, 아니지. 녀석이 묵련의 고수들 일부가 임황으로 가는 걸 알았다면, 그러고도 마도적을 추격했다는 것은 놈이 우릴 버린 거야."

"부루가 그들의 움직임을 몰랐을 수도 있어."

"젠장, 수십 명이 움직이는데 어떻게 그걸 모르냐? 더군다나 부루 같은 녀석이. 말 같은 소릴 해라. 야, 추월, 어쩔 거야?'

대일이 참을 수 없다는 듯 송추월을 보며 물었다. 그러자 송추월이 차가운 목소리로 대답했다.

"일단 부루의 말을 들어봐야겠지."


벽산 천목맹 진영은 온통 축제 분위기에 휩싸였다. 묵련 천황령의 수장 마도적을 사로잡았다는 것은 그야말로 천목맹 출범 이후 최고의 성과라 할 수 있었다. 마도적이 누군가. 그는 무림천하에서 손에 꼽히는 고수였다. 그의 명성을 생각하자면 그를 사로잡은 것은 임황을 얻은 것보다도 더 큰 가치가 있는 일이었다.

마도적을 사로잡은 결과로 천목맹 내에서 부루의 존재가 부각되는 것은 당연한 일이었다. 전해지는 말로는 마도적은 근 일백의 수하에게 호위되고 있었기에 그를 사로잡는 것은 거의 불가능에 가까웠다고 한다. 그러나 추격대를 이끈 부루는 마도적의 행로를 정확하게 예측하고 그 앞에 함정을 파놓음으로써 마도적을 따르는 묵련 고수들을 몰살시킴과 동시에 마도적을 사로잡았다고 했다.

더군다나 최후의 순간 마도적의 가슴에 일장을 날려 그를 제압한 사람 역시 부루였다. 그러니 오늘 이 벽산의 천목맹 고수들이 올린 전과의 팔 할은 바로 부루의 공이라고 할 수 있었다.

공을 세운 자는 그만한 대접을 받게 마련이다. 이제 벽산 천목맹 진영에서 부루는 두 명의 대장로와 어깨를 나란히 하고 있었다. 이 싸움에서 통천 가섭은 벽산의 진영을 지키고 있었고, 낭왕 별고는 부루와 함께 기습에 나섰지만 그만큼 공을 세운 사람은 없었다.

그렇게 부루의 존재감이 천목맹 고수들 사이에서 일취월장하고 있을 때 송추월 등 임황에서 살아 돌아온 자들의 공적은 마도적을 사로잡은 부루의 공로에 묻혀 버렸다. 그들이 그날 밤 어떤 싸움을 하고, 그 지옥 같은 사지에서 어떻게 살아 돌아올 수 있었는지에 관심을 두는 사람은 아무도 없었다. 사람들의 관심은 오로지 사로잡힌 마도적과 그를 사로잡은 부루에게가 있었다.

그래서 임황에서 살아 돌아온 천목맹 고수들은 마치 잠시 여행을 떠났다 돌아온 사람들처럼 조용히 자신들의 막사에 들어가 휴식을 취했다.

송추월은 아침 일찍 자리에서 일어났다. 간밤의 흥청거림은 새벽까지 이어져 그가 자리에서 일어났을 때조차도 천목맹 고수 중 몇몇은 술병을 들고 막사 사이를 휘젓고 있었다.

그러나 끝없이 이어질 것 같던 승리의 축제도 결국 막을 내려 사람들은 피곤에 절거나 혹은 술에 곯아떨어졌다. 그즈음 태양이 동쪽에서 떠오르기 시작했다.

"벌써 일어났어요?"

아침이 오자 반대로 잠들어가는 천목맹 진영을 바라보고 있는 송추월의 뒤에서 문득 서연의 목소리가 들렸다.

"벌써 일어났어요?"

송추월이 한 걸음 옆으로 벗어나 서연이 다가설 자리를 마련했다.

"시끄러워서 잠을 잘 수가 있어야죠."

"그럼 지금 자야 할 시간이군요."

"호호, 하지만 전 낮에는 잠을 자지 않아요. 눈 좀 붙였어요?"

"난 편히 쉬었어요. 본래 어떤 상황에서라도 잠은 잘 자는 편이라."

"호호. 그렇군요. 좋은 성격이에요."

"그런가요?"

"그래요. 그래서 하는 말인데 성질 좀 죽여요."

"무슨 말이죠?"

"걱정이 돼서요."

“뭐가……?”

송추월이 묻자 서연이 정색한 표정으로 물었다.

“설마… 이곳에서 친구와 싸우지는 않겠지요?”

서연의 말에는 많은 의미가 내포되어 있었다. 송추월 역시 서연이 한 말의 의미를 모르지 않았다. 서연은 송추월과 부루의 관계를 걱정하고 있었다.

“걱정 말아요. 우린…….”

송추월이 말을 흐렸다.

“여전히 친군가요?”

서연의 질문에 송추월은 쉽게 대답하지 못했다. 송추월 역시 부루와 자신이 여전히 친구인지 확신할 수 없었기 때문이었다.


천목맹 진영의 잠은 정오가 지나서야 깨어났다. 사람들은 서쪽으로 해가 기울어진 후에야 각자의 막사에서 벗어났다.

“진영을 정리하라! 모두들 정신차렷!”

누군가의 서늘한 목소리가 막사와 막사 사이를 오갔다. 술에 절었던 천목맹 고수들이 진기를 일으켜 술기운을 날려보내고 분주하게 움직이기 시작했다. 이제 천목맹 진영은 다시 날카로운 예기를 되찾고 있었다. 그리고 그즈음 송추월과 대일, 그리고 곽풍산이 송추월의 막사를 벗어났다.

“망할 놈! 자기가 찾아와야 하는 것 아냐?”

걸음을 옮기며 곽풍산이 투덜댔다.

"어제 밤늦게까지 대장로들 막사에 있던 것 같던데?"

대일이 말했다.

"지금까지 그곳에 있단 말이야?"

"그건 아니겠지."

"그렇다면 당연히 우릴 찾아왔어야지. 우리가 어떤 일을 겪었는지 짐작하고 있을 테니까."

"뭐, 피곤했나 보지. 우리도 잤잖아?"

"우리하고 녀석하고 같냐? 녀석은 우리에게 빚을 졌어."

"빚이라고 생각하지 않을지도 모르지."

"그게 말이 돼? 우리가 미끼가 되어 묵련을 몰아냈는데. 그래서 덕분에 마도적도 잡고."

"우리도 천목맹의 일원이잖아? 해야 할 일을 했다고 생각할 수도 있지."

"흐흐, 그 해야 할 일을 왜 꼭 우리가 해야 했겠어. 녀석이 부탁을 하니까 한 거지. 우리가 아닌 다른 자들이 용천문으로 갔었다면 반드시 몰살을 당했을 거다."

"그야 그렇지만……."

대일과 곽풍산이 옥신각신 떠드는 사이에도 송추월은 부지런히 걸음을 옮겼다. 그리고 잠시 후 드디어 부루의 막사 앞에 도달했다. 현무신부의 신장이자 이제 벽산에서 가장 존중을 받는 고수, 부루의 막사라 그런지 막사 앞에는 다섯 명의 현무신부 사내가 눈도 깜짝이지 않고 번을 서고 있었다. 그리고 그 중 한 명은 송추월 등에게도 익숙한 얼굴이었는데 바로 처음 벽산에 왔을 때 부루에게 목숨을 구함받은 이후 그의 충실한 수족이 된 우차였다.

"안에 있소?"

송추월이 자신을 알아보고 고개를 숙이는 우차에게 물었다.

"대장로님들의 막사에서 늦게 나오셔서 아직 주무시고 계십니다."

"깨울 수 있겠소?"

"친구 분들이시니 전하겠습니다."

우차가 다른 사람이었다면 어림도 없다는 표정으로 말하고는 부루의 막사 안으로 들어갔다.

"이거 참, 이젠 마음대로 얼굴도 볼 수도 없는 사람이 된 건가?"

대일이 투덜댔다.

"대장로와 동급이라잖아?"

"녀석 이대로라면 정말로 천목맹을 삼킬 수도 있겠는데?"

대일와 곽풍산이 다시 부루를 두고 이러쿵저러쿵 이야기를 하는 사이 막사 안으로 들어갔던 우차가 나왔다.

"들어오시랍니다."

우차가 공손하게 말하며 막사의 입구를 열었다. 송추월이 서슴없이 부루의 막사 안으로 들어갔다.


부루는 잠자던 사람답지 않게 막사 안에 놓인 작은 탁자에 앞에 앉아 있었다. 탁자 위에는 귀해 보이는 술병이 올려져 있었는데 언제 준비했는지 네 개의 옥빛 잔도 있었다.

"어서 와!"

부루가 웃는 낯으로 송추월 등을 맞아들였다. 아무 일도 없었던 듯한 부루의 표정에 송추월 등이 잠시 멈칫했으나, 이내 세 친구는 부루가 앉아 있는 탁자 앞으로 다가가 앉았다. 송추월 등이 앉자 부루가 술병을 들어 잔에 술을 따르며 말했다.

"어제 귀한 술을 얻었어. 북해빙궁에서 빚어내는 설로라는 술인데, 강호에선 최고의 보물 중 하나로 알려져 있지. 그 설로야. 마셔들 봐."

탁!

부루가 술병을 내려놓고는 손을 들어 송추월 등에게 술을 권했다. 대일과 곽풍산은 장내의 묘한 분위기에 선뜻 술잔에 손이 가지 않았지만 송추월은 스스럼없이 술잔을 집어 들었다.

"좋군."

술을 한 모금 입에 문 송추월이 술잔을 내려놓으며 말했다. 그러자 대일과 곽풍산도 얼른 술잔을 들어 술맛을 음미했다.

"오호라, 이건 정말 대단한 술인데?"

"그러게 말이다. 내 평생 이런 술은 처음 마셔보는 것 같아."

대일과 곽풍산이 술맛에 빠져 부루의 막사에 온 이유를 잊은 듯 떠들었다.

"묵련 진영에 들어가니 몇 병 있더군. 그땐 북해빙궁의 설로

인 줄 몰랐어. 나중에 귀한 술인 줄 알았지. 한 병씩 줄게.”

부루가 선심 쓰듯 말했다.

“그전에 우리에게 할 말 없냐?”

송추월이 차가운 목소리로 물었다. 그러자 술맛에 반해 있던 대일과 곽풍산도 얼굴을 굳혔다. 세 사람의 표정이 변하자 부루가 손을 들어 보이며 말했다.

“아, 물론 너희들에게 고맙단 말을 해야지. 어젯밤 천목맹이 대승을 거둔 것은 모두 너희들 덕이니까. 고맙다! 맹에서도 너희들의 공을 크게 생각할 거다. 이미 두 분 대장로께 너희들 이야기를 해뒀어. 섭섭잖은 포상이 있을 거야.”

“할 말이… 그게 다냐?”

송추월이 슬쩍 시선을 틀며 지나가듯 물었다.

“뭐, 더 듣고 싶은 말이 있는 거야?”

부루가 영문을 모르겠다는 듯 물었다.

“그래. 듣고 싶은 말이 있다.”

“뭔데?”

“할 말이 없다니 듣고 싶은 말을 들으려면 질문을 해야겠지. 그전에… 한마디 해두마!”

“말해봐!”

“내가 묻는 말에 잘 생각해서 대답해라. 그렇지 않으면 내가 화를 낼지도 몰라.”

송추월의 말에 부루의 표정도 딱딱하게 굳었다. 한편으론 몹시 자존심이 상한 듯한 표정이었다.

“말해봐, 듣고 싶은 말이 뭔지!”

부루가 감정을 억누르는 듯한 말투로 물었다.

“어젯밤 네가 기습에 성공한 후 묵련의 고수들 중 동천기의 고수들이 임황으로 향한 것을 알고 있었어?”

송추월이 부루를 정면으로 보며 물었다. 그러자 부루가 잠시 송추월의 눈빛을 받아내다 천천히 고개를 끄덕였다.

“그래. 알고 있었다!”

창!

순간 송추월의 검이 움직였다. 그의 검은 그야말로 전광석화처럼 부루의 목에 가 닿았다. 송추월의 발검은 너무도 빠르고 예상외의 일이라 부루는 자신의 목에 검이 와 닿는 것을 그저 지켜볼 수밖에 없었다.

“이게… 이게 무슨 짓이야?”

부루가 목에 닿은 차가운 검을 내려다보며 소리쳤다. 그러나 송추월은 부루의 분노에 아랑곳하지 않고 계속 질문을 던졌다.

“그들이 임황 용천문으로 온다면 우리가 위험해질 거란 걸 모르진 않았겠지?”

“물론… 위험할 거란 생각은 했다.”

“그런데 넌 왜 임황 용천문으로 오지 않았지? 마도적 때문인가? 그를 추격하는 일이 임황으로 오는 것보다 네게 더 중요한 일이었나?”

여전히 검은 부루의 목에 가 있었다.

"추, 추월, 검을 내려놓고."

"너희들은 가만있어!"

대일이 말을 꺼냈다가 송추월의 타박에 급히 입을 다물었다.

"대답해 봐라."

송추월이 부루의 대답을 재촉했다. 그러자 부루가 천천히 그러나 강단있는 목소리로 말했다.

"그래. 내겐 임황으로 가는 일보다 마도적을 추적하는 것이 더 중요했다. 왜냐하면 난 너희들이 살아 돌아올 거라 믿고 있었으니까!"

"우리가 살아 돌아올 거라 확신했단 말이냐?"

"그래. 난… 너희들을 믿었어!"

"우리가 죽을 수도 있다는 가능성을 단 일 할도 생각지 않았단 말이냐?"

송추월이 검을 앞으로 밀었다. 부루의 목에 가는 선혈이 생겼다.

"물론… 최악의 경우에는… 그러나 난 너희들을 믿었어!"

부루가 끝까지 반발하듯 외쳤다. 송추월이 그런 부루의 눈을 한동안 노려봤다.

그리고 얼마의 시간이 지났을까. 문득 송추월이 작은 숨을 내쉬며 천천히 검을 거둬들였다. 송추월은 느리게 검집에 검을 꽂은 후 탁자에 놓아두었던 술잔을 들어 남아 있던 술을 단 숨에 입에 털어 넣었다. 그리곤 던지듯 술잔을 내려놓고는 자리에서 일어났다.

"술 잘 마셨다. 이별주치고는 괜찮군. 오늘 난 벽산을 떠나겠다. 다시 만나게 된다면 아마도 대호산에서 약속한 그날이 되겠지."

"도대체… 왜 가겠다는 거냐?"

부루가 물었다.

"왜냐고? 그야 당연히 더 이상 네놈 수족 노릇하고 싶지 않기 때문이지. 알잖아? 내가 다른 사람 밑을 닦아주는 걸 제일 싫어하는걸!"

송추월이 차게 말을 내뱉고는 성큼성큼 걸음을 옮겨 막사의 입구로 걸어갔다. 그리곤 막사의 출입구를 들어 올리다 문득 부루를 돌아보며 말했다.

"너… 오늘 운 좋은 줄 알아라. 친구였던 놈이 아니라면 넌 오늘 죽었을 거다."

『화마경(火魔經)』 6권 끝

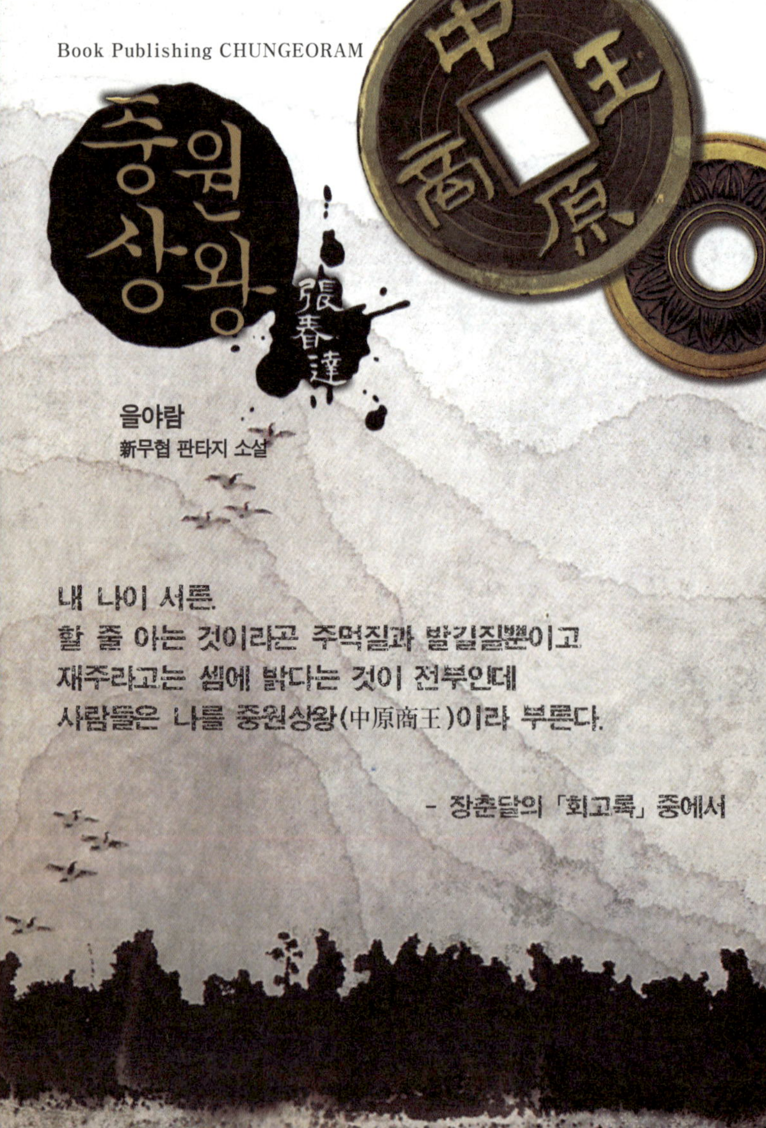
중원상왕
張春達
을야람
新무협 판타지 소설

내 나이 서른.
할 줄 아는 것이라곤 주먹질과 발길질뿐이고
재주라고는 셈에 밝다는 것이 전부인데
사람들은 나를 중원상왕(中原商王)이라 부른다.

- 장춘달의 「회고록」 중에서